出神入画

名画里的
古希腊罗马神话

梁晴 著

上海人民美術出版社

目 录

人们热衷于讲故事，添枝加叶，乐在
其中。

—亚里士多德《诗学》

魅力与美丽，让不可思议之物变得如
此真实。

—品达《第一个奥林匹克运动员》

主神

宙斯（Zeus）：罗马又称朱庇特，天神之父，地上万物的最高统治者。

赫拉（Hera）：罗马又称朱诺，宙斯的姐姐与妻子。是女性的代表，掌管婚姻和生育。性格特征是嫉妒。

波塞冬（Poseidon）：罗马又称尼普顿，宙斯之子，海神，海洋和水域的一切主宰。

德墨忒尔（Demeter）：罗马又称克瑞斯，大地女神，司丰收。

哈迪斯（Hades）：罗马又称普鲁托，宙斯之子，冥王，司掌冥界，统治阴暗的世界。

雅典娜（Athena）：罗马又称密涅娃，起初被视为女战神，后逐渐变为智慧女神和雅典城的守护女神。

阿波罗（Apollo）：罗马也称阿波罗，在诗与艺术中表现为光明、青春和音乐之神，又是太阳神，与阿尔忒弥斯是孪生姐弟。

阿尔忒弥斯（Artemis）：罗马又称狄安娜，月亮女神，又是狩猎之神、妇女之神，是女性纯洁的化身，与阿波罗是孪生姐弟。

狄俄尼索斯（Dionysus）：罗马又称巴克斯，酒神与狂饮欢乐之神。

阿佛洛狄忒（Aphrodite）：罗马又称维纳斯，爱情女神。

赫菲斯托斯（Hephaestus）：罗马又称武尔坎火神和锻冶之神。

阿瑞斯（Ares）：罗马又称马尔斯，战神。

赫尔墨斯（Hermes）：是宙斯与阿特拉斯之女迈亚的儿子，里拉琴的发明者，希腊各种竞技比赛的庇护神。

其他神祇

珀耳塞福涅（Persephone）：德墨忒尔之女，被冥王诱拐，成为冥界之后。

厄洛斯（Eros）：阿佛洛狄忒和赫尔墨斯或阿瑞斯之子，小爱神。他的形象一般都是蒙着眼睛，因为，爱情总是盲目的。

赫柏（Hebe）：宙斯和赫拉之女；青春女神，是奥林匹斯山的斟酒女郎。后嫁给赫拉克勒斯为妻。

芙洛拉（Flora）：古罗马神话中的花神。

潘（Pan）：赫尔墨斯之子，山林之神，长着一对羊角和一双羊蹄。是个出色的作曲家和笛子演奏家。快乐和顽皮的神，经常和山林的女仙们跳舞。然而，由于丑陋的外表，他总找不到老婆。

命运女神（The Fates）：掌管大地上所有人的命运。共有三位：克罗托（Clotho）纺织生命之线，拉克西斯（Lachesis）决定生命之线的长度，阿特洛波斯（Atropos）切断生命之线。

美惠三女神（The Graces）：众神的歌舞演员，为人间带来诸美；分别是阿格莱娅（Aglaia，光辉女神），欧佛洛绪涅（Euphrosyne，欢乐女神），塔利亚（Thalia，激励女神）。

艺术女神（The Muses）：宙斯和泰坦（Mnemosyne）的女儿们，共有九人；亦称为缪斯或庇厄利亚的女神们（Pierides），因她们生于庇厄利亚地区。

英雄及其他人物

普罗米修斯（Prometheus）：泰坦爱泼特斯之子。最有智慧的神之一，被称为"先知者"。人类的创造者和保护者。因触怒宙斯被锁在高加索山上，每日有秃鹰啄食其肝脏，然后又长好，周而复始。后被赫拉克勒斯救出。

赫拉克勒斯（Heracles）：希腊神话中最伟大的英雄，阿尔克墨涅和宙斯所生的儿子，以力大闻名。

忒修斯（Theseus）：雅典王，希腊神话中的著名大英雄之一。

帕修斯（Perseus）：宙斯和达那厄的儿子，希腊神话中的大英雄之一。

俄狄浦斯（Oedipus）：是希腊神话中的一位国王，在不知情的情况下杀父娶母。

阿喀琉斯（Achilles）：佩琉斯和海中女神忒提斯之子，浑身刀枪不入，唯一的弱点是脚踝；特洛伊战争中的希腊最伟大英雄。

赫克托耳（Hector）：普里阿摩斯和赫卡柏的儿子，帕里斯的兄弟，特洛伊最勇猛的英雄，为阿喀琉斯所杀。

阿伽门农（Agamemnon）：阿特柔斯之子，特洛伊战争中希腊方面的统帅。

拉奥孔（Laocoon）：特洛伊城的阿波罗祭司，因他劝告特洛伊人警惕木马，雅典娜发怒，派两条蛇将他咬死。

帕里斯（Paris）：希腊神话中特洛伊王子，裁决了赫拉、雅典娜、阿佛洛狄忒三人中谁是最美的女人，谁能拥有金苹果。

尤利西斯（Ulysses）：又名奥德赛或奥德修斯。是希腊英雄里面最聪明的一个。

皮格马利翁（Pygmalion）：希腊神话中的塞浦路斯国王，善雕刻。曾用神奇的技艺雕刻了一座美丽的象牙少女像。

伊卡洛斯（Icarus）：是希腊神话中代达罗斯的儿子，使用蜡造的翼逃离克里特岛时，因飞得太高，双翼遭太阳溶化，跌落水中丧生。

西西弗斯（Sisyphus）：人类中最足智多谋者；死后在冥土受罚，永远推巨石上山，但将及山顶，巨石又复落下。

伊阿宋（Jason）：夺取金羊毛的阿耳戈英雄的首领，美狄亚的丈夫。

妖兽

美杜莎（Medusa）：蛇发女妖，见到她面目的人都会变成石像。

海德拉（Hydra）：九头蛇，为赫拉克勒斯所杀。

米诺陶洛斯（Minotaur）：克里特岛上的牛头人身怪物。

塞壬（Siren）：福耳库斯和一位缪斯的女儿。她们住在一个海岛上，以歌声诱惑并杀死路过的水手。

（文中为方便叙述，会出现希腊和罗马的神祇译名有时混用的情况，特此说明。）

众神之宴·乔凡尼·兰弗朗科

第一章

奥林匹斯圣山上的诸神

1.1 宙斯继位（Zeus）

古希腊神话中的三代神王——乌拉诺斯（Uranus）、克罗诺斯（Cronus）和宙斯（Zeus）的权力交接过程，堪称一部"弑父篡位"的惊悚大片。

克罗诺斯串通母亲盖娅（Gaia）一起阉杀父亲乌拉诺斯，夺取了天界的统治权。乌拉诺斯忍受着极度的痛苦对克罗诺斯施下毒咒：克罗诺斯将来也会被自己的儿子推翻。从此，克罗诺斯一直生活在恐惧之中。为了避免重蹈父亲的覆辙，他把每一个新出生的孩子，不分男女，统统活吞下肚。他的妻子瑞娅（Rhea）伤心至极。当第六个孩子宙斯出生时，瑞娅决定保护他。她把新生的宙斯藏起来，再用布包裹一块石头做成襁褓，送到克罗诺斯面前。克罗诺斯不加思索，将假婴儿一口吞下肚里。

成功逃过一劫的宙斯长大成人后，决心推翻父亲的残暴统治，解救被他活吞下肚的哥哥姐姐们。宙斯给克罗诺斯下药，迫使他将肚子里的五个子女（哈迪斯、波塞冬、赫斯提亚、德墨忒尔、赫拉）全部吐出来。宙斯联合他的哥哥波塞冬和哈迪斯以及其他支持者，站在奥林匹斯圣山之巅，一同向克罗诺斯宣战。克罗诺斯纠集一帮泰坦巨人，负隅顽抗。这场被称为"泰坦战争"的战役持续了十年之久，最终以宙斯为代表的

朱庇特与忒提斯 让·奥古斯特·多米尼克·安格尔（格拉内博物馆，普罗旺斯地区艾克斯）

诸神之会　拉斐尔（法尔内西纳别墅，罗马）

奥林匹斯诸神大获全胜而结束。

　　战争结束后，为了避免兄弟间争夺权力而自相残杀，宙斯和两个哥哥以抓阄的形式分配权力。宙斯获得天空，成为"天神"；波塞冬获得大海，成为"海神"；哈迪斯获得冥界，成为"冥王"。三兄弟共同治理大地，并以宙斯为尊。

　　古希腊神话里的众神之神宙斯对应着罗马神话里的朱庇特。正义战胜邪恶的故事放在任何文化语境中都充满着积极向上的正能量，因此艺术家对朱庇特挥舞闪电雷霆棒击溃泰坦巨人的场景一直情有独钟。由于出场人物众多，场面恢宏，所以朱庇特带领奥林匹斯圣山诸神与巨人鏖战的场面最常见于宫殿里的大型壁画中。

意大利热那亚共和国海军上将安德烈亚·多利亚（Andrea Doria，1466—1560）就曾经委托画家佩里诺·德尔·瓦加（Perino del Vaga，1501—1547）以此为题材绘制一幅壁画，用以装饰他在热那亚行宫的西宫。佩里诺耗时两年，完成了这幅长 9.2 米，宽 6.4 米的巨作。他先是在一面墙上打草稿，最后再到西宫的天花穹顶完成画作。1533 年，多利亚在西宫宴请神圣罗马帝国的皇帝查理五世。众宾客在这幅巨型壁画下饮酒欢聚，庆祝查理五世刚刚结束对奥斯曼土耳其帝国的征战。此刻的查理五世心情舒畅，春风得意，他在战役中大获全胜，让凶猛的土耳其苏丹——苏莱曼一世第一次尝到了失败的滋味。多利亚让佩里诺选择朱庇特打败巨人这一场景作为宴会厅的穹顶画，真可谓处心积虑。他把查理五世比作战胜巨人、独掌奥林匹斯圣山的众神之神朱庇特，这个马屁拍得查理五世很是受用。多利亚与查理五世正式结盟于 1528 年，他以 60 余岁的高龄出任查理五世的皇家海军上将，并在之后的十余年里，忠心耿耿地替查理五世指挥对土耳其人的远征。

安德烈亚·多利亚算得上是画家佩里诺生命中的贵人。佩里诺出生于意大利佛罗伦萨的一个贫苦家庭，小小年纪就因为家境困难而不得不跟着做蜡烛的手艺人学画装饰蜡烛的图案。17 岁时，他来到罗马，有幸进入文艺复兴三大巨匠之一——拉斐尔的工作室学画，渐渐在画界崭露头角。多列亚以伯乐识良马的眼力发现了这个有艺术才华的年轻人，并委以重任。佩里诺没有辜负多利亚的期望，他准确地捕捉到这位海军大将希望讨好恩主的心思，圆满地在宴会厅穹顶画出一幅鸿篇巨制，获取了丰厚的酬劳。除此之外，他还为多利亚的行宫绘制了多幅壁画和织锦挂毯。但《朱庇特战胜巨人》被公认为佩里诺毕生最优秀的作品。画面由一片云彩分割成天上、人间两个场景，朱庇特位于天庭的正中央，手执闪电雷霆棒，威仪无比。奥林匹斯圣山上的一众家庭成员围坐在朱庇特四周，以赞扬的眼神或手势表达他们对宇宙之神的崇拜与敬意。下界被击败的泰坦巨人，横七竖八地溃散倒地。他们黑发黑髯，头上缠绕的头巾都是土耳其人身份的标志。此画影射的正是查理五世大败苏莱曼一世的那场战役。[1] 借助古典神话里的神仙，歌颂一下现世的英雄，艺术与政治有时也会眉来眼去、秋波暗送，这种偶尔互相利用的双赢局面，使艺术与政治产生千丝万缕的联系。

朱庇特战胜巨人　　佩里诺·德尔·瓦加（920×640 cm，多利亚行宫，热那亚）

[1]Malcolm Bull. *The Mirror of the Gods*. Oxford: Oxford University Press，2005.

1.2 宙斯的桃色恋情

　　古希腊神话中的天神不是高高在上的道德典范，并不是什么道德的倾向创造了这些神祇。色诺芬尼说："荷马与赫西俄德把人间一切羞耻和不光彩的行为都给了神祇：盗窃、通奸、欺诈。"然而正是希腊人格神的这种缺点和不足使得人们能够在人性与神性之间架起相互沟通的桥梁。在荷马的史诗中我们看不到这两个世界之间有什么确定的屏障。人在他的神祇中所描绘的正是他自己，在神的一切中所表现出来的正是人的千姿百态、喜怒哀乐、气质性情，甚至于癖好。[1]众神祇与凡人唯一的区别只在于生命，他们可以长生不老、永享青春，除此之外，他们与凡人一样拥有七情六欲和人性的所有弱点。

　　以众神之首的宙斯为例，他的品性并不比凡人高尚，甚至还可谓劣迹斑斑。他暴力、易怒、疑心重、嫉妒心强，而且尤其多情好色。奥林匹斯圣山上的女神和仙女在他的色诱和暴力下，几乎无一幸免，在阅尽天界的美色之后，他又把目光投向了人间。相传小爱神丘比特为宙斯专门准备了12支爱之箭，它们将使众神之神爱上12位凡间女子。12支箭

[1]　［德］恩斯特·卡西尔著. 人论. 甘阳，译. 北京：西苑出版社，2003.

上分别刻有一条金字：

第一支刻上"沉溺于小母牛伊娥（Io）"；

第二支刻上"变成公牛诱拐欧罗巴（Europa）"；

第三支刻上"奥林匹斯最高统治者的新娘普洛托（Pluto）"；

第四支刻上"化为黄金雨，成为达那厄（Danae）床伴"；

第五支刻上"与塞墨勒（Semele）缔结燃烧着火焰的婚姻"；

第六支刻上"变为神鹰诱拐埃癸那（Aigina）"；

第七支刻上"假装成萨提耳占有安提俄珀（Antiope）"；

第八支刻上"变形天鹅占有丽达（Leda）"；

第九支刻上"变形高贵的牡马追逐狄亚（Dia）"；

第十支刻上"赐福给阿尔克墨涅（Alcmene）三天三夜"；

第十一支刻上"娶拉俄达弥亚（Laodameia）为新娘"；

第十二支刻上"勾引奥林匹亚斯（Olympias）"。[2]

宙斯与伊娥　（Io）

丘比特射向宙斯第一支箭，让众神之神爱上了凡间美女、河神伊那科斯的女儿——伊娥。

宙斯的每一段婚外恋都伴随着与妻子的斗智斗勇，而陷入情网的凡间女子只能可怜地成为爱情的牺牲品，与伊娥的恋情即为典型。一日，宙斯化身为一片乌云与伊娥私会，天后赫拉向下界张望，看见一团非自然形成的乌云弥漫，心生纳闷，于是下界查看。面对突然从天而降的妻子，

[2] 洪佩奇，洪叶编著. 希腊神话故事：狄俄尼索斯［M］. 南京：译林出版社，2013.

宙斯在一阵慌乱之中，把伊娥变成一头小白牛。赫拉假装不知原委，请宙斯将这头漂亮的小白牛送给自己。纵有千般不舍，宙斯依然不敢违逆妻子的意愿。赫拉牵走小牛，交给怪物阿弋斯看守。阿弋斯头上长了100只眼睛，他睡觉的时候，这100只眼睛轮流闭上休息，24小时不间断地监视着伊娥。可怜的伊娥吃的是树叶、苦草，喝的是冰冷的泥沟水，还要忍受蚊蝇的叮咬。宙斯不忍再看到伊娥受苦，于是叫儿子赫尔墨斯去杀死阿弋斯。赫尔墨斯吹着迷人的魔笛将阿弋斯催眠。趁着怪物睡眼惺忪，赫尔墨斯举刀砍下阿弋斯的头。赫拉把阿弋斯的100只眼珠摘下，装饰在她的爱鸟——孔雀的尾羽上，并发誓要为它报仇。为了阻止愤怒的妻子继续折磨伊娥，宙斯只得向她保证再也不见伊娥。伊娥恢复原来面貌，重获自由，却永远地失去了恋人。这场婚外恋以强势的妻子大获全胜而告终。

　　意大利画家安东尼奥·柯勒乔（Antonio Correggio，1489—1534）画出了最美的伊娥。他刻意避开令人不愉快的故事后半段，集中精力描绘出一个沉溺于爱情中的女子。整个画面色彩明快而柔和，画家用多情而细腻的笔触，营造出一种轻松愉快的情调。宙斯化身的大块乌云从天而降，直逼坐在岸边的伊娥。她完全无力抵抗，仿佛被这突如其来的强大恋人压迫得失去重心，丰腴的裸体微微后仰，扭曲呈S形。她背对观众，露出清晰的侧脸轮廓。云中隐隐可见宙斯的脸，他探出一只像兽掌般的手搂住伊娥，俯身亲吻她。伊娥也伸出一只手臂与他忘情相拥，陶醉在这段非尘世的爱恋之中。此时此刻，伊娥完全是一位获得爱情满足的女子情态，尽情享受爱情的甜蜜。作为一个凡人女子，被众神之首的宙斯爱上，是她的幸运，也是她的不幸。在短暂的欢愉之后，她将被

朱庇特与伊娥　柯勒乔
（ 1530—1531 年，163 × 74 cm，
维也纳艺术史博物馆，维也纳）

宙斯变成一头小母牛，忍受他醋意十足的妻子赫拉的百般欺凌，为这一段人神之恋付出惨重的代价。

《朱庇特与伊娥》是柯勒乔受命为曼图亚公爵绘制的宙斯（朱庇特）爱情故事系列组画中的一幅。这位出生于意大利北部帕多瓦附近小村庄的画家，自幼热爱绘画，深受文艺复兴同时期其他大师的影响，他的作品有达·芬奇的温婉细腻，也有拉斐尔的轻灵优雅，还兼有威尼斯画派的明快香艳。他的画作题材虽然只局限于圣经故事和古典神话故事，却反映出浓郁的人本主义精神和世俗情怀。[3]尤其是他到了功成名就的后期，开始热衷于描绘神话故事中具有享乐主义倾向的妩媚女性形象，大胆地描绘美丽性感的裸女和男女欢爱的场景，表现出对世俗生活的热爱。这也不足为奇，无论男女，在垂垂老去之时，常常不可避免地沉迷于充满青春气息的肉体，以及这些肉体激起的情欲，那是他们渴慕却永远不再的过去。

[3] Luba Freedman. *Classical myths in Italian Renaissance painting*. Cambridge: Cambridge University Press，2011.

宙斯与达那厄 （Danae）

宙斯被丘比特的第四支箭射中，无可救药地爱上了阿尔弋斯国王的女儿达那厄。

老国王曾获得神谕，得知自己的亲外孙将来会杀死他，继承王位。他在恐惧之中将女儿达那厄锁进一个隐蔽的密室。为了防止她受孕产子，老国王不让任何人接近她，只派了一个贴身女仆每天给她递送食物。

然而，看似万无一失的安保措施根本无法阻挡宙斯恋爱的步伐。为了得到心爱的女子，他可以轻松随意地施展"翻手为云、覆手为雨"的神通本领。这一次，他化身为一阵金雨，透过密室的罅隙，洒落到恋人身上，以一种引人遐想的浪漫方式与达那厄结合，并使她怀上英雄帕修斯。

达那厄和金币雨　提香（1549—1550 年，129×180 cm，普拉多博物馆，马德里）

　　众神之神与凡人女子承欢云雨的场景，被艺术家描绘出各种或隐晦、或直接的情色画面。从 1544 年到 1564 年，威尼斯画派大师提香（Titian，1488—1576）前后创作过至少六幅达那厄。[4] 除了几个细小的差别，这六幅画几乎有着完全相同的构图：体态丰腴的达那厄以慵懒倦怠的姿势半躺在一张奢华的古董大床上，两腿张开，带着半迷醉、半神往的表情仰面看着天空中降下的一场金币雨。六幅画主要的区别在于画面右边的细节：有四幅画中出现了达那厄的女仆。从现存于马德里的普拉多博物馆中的这幅，观众可以看到达那厄的女仆以一个老妇人的形象出镜，她慌忙提起衣襟去接住从天而降的金币，神情贪婪，令人生厌。

　　有关宙斯化身金雨引诱达那厄的故事，奥维德在《变形记》中只是轻描淡写地一笔带过，他原本只想描绘人与自然最原初的结合，却被后人不断加入伦理式的解读。在中世纪早期的手抄本中，达那厄穿着衣服，被刻画成接受神之光的纯情少女形象。尤其是神的金光透过窗户射进塔内的情景，宛如《圣经·新约》中处女玛利亚因天使之力怀上基督的"受胎告知"场景。后来，人们对达那厄的评价开始在两种极端中摇摆不定：一会儿因为她以处女之身为众神之神生下英雄帕修斯，把她视为圣母玛利亚的一种"雏形"，是纯洁的美德化身；一会儿又认为她本性贪婪，受到金子的引诱而失身，把她看作堕落的风尘女子。尤其到了中世纪后期和文艺复兴时期，人们认为金钱会玷污女性的美和品德，达那厄由此被视为受财富腐蚀的拜金女。

[4] 如今这六幅达那厄分别藏于那不勒斯、伦敦、马德里、维也纳、芝加哥和圣彼得堡的艺术博物馆里。

达那厄 丁托列托（里昂美术馆，里昂）

提香在前后 20 年的时间里画下数幅达那厄，不断向世人强化他心目中的达那厄形象。提香的一生基本上都在威尼斯度过，这个繁华之都有着比别处更甚的世俗享乐氛围和入世情怀。作为刚刚摆脱中世纪神学禁锢的威尼斯人，提香也同样受到文艺复兴时期的人文主义思想影响，他常常借助希腊神话故事表现人生的欢乐和世俗的情欲。他笔下的达那厄既不是圣坛上供人膜拜的道德典范，也不是被金子诱惑犯错的荡妇，她只是一个恋爱中的平凡女子，有着一具情欲绵绵的血肉之躯。她半躺在床上，仰头望着从天而降的金币雨，迫切地渴望与恋人融为一体。隐约可见她的左手放在两腿中间，右手手指在床单上拨弄出凌乱的皱褶，她那春心荡漾、性感妩媚的姿态，几百年来一直在撩拨人们的心。

　　提香为神话故事加入一个女仆，使得美丽的达那厄与面容丑陋的女仆形成一组鲜明的对比：一个正青春貌美，一个已衰老枯萎；一个沉醉在爱情的甜蜜中，一个为了意外横财而狂喜激动；一个为情，一个为利。提香以深色调描绘女仆，使她隐入昏暗的背景。这个庸俗的老妇人，生活早已与爱欲激情无缘，她就是《红楼梦》里贾宝玉哀叹过的"死鱼眼珠子"[5]。而达那厄光洁莹润的裸体像一尊浮雕般从暗沉的背景中突现到明亮的前景。画家的用心不言而喻，他要完成他一生的使命：以绘画艺术实现对爱与美的礼赞。

　　如果说文艺复兴时期的提香开启了描绘人类情欲的先例，那么 300 多年后的奥地利画家居斯塔夫·克里姆特（Gustav Klimt，1862—1918）则是把情欲的表达推向了高潮。1907 年，克里姆特完成他的《达那厄》，引起一阵轰动。一个火红头发的裸体女子蜷成一团，她的身体被拘束在狭窄的画框里，一束金雨从上到下倾泻而来直抵她的大腿根部，这正是被囚禁的公主达那厄。只不过她那一头火红的头发与任何时期的达那厄都不同。人们对红头发女人有一种偏见，认为她们是欲望强烈、拥有超凡力量的魔女。若果真如此，克里姆特的达那厄的确是妖魅性感的化身，画面四分之三的面积都被达那厄充满肉感的身体占据，她双颊潮红，朱唇轻启，迷离恍惚的脸上带着情欲满足后的快感。达那厄的一场春梦激起观众无尽的情色想象。

　　从达那厄两腿间倾泻而下的金雨是货真价实的黄金雨。克里姆特出

[5]《红楼梦》第五十九回，宝玉曾怨说："女孩儿未出嫁，是颗无价之宝珠；出了嫁，不知怎么就变出许多的不好的毛病来，虽是颗珠子，却没有光彩宝色，是颗死珠了；再老了，更变的不是珠子，竟是鱼眼睛了。"

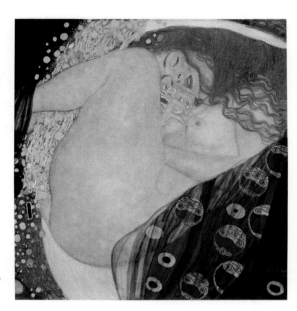

达那厄　克里姆特
（1907 年，77×83 cm，
藏地不详）

生于维也纳的金匠世家，他虽然未能按父亲的遗愿继承父业，却把家中大量的纯金粉和金箔纸搬到绘画创作中，形成独具风格、豪华绚丽的装饰效果，他也因此被称为"黄金画家"。同时，受拜占庭的镶嵌画影响，克里姆特将写实与抽象相结合，他画中三维立体的人物全都为二维平面的几何图案所环绕。这些图案既是装饰，也是强烈的隐喻。比如，靠近达那厄的大腿中间，那束金雨的末端有一个很不起眼的黑色长方形符号"■"，它是男性生殖器的象征。在黑色的透明薄纱上，印着一团团金色的圆形图案，犹如章鱼触须上的吸盘，它们是女性生殖器的象征。克里姆特用男女性器官的符号装饰画面，毫无避讳地展示他特殊的情色画风。[6]

[6] Karl Kilinski II，*Greek Myth and Western Art*，Cambridge University Press. 2013，p.169.

　　克里姆特生活在 19 世纪末、20 世纪初的维也纳，这个哈布斯堡王朝的古老帝都，此时正目睹着雄踞半个欧洲的奥匈帝国走向衰亡。强弩之末的国民心态，无不奉行及时行乐的人生哲学，人们沉迷酒色，纵欲寻欢。克里姆特亦不例外，他在画室里终日赤身裸体，只罩一件宽大的蓝色长袍，无数女模特被他引诱到糜烂的性爱游戏中。他曾坦言：对自己毫无兴趣，只喜欢女性人体。他画了几百幅姿态各异的女人体素描：年轻的、苍老的、怀孕的、睡梦中的……他的油画作品，除了少量几幅风景，全是女性肖像和女人体。她们纤细优雅，精致且神秘。置身于色彩艳丽、绚烂夺目的背景中，她们的神情却缥缈虚幻，透露着世纪末的颓废与孤独之感。

　　克里姆特在画中注入自己对人类终极问题的沉重思考。透过他的《达那厄》，人们可以看到贯穿其作品的四大主题：性、爱、生命与死亡。达那厄犹如困在母亲子宫里的婴孩般蜷曲着身体，她以这种人类初生的状态迎接化身金雨的恋人，充满了生命的原初动力。一阵像男性精液的黄金雨，以达那厄的子宫为目的地，奔涌上前使她受孕怀上英雄帕修斯。她的右手痉挛一般掐住右乳，性爱高潮中令人窒息的濒死体验让画面飘散出一丝挥之不去的死亡气息。然而，正是在经历过欲仙欲死的性爱过程后，人类生命才得以孕育。克里姆特以性连接生与死，希望通过爱欲实现生死的循环往复和死后的重生。

　　1918 年，纵情声色犬马的克里姆特被一场流感夺去生命。那一年，死亡阴影笼罩整个欧洲大地，500 万人死于第一次世界大战的枪炮之下，再无重生的希望，克里姆特钟爱的奥匈帝国也随之分崩离析。

宙斯与欧罗巴 （Europa）

　　位于爱琴海上的腓尼基王国终年阳光普照，风景旖旎。国王阿革诺耳（Agenor）的女儿欧罗巴与一众女伴在阳光明媚的海岸边嬉戏玩耍。宙斯变成一头公牛，混在牛群里，与别的牛一样哞哞叫着，慢慢蹭到公主身边。根据奥维德在《变形记》中的描述，宙斯化身的公牛，全身一片洁白，"就像足迹没有践踏过的初雪一样，带雨的南风还没有把它吹化。它的犄角短小，但是形状完美，就像巧匠雕琢过的一样，比珍珠还要晶莹洁净"[7]。欧罗巴不禁被眼前这头外形漂亮、性格温顺的公牛深深吸引，一会儿喂它野草，一会儿给它编织花环套在犄角上。最后，欧罗巴完全放松警惕，骑到了牛背上。

　　宙斯驮着欧罗巴一点点溜开，他们离开草地，纵身跃进大海。这时欧罗巴才意识到情况不妙，回头向女伴们呼救。但是陆地已经在身后越来越远，欧罗巴只能一手紧握牛的犄角，一手扶着牛背，任凭宙斯把她带到一片新大陆。后来这片新大陆以欧罗巴的名字命名，成为现在的欧洲（Europe）。根据神话记载，欧罗巴与宙斯结合生下三个孩子，她成为欧洲人类的始祖。

　　从提香到伦勃朗，从鲁本斯到高更，几百年来，无数画家画过各种风情的欧罗巴。其中，意大利文艺复兴时期威尼斯画派的大师提香，创作出一幅欧罗巴被劫走时，她在一头白色公牛背上仰面蹬腿、奋力挣扎呼救的画面，成为历代画家争相效仿的经典。与提香的《劫走欧罗巴》不同，法国巴洛克艺术家诺尔－尼古拉斯·夸佩尔（Noel-Nicolas Coypel,

[7] 奥维德. 变形记 ［M］. 杨周翰，译. 北京：人民文学出版社，2000.

劫走欧罗巴 诺尔－尼古拉斯·夸佩尔
（1727 年，127.6×194 cm，费城艺术博物馆，费城）

1690—1734）笔下的欧罗巴虽然面露紧张的神色，却没有过激的反抗迹象。身姿婀娜的欧罗巴即使在发现自己受骗被劫后，也依然没有失去优雅的仪态。她侧身坐在一头漂亮神气的白色公牛背上，一只手扶着牛的犄角，一面懊恼地扭头回望渐渐远去的海岸线。盘旋在欧罗巴头顶的西风神，鼓足腮帮吹气，助力宙斯加速前行。海面上柔波翻滚，浪花飞溅，众多海中仙女和男人鱼互相拥搂，一群上下嬉闹的小爱神穿梭其间。整个画面有近 30 个人物，他们情态各异，动感十足，令人眼花缭乱。画面近处，一个皮肤黧黑的海仙吹奏海螺号角，拉开欢庆的序幕。远处海平面投来的曙光，照耀着这群游乐于海上人间的男女，他们在一场爱的盛宴中纵情狂欢，庆祝宙斯成功劫走他的新娘。西方人自古就有劫取美女成亲的习俗，和中国传统的"抢婚"仪式相似。虽有暴力成分，但更多的是充满喜悦和欢乐的游戏，是婚礼上一段必不可少的娱乐环节。这幅画因其生动活泼的人物群像，美轮美奂的色彩和巧妙的光影效果，被喻为整个18世纪绘画中，最欢快和喜庆的神话故事场景之一。

　　1727年，法国国王路易十五邀请12位著名的宫廷画家，举行皇家绘画比赛。夸佩尔完全按照奥维德在《变形记》中的描述，刻画宙斯化身公牛劫走欧罗巴的场景。为了忠实、完美地再现原著中的描写，他甚至连细枝末节都不放过：公牛的身体洁白得好像"未经践踏的初雪"；小巧别致的牛角比"晶莹洁净的珍珠"还要闪耀；就连公牛扭头回看时，脖子上的皮肤褶皱都按照描述画成了"挂在脖子正前方的长长垂肉"。

　　尽管他的画最终没有得奖，却被参观画展的人们公认为是最美丽雅致的一幅。[8] 他们认为夸佩尔为法国绘画艺术开创了新的色调：从明亮的黄色到淡淡的粉红和蓝色，画家描绘出阳光的轻盈与透明。他还用细腻柔嫩的笔触和温暖明丽的色调描绘女人裸露的身体，她们的皮肤在冷色调的深蓝色大海映衬下，闪耀着夺目润泽的光芒。夸佩尔笔下的人物虽然有巴洛克绘画中的动感，却并不过分夸张。他们用优雅的姿态，含蓄的表情传达着欢乐的情绪，为洛可可绘画[9]的兴起吹响了序曲。

　　法国大革命后，波旁王朝覆灭，这幅画流落民间，几经易主，最终

[8] Colin B. Bailey. *The Love of the Gods: Mythological Painting from Watteau to David.* New York: Kimbell Art Museum，Fort Worth，1997. P.284.

[9] 洛可可绘画兴起于18世纪的法国，因为盛行于路易十五统治时期，因而又被称作"路易十五式"，该艺术以色彩娇艳明丽，造型烦琐精细，风格甜腻温柔而著称。其描绘对象多为宫廷贵族和上流社会的享乐生活。代表画家为华托（Watteau）、布歇（Boucher）和弗拉戈纳尔（Fragonard）。

劫走欧罗巴　鲁本斯（普拉多博物馆，马德里）

落到拿破仑的哥哥约瑟夫·波拿巴手中，成为他的私人珍藏。很快拿破仑倒台，约瑟夫被迫流亡美国，他带走了一大批洛可可和新古典主义画作，《劫走欧罗巴》也在其中。约瑟夫曾在新泽西的家中向美国客人们展示他的藏品。可惜，新英格兰地区保守的清教徒崇尚简朴禁欲的生活方式，他们完全无法欣赏法国宫廷里带有纵欲享乐的绘画。他们一看到这幅满是裸体男女在海上欢爱嬉戏的场景，感觉犹如芒刺在背，极其刺眼。好在当时的美国总统托马斯·杰斐逊（Thomas Jefferson）早年曾游历巴黎的沙龙画展，他的品位独到，对 18 世纪的法国艺术非常推崇。在他的努力引荐下，美国民众慢慢开始接受这种看似情色肉欲的作品。1815 年，夸佩尔的《劫走欧罗巴》终于被人捐赠到费城艺术博物馆，成为馆藏精品。

宙斯与丽达　（Leda）

斯巴达国王廷达瑞俄斯（Tyndareus）迎娶了海中仙女丽达，却忘记向爱神维纳斯供奉祭品以表敬意和感谢。维纳斯气恼不已，决定报复廷达瑞俄斯。她故意让好色的宙斯爱上美女丽达。为了接近丽达，宙斯趁她在河边沐浴时，化身为一只天鹅游到她身边。维纳斯则化身成一只凶猛的老鹰扑抓天鹅。丽达眼看这一险景，顿生怜悯之心，她驱赶老鹰，把楚楚可怜的天鹅揽入怀中庇护。宙斯立即抓住机会与丽达亲近。丽达怀孕产下两枚蛋，两对双胞胎分别从两枚蛋中破壳而出，其中一对双胞胎是廷达瑞俄斯的孩子，另一对双胞胎海伦（Helen）和波吕克斯（Pollux）则是宙斯的骨血，海伦即是后来引发特洛伊战争的绝色美人。

被誉为文艺复兴三巨匠的达·芬奇（Leonardo da Vinci，1452—1519）、拉斐尔（Raphael，1483—1520）和米开朗基罗（Michelangelo，1475—1564）先后都画过《丽达与天鹅》（现存作品均为后人摹本）。刚刚走出中世纪禁欲阴影的人们，对古典神话里只字片语的情爱场景充满了兴趣，但他们不敢公开描绘男女性爱，那在基督教文化里是一种违法行为。相对而言，人与一只鸟的暧昧亲昵比较容易被世人接受，算是在世俗与宗教之间达到一种微妙的平衡。达·芬奇从 1504 年到 1510 年的六年时间里画过数幅相关的素描草图和油画。他的画作一问世，佛罗伦萨的画家争相效仿，拉斐尔也临摹过他的手稿。可惜他们的作品大都在后来的宗教禁欲运动中被毁坏遗失。30 页图左为现存于乌菲兹美术馆中的弗朗切斯·麦尔茨（Francesco Melzi）临摹达·芬奇的仿品，图右为拉斐尔的铅笔素描稿。他们画笔下的丽达与天鹅并肩站立，天鹅伸出一只翅膀将丽达揽在怀中，丽达双手环住天鹅颈脖，羞涩地低头微笑，

丽达与天鹅 弗朗切斯·麦尔茨
（油画 1506 年，112×86cm，
乌菲兹美术馆，佛罗伦萨）

丽达与天鹅 拉斐尔
（素描线稿，1507 年，温莎城堡）

两对双胞胎从丽达脚边的两颗蛋中破壳而出，表达出一场人兽奇恋的温暖甜蜜。

与这两位同时代画家相比，米开朗基罗的《丽达与天鹅》显得更加引人注目，它的经历也颇具有戏剧性。1512 年，米开朗基罗在罗马的西斯廷大教堂为教皇画天顶壁画，碰巧遇到费拉拉公爵（Duke of Ferrara）。公爵拉着他聊天，非要他也仿效达·芬奇，为自己的宫殿画一幅《丽达与天鹅》。米开朗基罗那时正忙得四脚朝天，哪有时间陪公爵闲聊，只得含糊其词地答应下来，转身就把这事抛到脑后。一直到1529 年，两人再次相遇，公爵提醒他尚未践行的约定，米开朗基罗这才赶紧着手开始创作。费拉拉公爵让米开朗基罗描绘男欢女爱之情，似乎有些强人所难。米开朗基罗花了一年多的时间才完成公爵给他出的难题，而且这也是他一生中唯一一幅与情爱相关的作品。作为一名虔诚的天主教徒，米开朗基罗对包括吃喝玩乐在内的世俗享受毫无兴趣。他带着宗教狂徒般的热情终日埋头工作，不停地奔走在佛罗伦萨和罗马之间，为美第奇家族以及教皇绘制壁画、雕刻大理石雕。虽然从资助人手中获取到丰厚的报酬，但是他一直过着非常悭吝节俭的生活，而且他一辈子单身，只与几位男性保持着柏拉图式的亲密关系。对于从未近过女色的米开朗基罗，他笔下的女子全是肌肉发达、骨骼强健如男人的女战士；因为从来没有体验过你侬我侬的儿女欢情，他所理解的男女之爱自然就是近乎野蛮的、以繁衍后代为目的的直接扑倒在地。

　　如果说达·芬奇和拉斐尔画出了一段含蓄的人兽之恋和他们的恋爱结晶，那么米开朗基罗更专注于描绘丽达与天鹅赤裸裸的性爱过程，表现手法较之前两位更加大胆。化身天鹅的宙斯张开巨大的翅膀扑在魁伟的丽达身上，尾羽紧紧贴着她的私处，暗示出两人的云雨神交。丽达扭曲着身体半躺在火红色的毯子上，粗壮的左腿跨在天鹅的背上，左手有些倦怠地搭在身旁。她低头与天鹅的喙角亲吻，脸上似乎并没有多少陶醉神往的喜悦，反而流露出羞怯与沉郁的神色。她更像一位忏悔的少女，为了刚才片刻的欢愉深深自责。这就是米开朗基罗作为一名终身禁欲的天主教徒交出的情爱答卷。继米开朗基罗之后，后世的艺术家在描绘人兽性爱的路上越走越远，有些作品甚至流于不堪入目的色情之作。如今

丽达与天鹅　罗索·菲伦蒂诺（1530 年，105×141 cm，英国国家美术馆，伦敦）

回头再看米开朗基罗的《丽达与天鹅》，画面并没有让人感觉一丝一毫的恶俗不雅，在简洁的红白色调中，反而整体呈现出雄浑、悲壮的力量之美。

　　然而，米开朗基罗的《丽达与天鹅》注定命运多舛，最终因其令人争议的画面而被销毁。一开始，或许是画中的人兽杂交场面太过露骨，也或许是事隔十多年的等待让费拉拉公爵感觉颇受轻视，时过境迁，当他看到画作终稿时早已没有了当年的热情。公爵拒付画款，并且当着米开朗基罗的面就表现出轻蔑不满的神情，两人不欢而散。米开朗基罗愤然将画卖给了法国国王弗朗索瓦一世，国王用它装饰自己的枫丹白露宫。然而，仅仅才过去 100 年，法国王室迎来了路易十三的安妮王后。这位外表柔弱、内心强悍的西班牙女人是一个虔诚的天主教徒，她对画中的人兽之交非常反感，把它视为"下流色情"之作，并下令将其烧毁。[10] 幸好后世许多画家临摹过米开朗基罗的原作和草图，其中，意大利画家罗索·菲伦蒂诺（Rosso Fiorentino，1494—1540）临摹的副本与原作同属一个时期，而且最忠于原作。颇为有趣的是，这幅临摹作品几经辗转来到英国，刚开始一直是斯宾塞伯爵（Earl Spencer）的私人珍藏，他也因为画作主题过于敏感，几番犹豫是否应该放弃收藏。直到有一天，他的小女儿好奇地追问父亲画中场景的内容，让他感觉十分尴尬，终于下定决心将它脱手卖出。此画于 1835 年被英国的国家美术馆收藏。如今，人们通过它可以遥想当年米开朗基罗原作的风采，也可以看到千百年来，世俗情爱与宗教禁欲像两股强大的势力一直在欧洲进行着殊死角逐。

丽达与天鹅
委罗内塞
（费什宫美术馆，阿雅克肖）

[10] 根据 1691 年法国皇家的收藏记录：米开朗基罗描绘的天鹅被烧毁。由此解释了他的原作消失的原因。

宙斯与卡利斯托　（Calisto）

　　宙斯除了与 12 位凡人女子展开恋情，对天界的女神和小仙女也不放过。这次，他又打起了月亮女神狄安娜身边的侍女卡利斯托的主意。卡利斯托许愿要终身保持处女之身，因此被圣洁的狄安娜选中，成为女神最贴心的随从。宙斯垂涎她的美貌，为了接近这个贞洁的小仙女，他施展诡计，变身为自己的女儿狄安娜，在卡利斯托毫不知情的状况下，强暴她并使她怀上儿子阿卡斯（Arcas）。有精神洁癖的狄安娜发现她的侍女怀孕了，一气之下将其赶出家门。失去主人庇护的卡利斯托受到更加严酷的惩罚，她被天后赫拉变成一头丑陋无比的母熊。阿卡斯后来成长为一个英俊神勇的少年，16 岁时他在密林中狩猎，被母亲卡利斯托撞见，她忘记自己已经是熊身，伸出双手，想拥抱自己的孩子。阿卡斯以为扑上来的母熊要袭击他，于是举起标枪射杀。就在悲剧即将发生的瞬间，宙斯恰好在天上巡视，为了不让自己的儿子亲手杀死他的母亲，他解除魔咒，带他们来到天上。卡利斯托升为大熊星座，阿卡斯升为小熊星座，母子俩从此日夜相守。赫拉看到后气急败坏地派出一个猎人带着两条猎犬紧追其后，他们随后变成了天上的猎人座和猎犬座。赫拉仍不甘心，跑去求助海神波塞冬，希望他禁止宙斯的情人和私生子沉入大海休息，所以现在大小熊星座只能在海平面上的天空转来转去，而永远没法像其他星星那样坠入大海。

　　艺术家描绘这则神话故事时，主要集中于两个题材：宙斯（朱庇特）引诱卡利斯托和宙斯阻止阿卡斯猎熊。瑞士的新古典主义女画家安杰莉卡·考芙曼（Angelica Kauffmann， 1741—1807）选择了宙斯化身为狄安娜引诱卡利斯托的一幕。画面中体现出，无辜的卡利斯托为何被骗：

朱庇特化身狄安娜和卡利斯托　安杰莉卡·考芙曼
（1781 年，18×18 cm，圣皮兹堡美术博物馆）

宙斯假冒的狄安娜头戴月亮花冠，背着打猎的弓箭，从外貌上看不出任何破绽，只有脚下的闪电雷霆棒和老鹰暴露出他的真实身份。卡利斯托完全被蒙在鼓里，她还在向主人比划计算着今天打猎的战果，"狄安娜"已经急切地倾身上前欲将她揽入怀中。

考芙曼擅长于描绘古典神话中的故事场景，在男性占主导地位的画坛，她获得了"叙事画"（History Painting）画家的荣称。"叙事画"[11]被公认为最高级别的绘画类型，相当于文学中的史诗。女性画家涉猎的绘画题材通常局限于静态的、具体的静物、花卉、风景，或肖像，很少有女画家敢于挑战场面复杂的叙事画，因为这种题材的画不但要求画家有深厚的文学和历史素养，还要求画家具备人体解剖学知识。画作中常常有一组或多组人物出现，为了塑造准确的人物形体，画家必须经过大量的裸体人像的写生训练，才能了解人体骨骼和肌肉的结构比例、光影对比等。20世纪前的欧洲，女性受教育程度普遍很低，她们更不可能有机会接触到裸体男模特。不过，考芙曼成功地冲破了性别的限制，她的画家父亲从小给予她大量的绘画基本功训练，帮助她掌握了叙事画需要的技能。考芙曼成为绘画史上罕见的一位以叙事画留名的女画家。

在对"诱奸卡利斯托"一幕的理解和处理方式上，考芙曼显示出她作为一名女性画家的独特视角。18世纪的男艺术家热衷于描绘两个女性之间的情爱，他们认为观看两个女同性恋的亲昵举动能极大地挑逗男性的性欲。就连启蒙思想家、大哲学家伏尔泰和狄德罗都对此有过大胆露骨的情色描写，更别提街头大量粗制滥造的色情读物了。法国的宫廷画家尤其偏爱此题材，他们笔下的"狄安娜"和卡利斯托通常是两个半裸或全裸的女子，以性感肉欲的姿态拥吻、爱抚，无不让观众看得心惊肉麻。这些宫廷画中令人羞红脸的场景让观众窥见了宫廷贵族们荒淫生活的冰

[11] 这个术语来自拉丁语"Historia"，指"故事"或"叙事"。叙事画描绘历史事件、宗教故事、古典神话、文学作品中一幕虚构的动态场景。现代英语中的"Historical painting"才是"历史画"，指狭义上描绘历史事件的绘画。

山一角。与弥漫着淫逸、享乐风气的法国画坛一对比，来自瑞士的考芙曼像阿尔卑斯山上吹来的一阵朴素清凉的山风。她不愿意激起人们对女同性恋的情色联想，也不打算取悦男性观众，满足他们一双双猎艳观奇的眼睛。她的"狄安娜"和卡利斯托穿着古典端庄的长袍，亲密地在幽静的山林里并肩而坐，她们犹如一对分享闺阁私密的好姐妹，完全没有刺激人眼球和神经的惹火场面。

　　考芙曼用画笔讲故事的能力再次证明了她是一个高超的叙事画家。为了忠实地再现奥维德在《变形记》里的叙述——"当卡利斯托告诉'狄安娜'（宙斯假冒的）当天打猎的战果时，'狄安娜'打断她，一把将她抱入怀中，粗鲁地亲吻她的嘴唇"，同时，也为了避免让两个女子在画布上呈现出粗俗、不雅的情色表演，考芙曼选择了一个"含义深刻的节点"（Pregnant Moment）。她选择宙斯原形毕露前的一刻，以含蓄的笔触画出假冒的"狄安娜"正准备亲吻卡利斯托的那一瞬间，给予观众更多想象的空间。熟悉这则神话故事的观众都明白接下来会有暴力的强奸过程，他们会为画中的卡利斯托由衷地捏一把汗，恨不得冲进画中揭穿宙斯的阴谋。考芙曼早已洞悉观众的心思，她让躲在树后的小丘比特一只手做出"嘘"的姿势，告诫画外识别出宙斯身份的观众不要出声，这不过是神话故事的情节发展，只是"艺术的真实"。

1.3　赫拉（Hera）

　　赫拉是宙斯的同胞姐姐，是他的第七任（也是最后一任）妻子。[1]赫拉对应着罗马神话中的朱诺（Juno）。因为 6 月（June）是朱诺的月份，再加上她是婚姻的守护神，人们认为在 6 月结婚就能够得到幸福。"June Bride"（六月新娘）一说由此变得很普遍。赫拉在奥林匹斯圣山的地位仅次于她的丈夫。

　　据说宙斯爱慕姐姐有 300 年之久。不过，赫拉并没有把宙斯的追求当真，拒绝了他三番五次的表白。不甘放弃的宙斯最后想出一个计谋，他变成一只被雨水淋湿的杜鹃，飞到赫拉身边。赫拉看到这只可怜的小鸟，立刻动了恻隐之心，她把小鸟捂在胸前取暖。这时，宙斯显出原形，强行占有了赫拉，赫拉无奈之下只得嫁给宙斯。她虽然是宙斯的第七任妻子，却是唯一被冠以"天后"之名的正室夫人，可以与他分享权力与尊荣。从此，赫拉成为一神之下、万神之上的天后，与宙斯一同统治奥林匹斯。

[1] 古希腊神话中的姐弟、父女、叔侄等乱伦现象非常普遍。在远古先民的洞穴群居时期，男女之间的性关系非常杂乱，没有人会在意伦理道德，繁衍后代是首要任务。神只会与另一个神结婚，为了保证血统的纯正，近亲结婚这种"亲上加亲"的结合方式是最有效的途径。"优生优育"是近代人们才开始接受的概念。

她成为司掌婚姻和生育的女神，在众神仰慕的目光中，驾着孔雀拉牵的黄金宝座风光出行。

　　两个威力强大的神灵联姻，成就了奥林匹斯圣山一段最奇葩的婚姻模式。婚后的赫拉除了地位获得提升，实际的生活不见得有多么幸福。宙斯依旧不改好色花心的本性，他从来没有停止过寻花问柳的脚步，猎艳对象包括天界的女神、地上的凡人，有时候是女人，有时候还是男童。在丈夫的一次次背叛中，赫拉活生生地被逼成一个凶狠的毒妇。因为害怕失去丈夫的爱，她对情敌和宙斯的众多私生子展开各种迫害残杀：逼疯了狄俄尼索斯，烧死了他的母亲塞墨勒，放出巨蟒绞杀勒托，把伊娥变成小母牛，把卡利斯托变成母熊……终于有一天，筋疲力尽、忍无可忍的赫拉，一气之下，离家出走，跑到一个谁也找不到的地方藏了起来。身边没有这个唠叨不休、成天监控自己的妻子，宙斯突然感觉生活颇为无趣，若有所失。百无聊赖之中，他对身边的女人失去了兴致，开始四处寻找赫拉。为了挽回与妻子的感情，他想到一个主意。他放出消息，宣称即将迎娶一位美丽的女子。实际上他只是做了一个漂亮的木偶假人，给它穿上华服，披上婚纱，让它坐上五彩车在大街小巷招摇过市。赫拉听到谣传，信以为真，赶紧跑出来，冲上前去一把撕烂新娘的婚纱，结果发现那只是一个假人。她意识到自己受骗，反而开心地大笑起来，两人当即重归于好。

　　凭借强硬的姿态和铁血的手腕，赫拉一直忠贞地捍卫着她的婚姻。因此，无论宙斯如何让她伤心绝望，她从来没有背叛过丈夫。有一个名为伊克西翁的凡人爱上赫拉，向她甜言蜜语，诉说衷肠，赫拉听后立即告诉丈夫。之后宙斯把这个受心中欲火驱使、胆大妄为的男子绑到冥界

伊达山上的朱庇特与朱诺　詹姆士·巴里
（1773 年，132×155cm，谢菲尔德市立美术博物馆，谢菲尔德）

的风火轮上，让他接受火刑惩罚，永世转个不停。

　　艺术家比较少描绘赫拉，并非嫌她不够漂亮，是个年老色衰的黄脸婆。事实上，根据古希腊诗人的文字描述，作为众神之神的正牌妻子，她是一个相当美艳的天后，有着"一双水汪汪的大眼睛"和"一对洁白如玉的手臂"。她和宙斯一样拥有高贵的出身和尊贵的地位。但她骄傲、任性、多疑、易怒的性格不讨人喜欢，再加上她迫害情敌时无所不用的残忍手段，更是让艺术家对她有所顾忌。她常常以配角身份出现在画中，要么是争风吃醋的正房太太，要么是霸道凶狠的天后娘娘。在极少数以赫拉为主角的作品中，爱尔兰画家詹姆士·巴里（James Barry，1741—1806）画出了赫拉的美貌，更表现出她性格中坚强、刚毅、自负的一面。他选取荷马史诗《伊利亚特》中的一个场景：在特洛伊战争的关键时刻，一直非常厌恶特洛伊人的赫拉为了帮助希腊人攻下城池，从爱神维纳斯那里借来金腰带，精心梳洗打扮一番后，以妩媚之姿迷惑宙斯（他支持特洛伊人），让他昏昏沉沉陷入酣睡，无暇顾及战事和保护特洛伊。

　　詹姆士·巴里创作了一个令人难忘的赫拉形象。他的整幅画面被赫拉和宙斯互相缠扭的身体占据，难分彼此。他们头顶头互相打量，眼神里看不到一丝甜蜜的柔情，全是凝滞、愠怒的互怼。这是一对奇特的夫妻：他们的对视充满火药味，双手却在摸索着搂住对方；他们如此紧密地痴缠，却没有温柔的拥吻；他们的婚姻充满了争吵、怀疑与背叛，却谁也离不开对方。从他们对视的双目中，人们看到的是两个强大的男女在展开一场力量的角逐。赫拉的位置高出宙斯，表明她始终占上风，她的神情也有种稳操胜券的笃定。不过，归根结底是宙斯自己愿意让赫拉占上风，因为在他的内心深处，无论与她有过多么激烈的争执吵闹，最爱的人依然是她。宙斯与其他女子的桃色恋情，不过是短暂的过眼云烟，一旦他把她们追求到手，满足私欲之后，他的爱欲对象就不再对他有任何吸引力。当这些女子为他生下后代，他会毫不留恋地将她们抛弃，再开始物色新

赫拉　路易－雅克·迪布瓦（贡比涅城堡，瓦兹）

的寻欢对象。赫拉是婚姻的守护神，她非常珍惜与宙斯的婚姻，无论他在外如何花心，她始终保持忠诚，不曾背弃。这对从姐弟变成夫妻的神仙眷侣更像战壕里并肩作战的战友和搭档，他们是同一块材料做成的男和女，对于权力怀有极大的热情，都有着极强的控制欲。丈夫精力旺盛地追逐其他女性，通过征服天界和人间的各种女子，证明自己的魅力和权力。赫拉作为妻子的底线一次又一次面临挑战，但她毫无厌倦地围追堵截，欲将情敌和丈夫的私生子统统置于死地，恢复她在两人关系中的上风地位。他们固执地在"猫和老鼠"的捉迷藏游戏中，以这种变态的方式证明各自的权威，以及彼此的爱。

詹姆士·巴里用画笔生动、准确地刻画出宙斯和赫拉之间充满张力、充满矛盾的亲密关系。这个从小就被称为"小神童"的爱尔兰画家，成年后也有着非常桀骜不驯、刚愎自用的性格。他天资聪颖，年纪轻轻时已经获得大财主的资助去意大利学画。从罗马到佛罗伦萨，巴里一头沉迷进古典艺术中，创作出大量古希腊神话和圣经题材的作品。他将古典艺术视为至尊，从此不愿按照资助人的意愿去画一些普通人物的肖像。在英国皇家艺术学院任教时，因为自视甚高，他公开表达对其他同事的轻蔑不屑，得罪了院方，最后被学院开除。《大英百科全书》收录他的词条记录着："詹姆士·巴里是一位非常有主见的画家，他坚定不移地只画宏大题材的作品，但他的画并无特别过人之处，构图和用色也略显平淡。他任性而冲动，有时彬彬有礼、乐于社交，有时又孤僻阴郁。"可以看出，巴里在英国绘画界并没有获得什么美誉，但也许正是因为他刚愎任性的性格，在诠释同样自负骄傲的天后赫拉时，才能毫不费力地把握住和他一样极端人物的极端个性。

1.4 波塞冬（Poseidon）——海神

古希腊神话中掌管海洋的波塞冬对应罗马人的海神尼普顿（Neptune）。因为不满父亲克罗诺斯的残暴统治，他联合弟弟宙斯和哥哥哈迪斯的力量，三兄弟团结一致推翻了父亲。经过抓阄分配统治领域，波塞冬成为海洋之神，掌管所有水域，地位仅次于宙斯。虽然他可以随意出入奥林匹斯圣山，但他更喜欢住在自己的海上皇宫里，与妻子安菲特里德（Amphitrite）和人身鱼尾的儿子特里同（Triton）为伴。据说他发怒时，会在大海上掀起滔天巨浪，引发天崩地裂般的风暴、海啸和海岛沉没。水手和渔民对他的威力敬畏无比，出海航行之前都要向他祈求平安。

波塞冬的形象大都是强健的中年肌肉男，一头凌乱的卷发和美髯，与宙斯的样貌很像，只能凭借他们手中的武器进行区别：宙斯手持

阿尔特米西昂的波塞冬像
作者不详（雅典国立考古博物馆，雅典）

闪电雷霆棒，波塞冬手持三叉戟。1928 年，一座高 3 米的巨型青铜雕像从希腊优卑亚岛海域被打捞出来，因其手中的武器遗失，直到今天，考古学家都一直无法断定其身份到底是宙斯还是波塞冬。但是如果将一把三叉戟放到这尊公元前 460 年的巨大铜像手中，人们立刻就可以遥想出波塞冬作为海神的威仪，想象他驾着海豚牵引的海螺战车，驰骋在浩瀚无边的大海上。

海神最受喷泉雕刻家的喜爱，罗马街头随处可见以他为主题的喷泉，不过，画家也喜欢描绘他主宰大海的英姿，或驾车奔驰在浪涛中，或被美人鱼和海中仙女簇拥，场面豪华壮观。意大利画家布龙齐诺（Bronzino，1503—1572）以热那亚共和国海军上将安德烈亚·多利亚为模特画的海神，把一代名将比作统领大海的神，以此颂扬一个风云人物身上带有的神的特质。

画中的多利亚一生都与大海结缘。多利亚出生于热那亚共和国一个富有的贵族家庭。幼年丧父失母的经历，让多利亚小小年纪就加入雇佣军，开始他的军旅生涯。20 多岁时，他在热那亚海军服役，慢慢显露出海上作战的指挥能力后，他被推选为热那亚舰队的统帅，带领海军巡航地中海。通过军事上的成功，他敛聚到权力、地位和财富。1528 年，多利亚率领舰队将入侵的法国人赶出热那亚，成为热那亚共和国新的最高决策人。大海锻炼了他的身体和意志，也成就了他的事业。他一直活跃在热那亚的军事和政治舞台，直到 94 岁高龄去世。

1530 年，布龙齐诺受托创作此画时，多利亚已经是 64 岁的老人。不过，从画面可以看出，由于多年的海上训练和规律的军旅生活，多利亚虽已头发花白，但骨骼强健，肌肉依然紧实，毫无老朽病态之姿。他的面容

多利亚装扮成尼普顿　布龙齐诺
（1530 年，115×53 cm，布雷拉美术馆，米兰）

刚毅镇定，有着与海神一样卷曲飘逸的长髯。他的右手握一柄方头船桨，
象征着他对舰队的绝对统帅。后来一个匿名艺术家又在船桨上方添加了
一个如卡通效果般滑稽的三叉戟，也许是希望此画与海神的联系更加明
显。布龙齐诺捕捉到多利亚的精神气质和神态特征，画出了他"老骥伏枥，
志在千里"的雄心壮志。多利亚在 60 多岁时，开始效忠于神圣罗马帝国

的皇帝查理五世，多次率领皇家舰队远征土耳其人；84岁还击退热那亚海域的海盗；90岁时，他攻打侵占科西嘉岛的法国人，战役结束才交出海军统帅权。他像海神附体般，在统领的地中海海域上所向披靡。

　　出生在佛罗伦萨的布龙齐诺是大公柯西莫·美弟奇的宫廷御用肖像画家。他的本名叫尼奥洛·科西莫，因其皮肤黝黑，被人称作"Bronzino"（黑小子，意大利语）。[1] 他一辈子都待在佛罗伦萨，勤勤恳恳地为大公和公爵夫人，以及当地的名流显贵画肖像。他最擅长以象征手法绘制寓言肖像（Allegorical Portrait），根据有名的政治人物或公众人物各自的特征，将他们描绘成古希腊罗马神话中的神，譬如化身为朱诺的女王、维纳斯般美丽的王后、阿波罗式的王子、赫拉克勒斯一样力大无比的将军，既向风云人物致敬，也有祈求神灵庇佑之意。这种带有美好愿望的寓言肖像画颇受统治阶层和上流社会的喜欢。安德烈亚·多利亚是人类历史上最伟大的海军将领之一。布龙齐诺将这个一生叱咤大海的名将比作海神波塞冬（尼普顿），算得上一个贴切的比喻。

---

[1] 旧时画家在意大利的地位很低，他们的名字通常都并非本名，只是些被人们叫习惯了的绰号，比如列奥纳多·达·芬奇表示"来自芬奇村的列奥纳多"，波提切利的名字在意大利语中指"小桶"，柯勒乔的名字是"来自柯勒乔村的"，丁托列托的意思是"小染匠"，卡拉瓦乔是"来自卡拉瓦乔村的"。

1.5 维纳斯（Venus）——爱神

希腊人称她为阿佛洛狄忒（Aphrodite）——爱与美的女神，罗马人则称她为维纳斯。相传她一出生就是绝色美女，既无童年，也不会衰老，完美无缺，永远青春美丽。意大利文艺复兴画家桑德罗·波提切利（Sandro Botticceli，1445—1510）描绘了维纳斯自爱琴海上诞生的一幕，塑造了最经典、最优雅的维纳斯形象。他的创作灵感来自意大利文艺复兴诗人波利齐阿诺（Poliziano）的一首长诗：

A maiden not with a human face	此貌本应天上有
pushed forward by lustful Zephyrs	西风吹送至岸边
stands on a shell,	娉婷玉立贝壳上
and the Heavens enjoy the sight.	天庭众神多欢欣

画中的维纳斯赤脚站在一个光洁的贝壳上，一头金色的长发像海藻一样飘散摇曳，左边是紧紧相拥的风神与花神。伴随花神的每一次呼吸，粉红的玫瑰从她嘴里涌出，再经由风神的吹送，顿时产生漫天飞花的动感。右边的时辰女神已经迫不及待地举起缀满鲜花的华服迎接她。与周围的动态场景形成对比的是维纳斯如初生婴儿般的恬静。这幅唯美、诗意的

维纳斯的诞生　波提切利（1484—1485 年，278.5×172.5 cm，乌菲兹美术馆，佛罗伦萨）

杰作奠定了波提切利在文艺复兴画坛上的大师地位。

　　波提切利的一生与佛罗伦萨显赫的美第奇（Medici）家族密切相关。想要深入了解波提切利的绘画，必须先了解这个造就了欧洲文艺复兴辉煌历史的美第奇家族。他们的祖先最早只是托斯卡纳山区的农民，靠做一些小生意致富，后来以银行业发家，跻身成为贵族，统治佛罗伦萨长达 200 多年。伴随着财富的与日俱增，美第奇家族的子孙却产生前所未有的恐惧感。因为《圣经》认为任何不劳而获的财产都有罪。美第奇家族的人，没有下地挥洒汗水劳作，坐在家里放高利贷，财富就通过利息收入源源不断地进入口袋，这是犯下了不可饶恕的大罪。他们害怕死后下地狱受到惩罚，赎罪成为美第奇家族资助艺术的原初动机。他们最初出资修筑教堂、修道院和宫殿，高薪聘请艺术家创作宗教题材的雕像和绘画，建立起家族资助艺术的传统。后来，外化的赎罪之旅渐渐内化为心灵对美的需求。到了"华丽公爵"洛伦佐·美第奇（Lorenzo Medici）的鼎盛时代，美第奇家族对艺术的热情达到痴迷状态。洛伦佐慷慨资助佛罗伦萨最杰出的艺术家，其中包括波提切利、达·芬奇、米开朗基罗、韦罗基奥等巨星。大师们为美第奇家族创作了一系列杰作，让佛罗伦萨成为欧洲璀璨的艺术之都。位于佛罗伦萨市中心的乌菲兹美术馆（Uffizi Gallery）由美第奇家族的办公室改造而成（Uffizi 即意大利语的办公室），如今专门用于向世人展览绵延 300 多年的文艺复兴时期欧洲各地遗留下来的雕塑和绘画珍品。

　　波提切利与洛伦佐公爵的关系尤为亲密。他被邀请到美第奇家族的宫殿与洛伦佐同吃同住，成为最受宠爱的御用宫廷画师。1485 年，洛伦佐的堂兄弟购置了一处乡间别墅，波提切利受托绘制《维纳斯的诞生》，用以作为礼物装饰他们的新居。这幅画完成后，洛伦佐非常满意，认为它最能代表波提切利的风格。画家吸取古典神话中最为诗意的部分，用纤细流畅的线条、淡雅的色调和精心刻画的入微细节，再现了人们心目中理想的爱与美之神。

　　画中维纳斯那双迷离、惆怅的眼睛若有所思，若无所思，让几百年来的观众一直好奇不已，为什么她没有诞生时的喜悦，反而流露出淡淡的忧伤？这还得从画中的模特说起。她是当时佛罗伦萨最美的女子——西蒙奈塔·韦斯普奇（Simonetta Vespucci）。她打扮成花神参加选美比赛，赢得了"美后"的称号。她的美貌征服了全城男子，包括画家波提切利。然而他只能把这份爱慕深深地埋在心里，因为她也是洛伦佐公爵的亲弟弟朱利亚诺·美第奇的情人。画家纵然多情，但终究没有财力与胆量公开挑

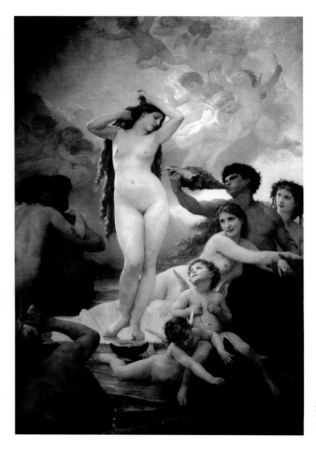

维纳斯的诞生
布格罗〔奥赛美术馆，巴黎〕

战自己的资助人。1476年，西蒙奈塔年仅22岁时，因一场感冒引发肺炎去世。
看到灵车出殡一幕，全城民众为之哀伤。她的遗体没有敛入棺椁内，而是
被打扮成花神仰卧于花车上，在众人悲恸惋惜的目光中，缓缓穿城而逝。
从此，波提切利笔下的女子几乎都是西蒙奈塔的身影：苍白的脸颊，清澈
的眼睛，挺拔的鼻梁，紧抿的双唇，还有那标志性的忧郁神情。波提切利
创作《维纳斯的诞生》时，西蒙奈塔已经去世9年，时间并没有让回忆褪

色,他不停地画她,时而是维纳斯,时而是圣母玛利亚……他在画布上寄托对她所有的爱慕与哀思。

波提切利的维纳斯有着超凡脱俗、不食人间烟火的清丽气质,也与他受到当时流行的新柏拉图主义思想的影响不无关系。[1] 洛伦佐公爵是文艺复兴时期意大利哲学家马尔西利奥·费奇诺(Marsilio Ficino)的学生。洛伦佐资助费奇诺创办了佛罗伦萨柏拉图学院,积极地帮他宣扬新柏拉图主义思想。在费奇诺的众多学说著作中,他提出了著名的"柏拉图式爱情",倡导恋人们追求心灵相通、排斥肉欲的精神恋爱。他认为人的肉体会腐朽,唯有精神不朽。为了生育繁衍而结合的男女只是延续轮回的低级追求,灵魂是爱的基础,灵魂的升华和纯净才能带来爱情的不朽。

费奇诺的哲学思想为波提切利的暗恋找到了合理的精神依托,波利齐阿诺的诗句则给予他灵感,指引他创造了一个唯美、圣洁的维纳斯。她一尘不染,吸风饮露,自海上的泡沫而生,脚踩贝壳,被西风一路轻柔护送来到塞浦路斯岸边,成为美的最高理念。波提切利本人则像一个禁欲的苦行僧,终身未婚,也从未留下过任何情感纠葛方面的传闻。他带着宗教殉道者的无畏与决绝,把自己一生的幸福供奉到精神恋爱的圣坛。1492 年,佛罗伦萨发生政变,美第奇家族被武装分子推翻,失去庇护的波提切利搬回儿时的贫民区,在穷困潦倒、沉默寡言的状态下,一个人孤独终老。1510 年 5 月 17 日,波提切利病逝。临终前,他立下遗嘱请求友人把他埋葬在西蒙奈塔的脚边。友人惊问:"西蒙奈塔?那个'美后'吗?可她已经去世整整 34 年了啊!"

---

[1] Jacqueline Guigui Stolberg. ed., Fiona Elliott trans., *Botticelli: Images of Love and Spring*. Munich: Prestel-Verlag, 1998.

如果说波提切利画出了维纳斯飘逸绝俗的圣洁之美，那么意大利文艺复兴时期的另一位大师提香则呈现了维纳斯妩媚动人的世俗之美。

威尼斯画派代表人提香创作的《乌比诺的维纳斯》与波提切利的《维纳斯的诞生》如今一同被挂在乌菲兹美术馆中，位居游客的"十大必看名画"榜单中。只是古往今来，慕名而至的游客来到提香的维纳斯跟前，反应大相径庭。美国大文豪马克·吐温在《浪迹海外》（1880年）一书中记叙了他的观后感："提香的维纳斯是世界上最邪恶、最卑鄙、最下流(the foulest, the vilest, the obscenest) 的一幅画。"他一口气连用三个形容词的最高级把这幅画贬损到万劫不复的地步。是什么让老爷子吹胡

乌比诺的维纳斯　提香（1538年，119.2×165.5 cm，乌菲兹美术馆，佛罗伦萨）

子瞪眼，幽默感全失？更有学者施展掘地三尺的八卦功力，挖出了画中模特的身份——威尼斯宫廷里的高级妓女。提香居住的港口城市威尼斯是东西方贸易的要塞，再加上男性人口的比例大大超过女性，因此这个城市拥有意大利首屈一指的红灯区，其知名度堪比有大量神职人员居住的罗马。画中女子的一头金发正是威尼斯高级娼妓的特征。

由于画中模特的独特身份，有评论家因此认为《乌比诺的维纳斯》是"上流社会的淫秽图"（Pornography for the elite）。他们高声谴责："提香把一个宫廷妓女乔装打扮成古希腊女神，他骗得了谁啊！"16世纪的欧洲，人们对裸体的接受程度仅限于神话人物。维纳斯可以不穿衣服，但必须置身于神话或自然场景中。而提香的维纳斯，出现在一个贵族妇女的家居室内环境里，一丝不挂地斜躺在床垫上，右手漫不经心地握着一束玫瑰，左手轻抚自己的私处。而最让人难以接受的是，她居然还毫不知羞、大刺刺地直视着画外的观众。难怪如此"色情"的画面会触碰到保守人士的道德底线。

提香通过一个香艳的裸体女子，到底想与观画人搭建一个什么样的联系，仅仅是赤裸裸的挑逗吗？一代大师的传世经典之作只是给上流社会的公子哥儿们画的毛片吗？不，不，不。这幅画的目的当然不是激起观者感官的淫欲。画中的场景是典型的婚房布景。[2] 远处墙角的两口大箱子是新娘从娘家带到夫家的妆奁箱；两个陪嫁的侍女正翻箱倒柜帮她找衣服；窗外的晚霞掩映着一颗桃金娘树，那是维纳斯的化身。维纳斯不仅是爱与美之神，同时也是婚姻的守护神。她象征着合法的婚姻契约

[2] Rona Goffen. ed., *Titian's Venus of Urbino*. Cambridge: Cambridge University Press, 1997.

下，同甘共苦的夫妻之爱。一只象征婚姻忠诚的小狗（Fido）正躺在维纳斯的脚边呼呼大睡。这幅画不是描绘青楼女子与贵族公子的钱色交易、露水情缘，它将成为一对新婚夫妇的爱情见证。1534年，20岁的乌比诺大公（Duke Guidobaldo）与年仅10岁的贵族少女朱莉娅（Giulia Varano）结婚，大公委托提香绘制《乌比诺的维纳斯》，作为礼物送给新娘。提香慢慢吞吞耗时四年才最终给大公交付成品。一来这是提香对付喜欢拖欠画款的贵族们常用的招数；二来是要等到新娘年满14岁、初潮来临之时，新郎新娘才正式同房。这幅挂在婚房的画，将对年幼的新娘起到性启蒙的作用，希望她能像画中的维纳斯那样对丈夫尽情施展女性的温柔魅力。而且，在新婚夫妇的卧室中挂上一个美人儿，有助于新娘顺利受孕，怀上漂亮、可爱的小宝宝。

提香在职业画家这条路上，一直走得非常顺利。他早年拜名师学画，还不到20岁就敢和大师一起绘制大型壁画。30岁时，他已经成为威尼斯共和国最著名的画家，找他订购油画的客户全是欧洲的顶级贵族，包括神圣罗马帝国的皇帝查理五世和西班牙国王菲利普二世。他无病无灾地活到88岁高龄，享尽了富可敌国的财富带来的各种世俗乐趣。作为地中海上的重要港口贸易城市，16世纪的威尼斯有着比佛罗伦萨更为繁茂的经济和开放自由的生活氛围。国王的侍女可以公开出入达官显贵的府第，陪酒陪餐。提香显然非常享受这些美人儿的陪伴，孜孜不倦地画下她们美丽的容颜。在提香的眼里，一个女性的性感与她的圣洁并不矛盾。正是在一派盛世享乐的世俗情怀中，提香的维纳斯色彩艳丽，形象丰腴性感，充满着健康的青春气息。虽然他以一个宫廷妓女为模特，但并不妨碍她拥有迷人之姿。时隔几百年，观众还能隔着画布感受到她的体温和她的柔情。她不但有血有肉，而且还极富个性。那双生动的望向画外的眼睛，使得观众无论站在哪个角度，都始终处于她温柔的注视之下。在西方油画史上，敢让画中女子，尤其是裸体女子望向画外观众的，提香乃第一人。只有像他这样一辈子从来没有为生计发过愁，没有被命运粗砺的大手恶意揉搓过的画家，笔下的人物才会拥有如此阳光的心态和乐观的性格。

正如一块棱镜经由太阳光的照耀会折射出五彩幻变的光芒，维纳斯经由不同时代的艺术家之手，被赋予了不同的含义，呈现出"美"的千姿百态。"美"没有约定俗成的固定模式，它既可以是纯洁、空灵的神圣之美，也可以是妩媚、性感的世俗之美。它们都有同样撼动人心的力量。维纳斯在西方油画中的出场频率之高，位居诸神榜首。其他神仙出现时，身旁总伴有别的神或人，唯有维纳斯可以没有任何故事背景单独出现，她就是全场的主角，这种全明星待遇只有宗教题材里的圣母子享受过。她的性格温柔随和，虽然偶尔会耍耍女人的小性子，会吃醋妒忌，但很少流露出残暴冷血的一面，更从来没有杀过人。维纳斯还是奥林匹斯圣山上唯一一个没有武器的神仙：宙斯有闪电雷霆棒，波塞冬有三叉戟，阿波罗和狄安娜有弓箭，雅典娜有长矛，巴克斯有酒神杖，武尔坎有打铁的大铁锤……她却什么都没有，不过她也不需要。任谁跌入那两潭剪水秋瞳的柔波里，都只能无力而徒劳地挣扎。她的美就是她最有力的武器。

1.6 阿波罗（Apollo）——太阳神

古希腊神话中原本的太阳神是赫利俄斯，到了古希腊晚期，阿波罗逐渐带上了太阳神的属性，经由后世诗人与戏剧家的改编，阿波罗取代赫利俄斯，成为人们心目中的太阳神，享有无比崇高的地位。后世统治者常常把自己比作太阳神，强调王权的光辉像太阳一样灿烂，王权的统治像太阳一样至高无上。罗马的第一位皇帝奥古斯都就很乐意人们像崇拜阿波罗那

阿波罗 米开朗基罗
（佛罗伦萨美术学院，佛罗伦萨）

样敬仰自己；法国波旁王朝的路易十四也曾自诩为太阳神，并按照想象中的太阳神宫殿，用纯金将自己的凡尔赛宫打造得金碧辉煌。

作为众神之神宙斯和泰坦女神勒托（Leto）的儿子、月亮女神狄安娜的胞弟，阿波罗有着显赫的家世，再加上他相貌英俊，开朗阳光，是名副其实的"高富帅"，颇受诸神喜爱。阿波罗的性格具有明显的双重性，是奥林匹斯十二主神中个性非常鲜明的一位。一方面，他很善良，看见谁受苦，总忍不住伸出援手；另一方面，他又相当残忍，与林神玛息阿比赛乐器演奏，比赛输了就活剥对手的人皮。他是力大无比的大力士，

可以轻而易举地杀死巨蟒皮同；同时，他又是奥林匹斯圣山上有名的文艺男青年，弹得一手柔情动听的七弦琴[1]。

阿波罗在奥林匹斯圣山上的行政职务主要是司掌光明、音乐、医药、预言和射击。每当圣山上有欢庆活动或英雄聚会时，阿波罗就会带领九位缪斯（Muses）女神，一同轻歌曼舞，给众神演奏助兴。缪斯是希腊神话中主司文学、艺术与科学的女神，她们本是九位妙龄的水泽仙子，喜欢音乐和舞蹈，于是成了阿波罗的追随者。"音乐"（music）这个英语单词即来源于拉丁语中的"musica"，指献给缪斯的艺术；缪斯们居住的神殿被称作"缪斯庵"（Museion），是"博物馆"（museum）一词的词源。

阿波罗和他的缪斯无论什么时候出现在艺术作品中，都是一派载歌载舞的欢乐场景。来自安特卫普的佛兰德斯画家马丁·德·沃斯（Martin de Vos, 1532—1603）用一幅结构紧凑的画描绘了他们欢聚的场景。画面正中央坐着的裸体男子正是阿波罗，他头戴月桂树冠，手执七弦琴，轻拨琴弦，一首动听的曲子随即流淌在林间。九位缪斯女神姿态各异拿着乐谱或乐器环绕阿波罗身边，为他应和伴奏。她们分别是：司管英雄史诗的卡利俄珀（Calliope）、司管历史的克利俄（Clio）、司管抒情诗的欧忒尔珀（Euterpe）、司管舞蹈的特茜科瑞（Terpsichore）、司管爱情诗的埃拉托（Erato)司管悲剧的墨尔波墨涅(Melpomene)司管喜剧的塔莉娅(Thalia)、司管几何与修辞学的波林莉娅（Polyhymnia）、司管天文与占卜的乌拉妮娅（Urania）。她们总管文艺，世世代代给予诗人和艺术家创作的灵感。

[1] 也称里拉琴（Lyre），常见七根弦，也有五根弦、九根弦和十一根弦。

阿波罗和缪斯女神　马丁·德·沃斯
（1570 年，44.5×63.5cm，皇家历史与艺术博物馆，布鲁塞尔）

　　高大帅气、才华横溢的阿波罗，是众多女子倾心不已的男神。但他万万没想到，自己的初恋会遭遇惨痛的滑铁卢。而这一切仅仅因为他的一句玩笑话得罪了小爱神丘比特。

阿波罗与达芙妮 （Daphne）

　　阿波罗用弓箭射杀巨蟒皮同，被公认为英雄神射手。一天，他看到爱神丘比特也在摆弄弓和箭，不禁不屑一顾地嘲笑道："弓箭可不是给你这种小屁孩玩的。"丘比特听了十分气恼，决心报复傲慢的阿波罗。丘比特有金头和铅头两种不同的箭：被金箭射中的人将燃起熊熊爱火，被另一种铅箭射中的人则会非常排斥恋爱。生性顽劣的丘比特用金箭射中阿波罗，又用铅箭射中河神的女儿达芙妮。阿波罗立刻卷入爱情的旋涡，不可救药地爱上了达芙妮，而美丽的林泽仙女对他充满厌恶，一看见他，扭头就逃。阿波罗一面追，一面向她解释自己"高富帅"的家庭背景、自己如何才艺双全、七弦琴弹得如何动听……达芙妮丝毫不为所动，她拼命奔向河边，向父亲呼救。河神听到女儿的呼喊，已经来不及将她拉入河里，只得施展魔力将她变成一株月桂树。阿波罗就这么眼睁睁地失去了心爱的姑娘。他似乎很难从初恋失败的痛苦中走出来，他将月桂树尊为自己的圣树，不但让它四季常青、永不凋零，还折下一根月桂树枝，编成一顶花冠戴在头上。每年，阿波罗举行诗歌比赛，挑选出全希腊最优秀的诗人，赐予他们月桂树花冠以示荣耀。"桂冠"由此得名，成为一种胜利和荣誉的象征，奖励给冠军或杰出的人物。

　　阿波罗与达芙妮之间这场没有赢家的爱情角逐让艺术家们叹息不已，意大利画家乔凡尼·提埃坡罗（Giovanni Battista Tiepolo, 1696—

阿波罗和达芙妮　提埃坡罗
（1744 年，96×79cm，
卢浮宫，巴黎）

阿波罗和达芙妮
乔凡尼·洛伦佐·贝尼尼
（博格斯美术馆，罗马）

1770）拿起画笔，将阿波罗目睹心上人化身为树枝的一刻凝固在画布上。

　　故事中的四个相关人物全部出场，但占据画面中心的是惊恐万分的达芙妮，她在奔跑中扭头回望，父亲的魔咒已经使她的一只手长出树叶，而她还在用眼神苦苦哀求阿波罗停止追逐。阿波罗望着她已经开始变形的手，痛苦万分。丘比特躲在达芙妮的长袍下一脸坏笑，暗示着他是整个悲剧的幕后推手。河神以一个白发苍苍的老者形象出现，他背对观众，难过地别开头，面对这悲伤的一幕，他也无可奈何。

　　提埃坡罗继承了巴洛克艺术的传统，他的画面充满了动感和张力，人物形象呼之欲出。阿波罗和达芙妮身上艳丽的红色和黄色长袍在深蓝色天空的映衬下，形成强烈的色彩对比。他们俩被风吹动的衣袍和飘扬的头发，配合着激烈的动作和戏剧性的神情，给予观者一种紧张、活泼和不安的感觉。提埃坡罗的构图灵感正是来自巴洛克艺术家贝尼尼的著名雕像，他用色彩和光影在二维的画布上再现出《阿波罗与达芙妮》雕像的油画版。

　　提埃坡罗作画速度很快，非常适合动感、激荡的巴洛克画风。有评论家总结道："提埃坡罗作画时激情四溢，像一团燃烧的火焰、一簇明艳的色彩和一道惊鸿的闪电。他画完一幅画时，别的画家还在研磨颜料呢。"[2] 他用色彩和笔触飞快地刻画下达芙妮从四肢开始变身为树的瞬间，大腿变成粗糙的树干，手指长出树枝绿叶，观众仿佛都能听到树皮和树枝生长皲裂时的噼啪声响，还有阿波罗晶莹的玻璃心碎落一地的声音。

阿波罗与雅辛托斯　（Hyacinthus）

　　阿波罗张扬的性格使他不知不觉得罪了不少人。他不但挖苦丘比特引来对方的铅箭报复，还因为揭露维纳斯与马尔斯的奸情，惹来维纳斯的仇恨。失去爱神母子的庇护，阿波罗的情路一直崎岖坎坷。他与女孩子的初恋以悲剧收场，他与男孩子的恋情同样也充满不幸。

　　美少年雅辛托斯是斯巴达国王的儿子，深受阿波罗的喜爱。斯巴达人崇尚健康俊美的体魄，人人都爱好体育运动，小王子当然也不例外。

[2]　Luba Freedman. *Classical myths in Italian Renaissance painting*. Cambridge: Cambridge University Press，2011.

一天，雅辛托斯和阿波罗在野地里玩掷铁饼，一人扔，一人拾，配合默契。偏偏西风仄费洛斯（Zephyrus）跳出来捣蛋。他也喜欢清秀可人的雅辛托斯，可惜小王子选择了光辉灿烂的太阳神（同性恋在古希腊非常普遍，柏拉图甚至认为两个年轻男子之间的爱情比异性之间的爱情更崇高）。仄费洛斯怀恨在心，就伺机耍点小伎俩破坏他们俩的感情。这一次，阿波罗把铁饼扔得又高又远，雅辛托斯急急忙忙跑过去接应，仄费洛斯扬起一阵恶风，铁饼偏离下落弧线，正好砸中雅辛托斯的头，鲜血从他的头部汨汨流出。雅辛托斯的凡人之躯立即晕倒在一片血泊之中。阿波罗以为是自己的过失害死了他，自责不已，他低头在死去的男孩耳边低语："你将永远活在我的心中。"为了不让雅辛托斯的灵魂坠入地府，阿波罗把恋人化成美丽的鲜花，一到春天，鲜花就会漫山遍野地绽放，他给花儿命名为"风信子"（Hyacinth）。每当人们念到风信子的名字，仿佛又在重复阿波罗哀伤的"唉呀"（Hya）叹息声。风信子的花语因此成为悲伤的爱情和永远的怀念。

　　从此，斯巴达人每年初夏都会举行为期三天的风信子节。人们在节日的第一天哀悼死去的雅辛托斯，后两天则会举行盛大的欢庆活动，庆祝他以花的形式重获新生。

　　法国新古典主义画家布洛克（Jean Broc，1771—1850）画出了雅辛托斯临死前的一幕。在一片静谧的田园风光里，夕阳西下，阿波罗拥搂着奄奄一息的雅辛托斯，沐浴在黄昏的柔和光影中。那块致命的铁饼落在两人脚下，四周散落着星星点点的红色和白色的"风信子"。阿波罗的长发和艳红的披肩迎风飘荡，风从太阳落山的西面吹来，暗示着西风仄费洛斯是这场悲剧的真正凶手。空旷的草地上，只有两人相依相偎，雅辛托斯以绝对信任和全然托付的姿态倒在阿波罗怀中。身为司掌医药的神，阿波罗却无力挽回恋人的生命。人神两界，阴阳相隔，再没有比这更让人绝望难过的时刻了。

布洛克画了一辈子，却仅有《雅辛托斯之死》一幅画流传于世。这幅画的经典之处在于，它表现出人与人之间惺惺相惜的温情，哪怕是在两个男性身上，也同样感人至深。这份情谊，超越了性别、年龄和阶层的界限，给予人温暖和慰藉。在茫茫人海中，孤独的人类终其一生、孜孜不倦地向往着的不正是这样一份天地洪荒、唯有彼此互为依靠的真情吗？

雅辛托斯之死 布洛克
（1801 年，175cm × 120cm，
圣十字博物馆，波瓦第尔）

17 狄安娜（Diana）——月亮女神

古希腊神话中的第三代月亮女神是阿尔忒弥斯（Artemis），狄安娜是她的罗马名字；第二代月亮女神是塞勒涅（Selene），对应的罗马名字为露娜（Luna）；第一代月亮女神是菲比（Phoebe）。在后人的记述中，她们的形象与故事多有混合重叠，甚至还出现了其他名字，比如辛西娅（Cynthia）。

狄安娜是主神宙斯与勒托的女儿，与太阳神阿波罗是孪生姐弟，也是奥林匹斯圣山上的十二主神之一。她与阿波罗一样，司掌光明，但阿波罗掌管太阳，她掌管月亮。她还喜欢狩猎，射箭技艺高超，经常背着弓箭，带着猎狗和圣鹿，与众仙女侍从在山林间追逐野兽。她和同父异母的姐姐智慧女神雅典娜一样，终身保持童贞，因此，在英语中，"to be a Diana"有"终身不嫁"的意思。

传说中，狄安娜刚一出生，就帮着妈妈接生弟弟阿波罗，因此她也是掌管分娩和生育的女神，有接生新生小孩的权力。随着东罗马帝国建都君士坦丁堡（今土耳其的伊斯坦布尔），很多古希腊罗马神话渐渐地被当地居民改写。在小亚细亚地区，尤其是现今的土耳其爱琴海附近的小镇以弗所，在当地人们为月亮女神建造的神庙中，她被塑造成女性的

丰产女神狄安娜像
（以弗所神庙，土耳其）

保护神，胸前挂满了 50 个象征生育的乳房，成为当地人生殖崇拜中的丰
产女神。这一形象与她在早期古希腊神话中圣洁的处女形象大相径庭，
不由让人想起马克思在《政治经济学批判导言》中的论断：神话反映了
人们的一种集体心理愿望。远古先民面对他们所接触的自然现象和社会
现象，不自觉地产生集体口头描述和解释，由此形成神话。从远古的狩
猎时代到农耕社会，女性的生殖能力强盛是大地丰产的象征，人们向往
土地丰收、多子多福，自然希望女性丰腴多产。在古老的原始自然崇拜
和女性生殖崇拜的集体影响下，如此令人瞠目结舌的狄安娜形象才会被
催生出。

　　与以弗所神庙里那个身上挂满如木瓜一样浑圆壮硕乳房的丰产女神
相比，法国洛可可画家布歇（Fran ois Boucher，1703—1770）笔下
那幅《狄安娜出浴》似乎更容易给人带来美感体验。

　　布歇出生于巴黎的绘画世家，自幼接受了良好的绘画教育。他曾留学意大利，花了四年时间潜心钻研前辈画家的技艺。回国后，他的才能得到路易十五的情人蓬巴杜夫人赏识，成为这位当时权倾一时的贵妇钦点的御用宫廷画师。布歇早期的作品以田园牧歌式的宁静自然风景著称。后来，随着地位的提升，为了不断地迎合皇族贵妇们的喜好，他开始把神话人物的爱情故事和活动场景放置到诗意的自然风景中，这使他的画作充满天上人间之幻境，深受宫廷贵妇们的喜爱。

　　大多数画家都是身前落魄、死后扬名，布歇可不同。他在生前获得了一个杰出画家应该得到的社会认可。1765 年，他当选为巴黎美术学院

狄安娜出浴　弗朗索瓦·布歇（1742 年，57×73cm，卢浮宫，巴黎）

院长，获得"皇家首席画家"的称号，最后在一片鲜花与掌声中拉下人生的帷幕。但是，他的声誉在死后几十年里经历了几次大起大落。他的画先是被后来著名的文艺批评家狄德罗毫不留情地抨击为品味恶俗、充斥着低级趣味和艳俗色彩的堕落之作。在1789年的法国大革命浪潮中，狄德罗作为新兴资产阶级启蒙运动的思想家，对封建贵族的腐朽生活深恶痛绝，他自然看不顺眼布歇为路易十五王朝绘制的这些宫廷画。他认为画家笔下那些故作优雅、光彩照人、浓妆艳抹的肉体是对荒淫放荡的纨绔子弟、风流少妇和上层社会的奴颜美化。

今天的观众应该放下阶级论调，从艺术的角度公正地评价布歇的画作。正如俄国评论家普列汉诺夫所说："优雅的性感就是他的缪斯，它渗透了布歇的一切作品。"在这幅《狄安娜出浴》中，布歇使用蓝绿色描绘出一派空谷幽深、水天一色的宁静山林美景。水泽仙女陪伴着狩猎女神狄安娜在河边沐浴歇息，在如此私密的环境里，充盈着人与自然的和谐与人生的欢乐，堪称洛可可绘画的巅峰佳作。1852年，卢浮宫购得此画，这是第一幅进入卢浮宫收藏的布歇作品。画中的狄安娜，因为刚刚沐浴完毕，皮肤白皙洁净，微微泛着健康的粉嫩光泽。金发发梢随意地散在颈脖，额头的发卡是象征她身份的一轮弯月。身旁的弓箭和刚刚捕获的猎物，以及不远处的猎狗都表明了她同时还是一位狩猎女神。布歇的狄安娜性感至极，娇嫩的身躯在身后蓝色衬布的对比下，显得分外夺目迷人。她坦然自若、毫无造作地展露着自己的身体，神色天真纯洁，仿佛不谙尘世的懵懂少女，不容人有一丝猥亵之念。她集中代表了路易十五时期法国上流社会对于女性的审美期待：肤如凝脂，五官精致，面如满月，身材娇俏玲珑。

　　这幅画如此精致美丽，以至于它被卢浮宫收藏之后不到两星期，马奈（Manet）立刻前去临摹学习，无数画家紧随其后，包括方丹－拉图尔（Fantin-Latour）、雅姆·蒂索（Tissot）和惠斯勒（Whistler）。雷诺阿（Renoir）把出浴的狄安娜临摹到心爱的瓷器上，还向世人宣称此画是自己最初的真爱。20世纪50年代，巴黎一家化妆品公司甚至把这幅画用作推销女士护肤品的广告。不过，所有这一切对布歇而言都早已不重要。大革命时期被批判成浮华矫饰代言人而遭打入冷宫的布歇，早

朱庇特伪装狄安娜诱惑卡里斯托
弗朗索瓦·布歇〔大都会艺术博物馆，纽约〕

在 1770 年就已辞世，他没有看到他曾效忠过的波旁王朝被革命群众推翻，更不知道自己的作品在后世会经历这么多的波折，先是被人诟病，最后又获得无上的礼遇和大众的喜爱。在有生之年，他关注的只不过是尽情地谱写对自然之美的热爱和对女性身体之美的赞颂。

布歇画出了狄安娜的美丽，刻意避开了她不讨喜的性格。这个有着精神洁癖的处女，性格并不像布歇画中的形象那般可爱。她固执任性，对人时时保持警惕，孤僻难处而且非常易怒。猎人阿克泰翁在狩猎时，

狄安娜和阿克泰翁　提香（1556—1559 年，185 × 202cm，国立画廊，伦敦）

一不小心闯入狄安娜和她的侍女们沐浴的地方。愤怒的狄安娜把阿克泰翁变成一只牡鹿，任由他被自己的 50 只猎狗撕咬成碎片。观众能够想象在布歇笔下沐浴时如此柔媚无力的狄安娜下一秒就爆发出她野蛮残忍的一面吗？意大利文艺复兴画家提香记录下阿克泰翁私闯禁地的这一戏剧性场景：浴室里一片慌乱，黑人侍女忙不迭地扯浴布为女神遮羞，狄安娜凶狠的眼神，像一把匕首射向阿克泰翁。她的美神圣而不可侵犯，怎能允许凡间男子亵渎。不过，纵然阿克泰翁有错，他不该无意间掀起女生洗澡堂的门帘偷看，但错不至死啊，更不至遭遇如此惨死的结局。可见，狄安娜就像混沌、蛮荒的大自然，时而宁静温柔，时而粗粝残酷，谁要是忤逆了她的意愿，必将招致杀身之祸。

狄安娜在狩猎之后休息
小约瑟夫·沃那
（瑞士国家博物馆，苏黎世）

　　有趣的是，这个纯洁的处女视男人为烂泥污秽，不容他们窥视靠近，却在爱神丘比特的恶作剧下，爱上了英俊的凡间男子——恩底弥翁。希腊神话中关于恩底弥翁的身份有很多种版本，最常见的说法是他是一个青春俊美的牧羊人，住在小亚细亚拉特摩斯山脉附近一处幽静的山谷里。

每当羊群找到繁茂的草地吃草时，他就在草地上无忧无虑地酣睡休息。恩底弥翁的生活本来可以一直这么逍遥下去，但是淘气的丘比特又一次射出了他的爱之箭，这次他射中了月亮女神狄安娜。

一个皓月当空的夜晚，值守夜空的狄安娜无意中看到英俊的恩底弥翁在山谷中沉睡。她芳心摇旌，忍不住下凡来偷吻他。睡意迷蒙的恩底弥翁睁开双眼，也不禁对仙女有点神魂颠倒。所谓春梦了无痕，只要他一清醒过来，狄安娜就匆匆离去。自始至终，恩底弥翁都以为那美丽的邂逅只是一场梦境。狄安娜请求主神宙斯让恩底弥翁永远沉睡，并在睡梦中永葆青春。宙斯答应了她。从此，每天夜里，狄安娜都会翩然而降，偷吻再也不会醒来的恩底弥翁。圣洁的月亮女神再次以残忍的方式，既拥有了心爱的恋人，又保持了她的处女之身。后来，这个神话故事的结尾居然慢慢被人们加工改编成狄安娜为恩底弥翁生下 50 个女儿，对应一个奥林匹亚纪年单位的 50 个月。

1817 年，主张"美即是真，真即是美"的英国诗人济慈在 22 岁时创作了生平第一首全长 4000 多行的长诗《恩底弥翁》，描述了一个年轻人去寻找他梦中见过的美丽女孩 Cynthia，这个女孩就是月亮女神。他在诗中写道：

凡美的事物就是永恒的喜悦：

它的美与日俱增；它永不湮灭，

它永不消亡；它永远

为我们保留着一处幽亭，让我们安眠，

充满了美梦、健康和宁静的呼吸。

A thing of beauty is a joy for ever：

Its loveliness increases；it will never

Pass into nothingness；but still will keep

A bower quiet for us， and a sleep

Full of sweet dreams， and health， and quiet breathing.

其实早在 20 多年前，法国画家安·路易－吉罗代（Anne－Louis Girodet，1767—1824）的《恩底弥翁之眠》就已经营造出济慈诗歌里的唯美意境。吉罗代是法国新古典主义开创者雅克－路易·大卫的弟子，他很反感完全抄袭模仿老师，因此他不断地在自己的画作中注入新的风格和特点，成为新古典主义和浪漫主义之间承前启后的人物。吉罗代在

恩底弥翁之眠　安·路易－吉罗代（1791 年，198 × 261cm，卢浮宫，巴黎）

1793 年的巴黎沙龙展上秀出他的《恩底弥翁之眠》，一鸣惊人，从一个寂寂无闻的学院小子脱颖而成杰出的大师。所有观众都为他诠释古典神话的手法所折服。他的成名并非偶然。与同时代的其他画家相比，吉罗代非常痴迷古典神话，尤其是与爱欲相关的神话故事。他从学生时期开始就已经着手将维吉尔、奥维德、萨福（公元前 6 世纪左右的希腊女诗人）和阿那克里翁（公元前 5 世纪的希腊抒情诗人）的大量古典诗歌翻译成法文。他为这些古希腊诗人的诗集绘制插图作品，其中最著名的是为维吉尔和阿那克里翁的诗歌作的 54 幅插图。有时他还拿起文学创作的笔自己写诗，并为这些诗作配制插图，自弹自唱，不亦乐乎。终日浸淫在古典诗歌的韵律里，他的画作自然也就带上独特的诗意气息。

狄安娜在夜里与熟睡的恩底弥翁幽会是艺术家热衷于表现的主题，吉罗代却以全新的方式诠释了这个神话故事。历代画家们的作品大致基调都是描绘轻盈的狄安娜俯身上前，或欣赏、或爱抚、或亲吻睡梦中的恩底弥翁，香艳的色彩、性感的身躯和夸张的动作让纯洁的狄安娜始终有如欲火焚身的爱神维纳斯，如果再进一步联想到她在急不可耐地夜夜交欢后，为恩底弥翁生过 50 个小孩，那娇俏的小腹将经受 50 次的隆起和失去弹性，顿时让人失去所有的美感想象。这些形象显然都与月亮女神圣洁、神秘的身份不相符。因此，吉罗代在他的画中彻底隐去狄安娜，而代之以一束月光。

他笔下的月亮女神和恩底弥翁之爱非常独特，那是一种"随风潜入夜，润物细无声"的爱，它摒弃了所有情色肉欲的联想和繁殖后代的需要。吉罗代在给母亲的信中写道："我创造了一个熟睡的恩底弥翁。爱神丘比特拉开画面左边的一丛树枝，让月光从罅缝中投射到光洁健美的恩底

戴安娜和恩底弥翁   让－奥诺雷·弗拉戈纳尔（华盛顿国家美术馆，华盛顿）

弥翁身上。"[1] 这个年轻的牧羊人此时正头枕臂弯，在一大丛灌木中舒展
身体沉沉睡去。狄安娜化身的月光，纯净皎洁，轻轻笼罩在恋人四周，
如烟如雾，如梦如幻。他们以如此与众不同的方式亲昵、缱绻，却没有
让观众产生丝毫的猥亵之念。除了丘比特，所有的生灵都在昏昏沉睡，
他扭头露出狡黠的笑容，这又是一出由他亲手导演的爱情故事。画面整
体呈现出圣洁与静谧的气息。只有具备诗人气质的画家吉罗代才为那"永
恒的美，永恒的喜悦"找到了一种与之相匹配的诗意表达。

[1] Dorothy Johnson. David to Delacroix:The Rise of Romantic Mythology. Chapel Hill:
University of North Carolina Press，2011. P.44.

1.8 雅典娜（Athena）——智慧女神

希腊人的智慧女神雅典娜在罗马神话中，被称作密涅娃（Minerva），她是宙斯与聪慧女神墨提斯的女儿。神谕显示墨提斯生下的孩子将会威胁到宙斯的统治。宙斯惧怕预言成真，于是把怀孕的墨提斯变成一只苍蝇囫囵吞下了肚子。墨提斯在宙斯的肚子里，不停地打铁，为即将出生的女儿雅典娜打造一套盔甲。这一举动使得宙斯头痛欲裂，他只好请求火神武尔坎用一把斧头劈开他的头颅。令诸神吃惊的是，一位全身甲胄、手持金矛的女神从宙斯裂开的头颅中跳了出来。

"哲学"（Philosophy）一词最早起源于希腊语"爱智慧的"（Philosophia），古希腊人正是一个喜欢哲学思辨、崇尚理性和热爱智慧的民族。因此，作为智慧代言人的雅典娜在古希腊人的心目中享有极高的地位。这个终身未婚的处女是雅典的守护神，她的名字的意思即"雅典的少女"。在雅典的卫城遗址上，至今还残存着古希腊最著名的建筑之一——祭祀雅典娜女神的帕特农神庙。

刚一出生就全身盔甲的雅典娜同时也是战争女神。位于欧亚非战略要地的希腊，在公元前 800 年形成奴隶制城邦国家，其城邦散落于地中海和爱琴海上的各个岛屿，城邦与城邦之间为了抢占有限的国土和生存资源，年年征战。古希腊人是好战的民族，但并非野蛮无道德的战争狂人。他们的扩张更多的是出于生存需要，而非纯粹的武力称霸。希腊人在频繁的战乱中认识到战争的破坏性，他们参与战争更多的是出于对城邦共同体的责任心，而并非单纯的个人英雄主义。在选择战争守护神时，希腊人更偏爱集智慧和理性于一身的雅典娜，她代表着崇尚文明的有节制的武力。她好战，却不忘理性地警醒战争的残酷；她是英勇无畏的战争女神，也是和平的倡导者。在脱下盔甲的日常生活中，她总是头戴象征和平的橄榄枝。

雅典娜以智慧和果敢闻名，在古希腊，这两个领域都只属于男性，所以她并不以美貌著称，关于她的美，史料中并没有明确记载。在热衷于描绘"美"的艺术世界里，有关雅典娜的油画作品不多，当一个神话故事涉及她时，她常作为配角出现，而且大多数时候都身着铠甲，面无表情。

只有少数画家表现过她柔美的女性气质。荷兰黄金时期的巴洛克画家伦勃朗（Rembrandt，1606—1669）以自己的爱妻为模特画过几幅书房中的雅典娜。其中一幅完成于1635年，此时的伦勃朗29岁，正处于人生的巅峰状态，顺风顺水，踌躇满志。一年前，他刚与一位律师的女儿莎斯姬娅结婚，生活幸福美满。富有的阿姆斯特丹商人、商会、教会以及为数众多的中产阶级给了他源源不断的肖像画绘制订单，带给他稳定经济收入的同时，也使他的绘画技艺日臻娴熟，令他成为荷兰最受人追捧的肖像画家。

婚后的那几年时间里，他不断地以妻子为模特创作人物肖像，尤其喜欢把她画作古典神话里的各个女神。他的画寓意非常清晰：以唯美的色彩和笔调表现妻子的青春美丽。在这幅画中，莎斯姬娅装扮成的智慧女神密涅娃，端坐书房看书。那本摊开在桌上的巨大且厚重的书显示出她的博学和睿智。她的长矛、盾牌和头盔则放在左手边的桌上，盾牌上美杜莎恐怖的头颅在暗处若隐若现，而金光闪闪的头盔，则与女神的一头金发和金丝线披风遥相呼应，一起散发出柔和闪耀的光泽。深褐色的背景与明亮的前景给画面制造出对比强烈的光影效果。

伦勃朗是用光的高手，光线是他造型的重要手段。在绘制肖像画时，他特别擅长运用光线强化画中的主要人物，让暗部去消融次要因素。他常常使用黑褐色或橄榄棕色为背景，将光线集中概括成一束舞台上的美光灯，聚焦到画面的主要人物身上。他让模特的身体或头部微侧，侧光正好照亮脸部的四分之三，另外四分之一则慢慢融入昏暗的背景。鼻子成为脸部的明暗分界线，观众的视线集中到人物挺拔的鼻梁上，通过明亮的光线和模糊的暗部之间的对比加强了脸部的立体感。用这种方法绘制的人物肖像有着非常逼真的视觉效果。法国 19 世纪画家兼批评家弗罗芒坦（Fromentin）称他为"夜光虫"，即用黑暗来描绘光明的人。伦勃朗独创的光影技法还被运用到现代摄影当中。拍摄人物肖像时，摄影师往往用强烈的侧光照明使被摄者脸部的一侧呈现出倒三角的亮区，使被拍人物酷似伦勃朗的肖像绘画，因此，这种专门用于拍摄人像的特殊用光技术被后人命名为"伦勃朗式用光"。

伦勃朗用他的爱妻和独特的光影突出了雅典娜的智慧与美丽（象征智慧女神身份的大厚书在最前景的明处，象征战争女神身份的长矛盔甲则隐在身后的暗处），她头戴橄榄枝花冠，双目炯炯有神地凝视着画外。珍珠耳饰和项链，以及精美的长裙和华丽的披风，都是伦勃朗强调女神

莎斯姬娅装扮成密涅娃在书房　伦勃朗（1635 年，137×116cm，莱顿收藏，纽约）

高贵身份的细节。她的左手手肘后，露出一个有趣的摆件——地球仪。

与伦勃朗同时代的其他荷兰画家（比如维米尔）的作品中，也时不时能看到地球仪，它透射出荷兰所处的社会和经济大环境，是彰显荷兰经济、军事、海事力量最强盛的黄金时期一个必不可少的道具。17世纪，荷兰拥有强大的海上船队，国力胜过当时的霸主西班牙和英国。1602年，荷兰打败葡萄牙和西班牙，成立东印度公司，取得海上贸易的支配权，并垄断亚洲贸易长达200年；1609年，阿姆斯特丹证券交易所成立，荷兰一跃而成世界的金融中心；迅速积累的商业资本和发达的造船业又使荷兰成为"海上马车夫"。一批又一批优秀的制图员，绘制出精确的航海地图和地球仪，确保了荷兰船队可以安全地抵达世界各个角落开拓殖民地和贸易市场。有多少意气风发的阿姆斯特丹商人和船长用戴满宝石戒指的手指拨动地球仪时，心中会升腾起探索世界的雄心壮志啊！伦勃朗将地球仪半遮半掩地放置在雅典娜身旁并非偶然之举，地球仪已经是荷兰黄金时期的中产阶级书房里的标配，它和书本一样，代表着人类渴望认识世界的好奇心以及探索未知领域的进取心，是寻求真理、获得智慧欲望的象征。

一位处于人生黄金时期的优秀艺术家，和一个处于黄金上升期的强盛国家，共同成就了画中这个自信、果敢且睿智的智慧女神。此画完成后的第七年（1642年），莎斯姬娅因为产后身体虚弱感染了肺炎，不到30岁就撒手人寰。同年，伦勃朗又因那幅著名的《夜巡》惹上官司，被法院判处重金赔偿雇主。这场官司让伦勃朗名誉扫地，找他画肖像的雇主急剧减少。失去至爱亲人和经济保障的双重打击使伦勃朗的人生急转而下，晚年在贫困交加中悄然离世。因为再没有人花钱请他画肖像，他只能对着镜子画自己。后期的几百幅自画像记录着画家从云端跌入谷底的心路历程，透露出他在命运重压下，被迫接受现实的无奈。评论家们普遍认为伦勃朗晚年的自画肖像更具有艺术价值，因为画家用简约、概括的笔触去雕琢人物的内心，有直逼人生残酷现实的深刻和勇气。但不可否认，他早年的肖像画，尤其是以妻子为模特所作的肖像，同样极富魅力，那是飞扬的青春和充满自信、饱含爱意的心在画布上的纵情肆意。

在伦勃朗完美的光影下，化身为智慧女神的莎斯姬娅，既有女性的丰腴美丽，又有男性的英姿坚毅，是令人过目难忘的光辉形象。莎斯姬娅病重游离之际，伦勃朗曾俯身在她的病床前哭泣："为什么你在我的画布上呼吸，却在现实中离去？"没有人能给他答案。即使伦勃朗让莎斯姬娅装扮成智慧女神，也不能改变她作为凡人之躯必将死亡的事实。众神与凡人唯一的区别就在于生命。凡人终有一死，而众神则在奥林匹斯圣山上，漠然地看着人类世世代代重复着悲欢离合的轮回。幸运的是上天给了伦勃朗特殊的技艺，使他的爱妻以另一种方式获得永生。

1.9 马尔斯（Mars）——战神

战神的希腊名字是阿瑞斯（Ares），罗马名字是马尔斯（Mars）。虽然他是宙斯和赫拉的儿子，位置仅次于宙斯，但在古希腊神话中他似乎是一个不讨喜的人物，在古希腊人心目中的地位也不高。作为奥林匹斯十二主神之一，竟没有一个希腊城邦将其奉为守护神。虽然他与姐姐雅典娜同为战神，但冷静自持的雅典娜是战争谋略和智慧的代表，也是正义的、理性的战争之神；而他则肝火旺盛，脾气暴躁，所到之处皆引发残杀和暴乱，是凶残的、狡诈的、非理性的战神。他代表着战争中一切野蛮嗜血的因子，是一股具有摧毁力、杀伤力的危险力量。古希腊雕塑中的战神几乎都是还没有长胡须、体格强健的青年男子形象，是一个浑身有使不完劲的鲁莽小伙。他在古希腊神话中为数不多的出场总是令人不愉快，甚至招来亲生父母和兄弟姐妹们的厌恶。《伊利亚特》描述过宙斯对他愤怒的指责："倘若你是其他神明

母狼青铜雕像
（卡比多里奥山顶广场博物馆，罗马）

的儿子，加之如此肆虐横暴，我早就已经把你扔出去，丢入比大力神的位置更低的地层深处。"

公元前 2 世纪，随着希腊城邦的衰落，罗马逐渐兴起并夺取了地中海的霸权，成为横跨欧亚非三大洲的庞大帝国。罗马人对先进的希腊文明非常痴迷，他们从文学、建筑、音乐、戏剧、雕塑等多个方面继承并吸收了古希腊文化。其中，罗马神话就脱胎于希腊神话，它是罗马诗人模仿希腊神话编写的自己民族的神话。在改编的过程中，变化最大的就是人物的名字，其他大致的故事情节没有变动，但还是能从细微之处看出希腊人和罗马人对个别天神的喜好很不一致。最明显的就是对战神马尔斯的态度。

在罗马神话中，马尔斯一扫之前的窘态，不再是希腊神话中那个不计后果、鲁莽残暴的毛头小子，也不再是与有夫之妇藏私情、时时被人嘲笑的反面角色，他荣升为一位英雄，受到罗马人的极度尊崇。如今，罗马市政大楼附近的博物馆里有一座母狼哺乳一对双胞胎的青铜像，这对双胞胎就是马尔斯的儿子，兄弟俩建造了最早的古罗马城，因此，骁勇好战的罗马人认为他们是战神马尔斯的后代，他们把马尔斯奉为罗马城的守护神和罗马军团的庇护者，并把每年的三月定为战神的节日。3 月在英语里是"March"，这个单词即来源于战神的罗马名"Mars"。在战争频发的年代，罗马人在出征和凯旋之时，对马尔斯的祭拜次数甚至高于宙斯。

尽管他在罗马人心目中的地位很高，但是与马尔斯相关的绘画作品并不多。后世的艺术家笔下的马尔斯也多是有勇无谋的肌肉男。还有很多画家对马尔斯与情人维纳斯的桃色恋情津津乐道，他们乐于描绘的一

维纳斯和战神 波提切利（伦敦国家画廊，伦敦）

幕包括马尔斯与维纳斯偷情，被维纳斯的丈夫——火神武尔坎捉奸在床的戏剧性刹那。武尔坎引来众天神围观嘲笑，让这对男女颜面尽扫。这些画家带着不无揶揄的心态把马尔斯描绘成天界的笑话，任由人羞辱。

少数画家描绘过这位罗马人的英雄，展现出他的战神威仪。法国新古典主义[1]画家雅克－路易·大卫（Jacques-Louis David，1748—1825）创作于1824年的《维纳斯解除战神马尔斯的武装》被后世公认为是最负盛名的杰作。这幅画的主题是大卫毕生最热衷的主题——对英雄的赞美和歌颂。画中的爱神维纳斯为凯旋的情郎献上花冠，他们俩的私生子小爱神丘比特为父亲解开鞋带，三位美惠女神在后场忙着为马尔斯斟酒，收拾他的头盔和弓箭盾牌。端坐正中的马尔斯，体格强健，皮肤紧致，

[1] 新古典主义兴起于18世纪的法国，以复兴古希腊、古罗马的艺术为信念，反对巴洛克和洛可可艺术的过度华丽的装饰性品味。相对于17世纪法国古典主义，虽然都是对古代文化艺术的向往，但两者有本质性的不同。不同于古典主义的抒情特性，新古典主义强调绝对的理性。在题材上，多选择严峻的古代历史和现实的重大事件；在构图上，强调完整性；在造型上，重视素描和雕塑般的人物形象。新古典主义画家的代表人物有雅克-路易·大卫和安格尔。

维纳斯解除战神马尔斯的武装　雅克－路易·大卫
(1824 年，308×262cm，比利时皇家美术馆，布鲁塞尔)

成熟稳重。毫无疑问，大卫成功地再现了这位古罗马守护神的英姿。此时的大卫，绘画技艺已经非常娴熟，画面构图，冷暖色调的对比和画中人物的刻画都无懈可击。但不知为什么，在这些透明细腻的肌肤下，在一派凯歌高奏的欢庆场景中，画面人物始终缺少一种勃勃生命力，他们更像是白瓷玩偶，被画家精心地摆置出各种优美的姿势，随着镁光灯"咔嚓"一闪，僵持着配合他完成一曲英雄赞歌。

为什么画面会呈现出如此奇异复杂的效果？这就不得不追溯一下画家大卫的生平故事。大卫一直是法国画坛颇有争议的人物。他是新古典主义画派的奠基人，他创作了一系列历史题材的叙事画，标志着艺术风向从奢靡的洛可可风格向朴素的古典主义风格转变，矫正了当时画坛上弥漫的那股浮华、虚荣、享乐、甜腻的风气。大卫影响了后世一大批杰出的画家，他的学生当中不乏大名鼎鼎的安格尔、籍里柯和格罗等人。

大卫的绘画技巧毫无疑问是精湛高明的，但是他的人格缺陷也非常明显。16岁那年，大卫考入皇家绘画雕塑学院，却因为连续三年在学院里没有取得优异的名次而几欲自杀。他对母校没有认可自己的才华终身耿耿于怀。

这个富家公子的心不但骄傲脆弱，而且狂热激进，同时，他还非常善于见风使舵。在法国大革命期间，他积极追随雅各布宾派领袖罗伯斯庇尔推翻波旁王朝，是雅各布宾派的先锋斗士。他反对王权，投票赞成处死国王路易十六夫妇，作为国民议会的议员，亲手将许多与自己政见不合的对手送上了断头台。他曾经为遭遇暗杀的雅各布宾派革命家马拉画像，以宁静、肃穆的画面将残忍暴戾的"嗜血马拉"临死的模样画成替人类殉难的耶稣基督；他也曾与罗伯斯庇尔称兄道弟、歃血为盟。热月政变后，雅各布宾派倒台，罗伯斯庇尔被处决。大卫却缩头躲起来，事不关己地挤在人群中默默地看着昔日并肩作战的革命党人一个个命丧断头台。他对当权者竭力奉承，一旦当权者失势，他立刻就会调转方向，另谋出路。曾经支持废除王权的大卫此时又转头倒向支持拿破仑复辟帝制。他为新登基的皇帝画肖像，将这个身材矮小、貌不惊人的科西嘉人美化成一世英明的君主。他为拿破仑创作了大量歌功颂德的作品，最著名的当属那幅长近十米、高六米的巨作《拿破仑一世加冕大典》。作为回报，大卫获得了"男爵"的贵族封号，他心甘情愿地抛弃自己过去对皇权贵族的憎恨，拜倒在新的权贵脚下。好景不长，仅十年之后，拿破仑在滑铁卢战役中遭到囚禁被迫退位，波旁王朝复辟。大卫绝望地意识到在法国他已经走投无路，于是流亡到比利时。后人对大卫在大革命期间为了达到自己的政治目的而见风使舵的行为颇有微词。其中，奥地利小说家斯蒂芬·茨威格（Stefan Zweig，1881—1942）就曾将大卫这个虽有过人才华，却轻易变节的画家贬斥为卑鄙无耻的小人。

在比利时的最后十年里，大卫终于对政治心灰意冷，现实中已经没有英雄可以供他膜拜赞颂。他的创作兴趣重新又回到古希腊罗马神话。《维纳斯解除战神马尔斯的武装》是大卫生前创作的最后一幅作品。从1822年到1824年，他倾注了两年的心血完成此画，他对朋友说："这是我75年创作生涯的最后一件作品，我希望能超越自己，并就此封笔。"

回望大卫的一生，他对权贵的依附大部分源自心中对英雄的渴慕。这个一辈子内心懦弱，从没有干出过一件英雄事迹的人，也只能通过画笔，在古典神话的英雄故事中，遥想当年那些叱咤风云的英雄荣光，寄托自己一生对权力和荣誉的向往。然而，已经走到生命尽头、行将就木的大卫，落魄孤独地流落异国他乡，无论他多么倾尽全力，这幅技艺精湛、各个方面都堪称完美的作品，始终欠缺一点激荡人心的生机。

西班牙宫廷画师委拉斯凯兹（Diego Velazquez，1599—1660）笔下的马尔斯却非常特别，让人回味难忘。那是一个从战场上归来，坐在床边小憩的战神。随意扔在地上的铠甲盾牌和头上的头盔是他身份的象征，

战神马尔斯　委拉斯凯兹
(1640 年，179×95 cm，
普拉多博物馆，马德里)

显示出这位天神尚武好斗的天性。红色床单在他的身边像鲜红的血液一样倾泻下来，暗示着他刚刚经历了一场浴血奋战。从他的体态特征来看，他似乎是一个已经走过黄金年龄的中年男子，腹部肌肉开始松弛，倦容满面。历史学家一直很好奇为什么委拉斯凯兹会创作这样一个中年马尔斯形象，他们甚至认为这是在暗喻西班牙经过黄金时期（1521—1643）雄霸欧洲后，军事力量上开始呈现出的没落颓势。此画是否有如此深厚的政治寓意，现在的人们已不得而知。有人认为画中的马尔斯是刚刚结束与维纳斯的幽会，坐在床边回味刚才的柔情蜜意。也有人认为这幅画仅仅是委拉斯凯兹为了取悦国王菲利普四世，为他的狩猎行宫绘制的一位神话人物。如果没有确切的史实资料，要揣摩生活在300多年前的画家创作此画的真实意图尤为困难。但有一点可以肯定的是，这位平民出身的宫廷画家在为王权贵族画肖像之余，还喜欢关注身边的小人物和底层人民。他以悲悯之心画出这些人物的哀怨、苦痛、尊严、智慧和善良。这幅《战神马尔斯》不似以往画家笔下驰骋沙场、戕戮厮杀的勇士。委拉斯凯兹用惯常的写实手法，以及直视人内心的视角，没有一点矫饰，也没有一点美化，刻画出了一个有血有肉、略显疲惫的普通中年男子。他左手托腮，头盔阴影笼罩下的双眼，平静地望向画外。那带着倦意的面容，更多地像是对刚刚结束的杀戮和战争进行着反思和自省。委拉斯凯兹的马尔斯让所有观众在他面前不禁驻足，与他一同陷入沉思。在强烈的好奇心驱使下，观众希望走进他的内心，探寻他的所思所想。

1.10 赫尔墨斯（Hermes）——商业与旅行之神

赫尔墨斯是宙斯与春天女神迈亚的儿子，罗马人称他为"墨丘利"（Mercury）。他出生在阿卡迪亚的一个山洞里。刚出生才一天，他就开始向世人展示他非凡的狡黠和机智。他一声不吭地爬出摇篮，杀死一只山洞边的大乌龟，还溜到山下去偷走了阿波罗的牛群。他杀掉两头牛祭神，剥下牛皮蒙到乌龟壳上，绷上牛肠当琴弦，做成世上第一把七弦琴。最后，他再若无其事地爬回摇篮继续大睡。母亲迈亚对他的所作所为毫不知情，直到阿波罗到了山洞口寻牛，迈亚都不肯相信眼前睡得香甜的小宝宝会是一个惊天大盗。阿波罗只得揪出摇篮里的赫尔墨斯，带着他到奥林匹斯圣山上找众神评理。赫尔墨斯在宙斯面前毫不怯场，他振振有词地抬起一只脚为自己辩护："我昨天才出生，今天还在妈妈的怀里吃奶，这娇嫩的脚怎么可能走那么远的路去偷牛？"宙斯当然清楚赫尔墨斯的盗窃行径，不过他被这个满嘴谎话的儿子逗乐了，所以并没有惩罚他，只是假装生气地命他归还阿波罗的牛群。正当赫尔墨斯准备服从命令时，他又再一次表现出天性中的狡诈。他掏出自己做的七弦琴，轻揉慢拨。悠扬的琴声使阿波罗听得如痴如醉，他竟然答应赫尔墨斯开出的条件，愿意用 50 头牛来换这把琴。

阿波罗和墨丘利　　弗朗西斯科·阿尔巴尼（1635 年，86.5×112.5 cm，枫丹白露宫，巴黎）

　　赫尔墨斯用一把乌龟壳做的七弦琴就换回 50 头牛，在以物换物的古代，简直是商业史上的奇迹。因此，罗马人把他视为掌管商业繁荣的神祇，广为膜拜。他像中国的财神爷一样，被供奉在商业街区的神龛里，商人进行大宗买卖和巨额交易之前，总要先向他祷告祈福。甚至不良商贩为牟取暴利也会求助于他。奥维德在《变形记》中描述："一听到他们的祈求，墨丘利嘴角浮出笑容，不禁想起自己偷牛的日子。"古希腊人和罗马人似乎对神的品格瑕疵并不介意。正因为赫尔墨斯从小手脚不干净，经常干些偷鸡摸狗、撒谎骗人的事，强盗和小偷也视他为保护神。

　　以赫尔墨斯为主角的神话故事不多，以他为主角的画更少，他只是很多戏剧性场景不可或缺的配角。他的形象通常是一个纤细、轻盈的英俊少年，手拿双蛇权杖，腰间挂着一个钱包。作为宙斯和诸神的信使，他总是脚穿一双长着翅膀的长靴，头戴一顶长着翅膀的帽子，表明他有"飞毛腿"一般的神速。赫尔墨斯在奥林匹斯圣山上负责为诸神传送消息，护送死者的魂灵穿越黑暗的旅程到达地府。因此，旅行在外的人也会向他祈求旅途顺利，早日平安归家。

　　意大利巴洛克画家弗朗西斯科·阿尔巴尼（Francesco Albani，1578—1660）的《阿波罗和墨丘利》是赫尔墨斯偷牛后，这两兄弟找众神评理的场景。在阳光明媚的山林乡野中，以宙斯为首的一众天神坐在云端，戏谑说笑地围观他们俩的纷争。阿尔巴尼把出生才一天的赫尔墨斯画成一个大人模样，让他和同父异母的哥哥阿波罗斜坐在草地上聊天。他们俩一个手拿双蛇杖，一个手握刚刚换到的七弦琴，似乎已经完全消除了心里的芥蒂，成为无话不谈的知心朋友。画面左边是赫尔墨斯换回家的牛群，远处隐约可见阿波罗的九个缪斯女神悠闲地在草地上漫步休憩。阿尔巴尼喜欢把他生活过的波洛尼亚的乡野风景作为背景入画，他笔下的人物置身于晴朗明净的天空与葱绿的山林之间，表现出人与自然的和谐共处。整个画面一派恬淡、宁静的诗意气氛，阿尔巴尼也因此被后人称为"画家中的阿那克里翁"（Anacreon，公元前570—前480，古希腊伟大的抒情诗人）。

1.11 武尔坎（Vulcan）——火神

火神在希腊神话中被称为赫菲斯托斯（Herphaistos），他的罗马名字武尔坎似乎更被人熟知。英语中的"火山"（Vulcano）一词即源于他的罗马名，相传他生气发火时，大地轰隆，山顶喷射出滚烫的岩浆，形成火山喷发的一幕。宙斯和赫拉是他的亲生父母，本来应该顶着光环幸福成长的嫡亲神子却从小命苦。他刚一出生就因为瘸腿而被赫拉嫌弃。高贵骄傲的母亲无法忍受自己竟然生出一个残疾儿，一把捉住他的瘸腿将他扔到凡间，恨不得让这个令人尴尬的笑柄永远消失。可怜的孩子在空中翻腾了一天一夜才摔落海里，海中仙女忒提斯救起他，视同己出。长大成人的武尔坎相貌依然丑陋，却掌握了高超的锻造技艺，成为一个心灵手巧的铁匠。他擅长建造神殿，制作各种武器和金属用品。他不但为奥林匹斯圣山上的众神修筑宫殿，还做出许多神奇的东西：宙斯的闪电雷霆棒，狄安娜、阿波罗和丘比特的神箭，绑缚普罗米修斯的锁链，潘多拉的盒子，赫拉克勒斯的马车……他还为养母忒提斯打造了许多美丽的首饰和实用的物品来回报她的善心。其中最著名的是为忒提斯的儿子阿喀琉斯打造的甲胄，这一身刀枪不入的铠甲帮助他击败了特洛伊第一勇士赫克托耳。武尔坎凭着个人努力，一路逆袭，为自己在奥林匹斯圣山上争得一席之地。他司掌着非常重要的物质——火，成为锻造和冶炼的神。

　　童年时的不幸遭遇对武尔坎的人格形成产生了极大影响。武尔坎本性善良，懂得知恩图报，但一出生就遭到母亲遗弃的阴影让他变得沉默寡言，报复心极强。他记恨赫拉，一直伺机报复。赫拉生日时，他假意为她献上一个镶满黄金珍珠的宝座。赫拉经不住诱惑，一坐上去就被暗藏的机关牢牢缚住，无法动弹。天后被困在黄金椅上三天三夜，任谁上前说情，武尔坎都置之不理。宙斯无奈之下，只好向他许诺，只要放开赫拉，就把奥林匹斯圣山上最美的维纳斯许配给他。武尔坎这才高兴地为母亲解锁。被迫嫁给又丑又瘸的火神，维纳斯心里当然一百个不愿意。这段并不般配的婚姻从一开始就埋下注定失败的伏笔。维纳斯早已心有所属，她的心上人是武尔坎的同胞亲兄弟——外形帅气的战神马尔斯。维纳斯不但说服丈夫为马尔斯打造黄金铠甲，还时常跑出去跟他幽会偷情。每当武尔坎发现自己又被戴了绿帽子，都会气得地动山摇，发出轰隆震响。他心中的怒火最终化成猛烈的岩浆，从地底喷涌而出，所以每次火山喷发，人们都知道火神又发怒了。

　　西班牙宫廷画家委拉斯凯兹画出了发生在火神锻铁坊里的一幕：黎明伊始，太阳光最早照耀到世界的各个角落，任何地方发生的事都逃不过太阳神阿波罗的眼睛。他一大早看到了维纳斯和马尔斯的私情，急急忙忙跑到武尔坎的锻铁坊，通报这个无辜的老实人。炉火熊熊燃烧，武尔坎铁钳上夹着的烙铁还火红滚烫，一听到阿波罗绘声绘色的描述，坊里的空气仿佛突然凝住了。武尔坎目瞪口呆地回头盯着阿波罗，握着铁锤的右手气得直哆嗦。伙计们纷纷停下手里的活儿竖起耳朵，他们的表

火神的锻铁坊　委拉斯凯兹（1630 年，290×223cm，普拉多美术馆 ，马德里 ）

情各异，有的幸灾乐祸，有的半信半疑，有的惊讶错愕，简直不敢相信
自己的大哥会被人欺侮。当着武尔坎手下的伙计就告诉他老婆跟别人偷
情，阿波罗实在是考虑欠周到，没有顾及武尔坎的感受。但正因为有另
外四个人的参与，画面呈现了非常完美的构图和生动的场景，成为一幅
对比关系强烈的佳作。

　　出身贫寒，后来贵为宫廷画家的委拉斯凯兹，一直钟情于描绘普通
的劳苦大众，在他的画作中常常能找到平民印迹。如果不是头戴月桂树
冠、笼罩着光环的阿波罗，观众可能根本无法看出此画的神话故事背景。

他画出的锻铁坊就是一间普通至极的打铁铺，所有用写实手法刻画的细节都符合铁匠的真实劳动场景。根据神话记载，武尔坎的伙计是一帮畸形的独眼怪人，但是委拉斯凯兹全部以普通的西班牙男子代之。火神武尔坎毫无神的架子，他和伙计们朴实自然的形象，充满了生活气息。委拉斯凯兹曾游学意大利，遍寻大师的足迹。此画创作于他学习结束一年后的 1630 年，左边的阿波罗衣着光鲜，脚穿绿松石凉鞋，身披橘红色长袍，可以看出委拉斯凯兹受到过米开朗基罗和提香等文艺复兴大师的影响，把鲜艳的色彩大胆地运用到画作的中心人物上。锻铁坊里灰色和棕色的主色调在掺入炉火的红色和盔甲的银光后，显出平衡和谐的视觉效果。同时，委拉斯凯兹也仿效意大利前辈画家，把神话人物的身躯理想化，画中的六个男子都有着古希腊雕像那样健康饱满的肌肉和光洁的皮肤，只是除了阿波罗，其他五个人都长着原汁原味的农夫脸。以平常人的形象刻画神，这是典型的西班牙式写实主义。《火神的锻铁坊》融合了意大利文艺复兴的古典元素和西班牙的本土风格，别具一格，成为委拉斯凯兹的代表作之一。

委拉斯凯兹写实的画风，用劳动者来描绘火神，恰恰准确地表现出武尔坎朴实的真性情。古希腊神话里的火神平易近人，他不贪恋奥林匹斯圣山上的舒适生活，终日只在锻铁坊里辛苦劳作。但他绝不是那种谁都可以爬上头欺侮的老好人，更不是有勇无谋的莽夫。得知妻子与别人私通，他马上运用智慧找到办法报复。根据奥维德在《变形记》中的记叙，武尔坎设计了一张精巧的大网，罩住正在偷情的爱神与战神，他还召集天上的一众神仙围观嘲笑，让这对情侣丢尽颜面。

这充满戏剧性的一幕，被历代艺术家乐此不疲地描绘出无数个版本，最让人忍俊不禁的是荷兰画家乔西姆·维特维尔（Joachim Wtewael，1566—1638）所画的《被武尔坎困住的维纳斯和马尔斯》，乔西姆在长宽仅为 20 厘米、16 厘米的小铜板上，精细地刻画出 11 个人，3 个层次的空间：1. 主要的卧室内景，2. 右上角的天空（众神从天而降），3. 位于画面正中的锻铁坊一景（模糊地出现武尔坎在炉火边奋力打铁）。每一个空间里都充满了精巧的细节，尤其是卧室场景里那张奢华的雕花大床，桌上的酒具、项链和地上的夜壶、头盔、铠甲等，无一不在考验着画家扎实的绘画功底。

乔西姆像一个导演，用明艳强烈的色彩和蒙太奇的空间组合，演绎出一幕丈夫带人现场捉奸的精彩好戏。画中欢快戏谑的氛围产生一种近乎黑色幽默的效果：凌乱的床上那一对倒霉蛋自然就是维纳斯和马尔斯，五秒钟前他们还在忘情拥吻，此时神色慌张地分开，错愕地望着突然出现在四周的吃瓜群众。阿波罗一把撩起绿色的床帷，头上的光芒像探照灯一样直射男女主角，使他们的丑态无处遁形。维纳斯肯定恨透了这个告密者，在她的干预下，阿波罗后来的情路一直非常坎坷，没有一段恋情修成正果，让他也尝尽了想得而不可得的苦。左上角的丘比特此时已经准备好帮老妈报仇，他掏出一支铅箭，搭好弓，正正地瞄准阿波罗。被戴了绿帽子的武尔坎背对观众，常年的重体力劳动，让这个打铁匠练就了一身紧致的肌肉。此时，他手里拎着大网，一脚踩在马尔斯的铠甲上，气愤地骂道："兄弟你太不厚道！亏得我还帮你打兵器！"宙斯的信使赫尔墨斯凭借飞毛腿跑得最快，他冲到床边看到这情景，开心地扭头说："我倒希望被困在床上的人是我。"手握镰刀的时间老人笑得合不拢嘴，赶忙伸手拦住月亮女神狄安娜，不想让这个纯洁的处女污了眼。狄安娜羞红脸，扭头冲着画外的观众讪讪地傻笑。最上角是来迟了的宙斯，他拨开乌云，急急忙忙硬挤进画面，如此热闹的场景怎能少了他？平时四处偷情，被醋坛子老婆搞得灰头土脸，今天好不容易可以看看别人的笑话。连他的神鸟，那只丑陋的老鹰都瞪圆了好奇的双眼，伸长脖子张望。一切都是那么地欢乐滑稽，武尔坎的个人悲剧演变成一出喜剧。由此可见，天上的神仙也有一颗八卦的心，没有点娱乐至死的精神，怎么打发奥林匹斯圣山上漫漫的无聊时光呢？

被武尔坎困住的维纳斯和马尔斯　乔西姆·维特维尔

（1610 年，20×16cm，保罗·盖蒂博物馆，洛杉矶 ）

很难想象来自风格保守的北方画家会有如此幽默大胆的表达。评论家认为乔西姆描绘的爱神与战神偷情的细节有点太过色情、淫猥，有伤风化。不过，这种绘制在铜板上的小尺幅油画并不是为了公开展出。它们有一个特殊的名称——"内室画"（Cabinet Painting）。15世纪以后，欧洲有钱人家的大宅里流行修一间内室，通常是一个很小的房间，要么作书房，要么作为起居室。在内室里会客见友，可以不受佣人和其他家人的干扰，而且冬天还不用给整个大房子供暖。摆放在内室的画尺寸都很小，可供人拿在手上细细把玩，内容依主人的爱好而定，大多是赛马、打猎、风景、宗教故事和神话故事之类的题材。鉴于展示空间的隐蔽性，有些内室画带上点色情内容自然难免。乔西姆不算是职业画家，他的主要时间都在经营亚麻生意和积极地参政议政。他一生总共创作了大概100幅作品，接近四分之三都是这样小尺幅的"内室画"，找他订购画的客户大都是受过良好教育的社会精英。[1] 这些文雅时髦的知识分子一到漫长寒冷的冬天，常见的消遣方式无外乎与最亲近的朋友一起，躲进温暖私密的内室里，看书赏画，共同分享精神上的愉悦。手拿乔西姆幽默风趣的铜版画，再调侃一下老实人武尔坎的不幸婚姻，一定曾给他们带来过不少乐趣。

[1] Lowenthal，Anne W. Joachim Wtewael's Mars and Venus Surprised by Vulcan. Malibu: The J. Paul Getty Museum，1995.

1.12 巴克斯（Bacchus）——酒神

狄俄尼索斯（Dionysus）在古希腊神话中是掌管酿酒、植物和繁殖的神，罗马人称他为巴克斯（Bacchus）。他的一生命运多舛，从出生之日起，就有着不同寻常的人生。他的母亲塞墨勒是古城底比斯（Thebes）的公主，宙斯与她相爱并使她怀上巴克斯。天后赫拉嫉妒宙斯的怀孕新宠，挖空心思设计陷害她。赫拉化装成塞墨勒的奶妈亲近她，怂恿她向宙斯提出要求，让宙斯以霹雳雷鸣的真身来见她。宙斯知道这都是他那个醋坛子老婆玩的阴谋，但他拗不过公主的请求，只好带着霹雳棒来到她的闺房。整个底比斯城一瞬间就被耀眼的闪电照亮，霹雳棒喷出的火焰点燃了闺房。在公主被烧成灰烬之前，宙斯让自己的使者赫尔墨斯把她肚子里的婴儿取出，缝进自己的大腿里，直到足月才将他取出。赫拉仍然不肯放过这个年幼的婴孩，四处搜寻他的下落。为了躲避天后的追杀，宙斯先是把孩子寄养在他母亲的亲妹妹家，接着又把他藏到山林仙女那里，由仙女们精心抚养长大。半人半羊的林神西勒诺斯（Silenus）成了巴克斯的导师，教他掌握了有关自然的所有秘密，以及种植葡萄、酿制葡萄酒的技术。随后，宙斯封这个宠爱的儿子为酒神。巴克斯四处游荡，凡他所到之处，便教人如何种植葡萄和酿制甘甜的葡萄酒，足迹遍及希腊各地和小亚细亚。酿成的玫瑰红液体有着麻痹神经和舒坦心情的作用，它是一醉解百忧的琼浆玉液，可以使常常感觉生之痛苦的人类，在醺醺然的状态中，忘记烦恼，酣然入睡。因此，他走到哪儿，哪儿的人们就忘情狂饮、如痴如醉地载歌载舞。每年春天葡萄藤长出新叶或秋季葡萄成熟时，希腊人都要举行盛大的游行庆典活动，并以野外纵酒狂欢的方式来尊奉和祭祀酒神巴克斯。春季的祭祀通常还会欢庆山林万物经历了漫长的严冬之后重新复活。

在祭祀酒神的游行中最初只有妇女参加，并且带有浓烈的狂欢性质。参加游行的妇女通常头戴常春藤冠，身披小鹿皮，手拿缠着常春藤、杖顶缀着松果球的酒神杖，敲着手鼓和铙钹，扮成酒神祭司。她们抛开家庭和手中的活计，成群结队地游荡于山间和林中，挥舞着酒神杖与火把，

酒神女信徒之舞　夏尔·格莱尔（洛桑州立美术馆，洛桑）

疯狂地舞蹈着，口中还高呼"巴克斯，欧吼（Euoe）"。这种疯狂状态达到高潮时，她们不仅会出现肆无忌惮地酗酒、裸体、滥交等狂欢行为，还会暴露出残忍的一面，毁坏碰到的一切。如果遇到牛、马、鹿和其他野兽，甚至儿童，酒神狂女会立即将其撕成碎块，生剥活吞下去，她们认为这种生肉是一种圣餐，吃了它就能与神结为一体。古希腊悲剧作家欧里庇得斯在《酒神的女伴》中有这样的描述片段："那个信徒在山中是快乐的，每当她离开杂乱奔跑的狂欢队伍，倒在地上，穿着神圣的鹿皮，追捕山羊，喝它的血，吃它美味的生肉……"

出现在艺术作品中的酒神辨识度非常高，无论他是婴孩还是成人，都头戴葡萄藤缠绕的叶冠，手握酒器，带着欢快、放纵、热烈的气息，或畅饮、或沉醉。作为画家热衷于表现的神话人物，他在各个年代、各个画派的作品中，频频出镜。

巴洛克艺术的先驱、意大利画家米开朗基罗·梅里西·达·卡拉瓦乔（Michelangelo Merisi da Caravaggio，1571—1610）画出了谜一般让人回味深长的巴克斯。画中这个雌雄难辨的神秘酒神在乌菲兹美术馆的库房里静静地等待了几百年，直到 1916 年才抖落满身的灰尘，经过工作人员的精心修复，重新散发他的致命诱惑。

卡拉瓦乔塑造了一个妩媚且妖娆的巴克斯。关于这个模特，至今仍然身份未明。有人认为他是卡拉瓦乔本人对着镜子的自画像，有人认为他是画家的同性恋朋友，也有人指出他是红衣主教德尔·蒙特的一个家仆。但不管他是谁，这个画中人都让人充满好奇，他明明是一个骨骼肌肉强健的男性身躯，面部五官却如一个女子般丰腴柔和。胶原蛋白满满的脸颊，有着吹弹即破的质感。脸上漾起的两团酡红，仿佛不胜酒力的娇羞。

肉欲的双唇微微嘟起，一双乌黑的柳叶眉更是加深了他的女性气质。他不但面部特征女性化，坐姿和神情也同样极为撩拨人心。他用慵懒、迷离的眼神，斜睨着画外的观众。右手拉着希腊式白袍上的扣结，正准备宽衣解带；左手翘起兰花指，举杯邀请观众加入他那享乐淫逸的世界中。

这是一具耽迷于感官享乐的身体，却奇怪地产生了教化意义。画面在古典雅致的色彩中，整体呈现出一种淡淡的哀伤基调，人物也为一股阴郁的气氛所笼罩。连他面前的那盘鲜果都已经在阴郁气氛中开始腐败，布满了霉斑和虫蛀，熟过头的石榴咧开了嘴，露出里面暗红的果实。这一切隐喻着繁华之后的凋零和盛极而衰的必然趋势。巴克斯是青春与活力的代表，每年春天的酒神祭祀是庆祝春回大地、礼赞青春的节日。然而，本应欢乐的场景被卡拉瓦乔唱成了一曲盛宴必散的青春挽歌，呼应了深植在古希腊人思想中的悲观主义情绪——大凡美的东西都不持久，都只能是昙花一现，转眼成烟。这也与佛教思想里的"色空"观念不谋而合，警醒着世人物质世界虽然繁华诱人，却短暂即逝。

卡拉瓦乔的一生醉人而又危险。作为一个从社会底层成长起来的问题青年，他的个性狂野暴躁、喜怒无常，他时不时地与人酗酒滋事，发生冲突。据说他在居住地的治安记录和审讯记录足足有好几页。他像古代中国的游侠一样，佩着宝剑四处游荡，终日混迹于小酒馆、赌场和妓院。卡拉瓦乔每到一个地方，刚开始并无人认得他，但他的艺术才华很快就能获得人们的认可，并得到慷慨资助。他曾得到红衣主教弗朗切斯科·马里亚·德尔·蒙特（Francesco Maria del Monte）的赏识，被德尔·蒙特邀请到其在罗马的一处宫殿居住。《酒神巴克斯》正是受德尔·蒙特之托所画。和主教一起衣食无忧的生活并不能拴住卡拉瓦乔那颗放荡不

酒神巴克斯 卡拉瓦乔（1595–1597 年，95×85cm，乌菲兹美术馆，佛罗伦萨）

羁的心。目睹过贫穷、欺凌、诈骗、奸淫和剥削等底层社会的生活场景，也体验过极端的荣华富贵，卡拉瓦乔能够看到繁华盛景背后的虚空，他对舒适优越的生活毫无留恋。六年后，他离开罗马，重新过上原来自由浪荡的生活。也许正是因为看到了人生真实面目的暗淡和无意义，卡拉瓦乔才会在年轻时选择像酒神那样毫无顾忌、放任肆意地活着。他如酒神一般非理性的性格直接导致他在 39 岁的盛年，为了躲避一场争吵打斗引起的官司，在逃亡路上丢了性命。

来自佛兰德斯地区的另一位巴洛克大师彼得·保罗·鲁本斯（Peter Paul Rubens，1577—1640）的酒神图，与卡拉瓦乔的酒神截然不同，它们是面对生命时的两种态度。鲁本斯的酒神图充满了动感，充满了戏剧性，更满载着明快欢乐的气息，它将巴洛克绘画的特点尽显无遗。画中的五个人在失去理性节制时姿态和神情各异。半人半羊的萨堤尔（Satyr）背对观众，捧起一瓶美酒，对着瓶口豪饮。他那滑稽的、毛茸茸的羊蹄藏在巴克斯身后的暗处。为巴克斯斟酒的女子是酒神的女信徒、女祭司，即传说中嗜酒成癖、凶残易怒的女子。此时她正裸露出浑圆丰满的右胸，一手搂着巴克斯，一手高举酒瓶为他斟酒。满溢的汁液顺着巴克斯的酒杯滴落到一个仰头的小萨堤尔口中。另一个小萨堤尔显然也是喝多了，撩起衣服就放水，憨态可掬。正坐中央的巴克斯在此画中的形象是一个粗俗肥胖的酩酊醉汉，完全颠覆了古希腊神话中那个青春盎然、充满生命活力和热情的少年形象。他像一个减肥失败的"三高"胖子，叠着一身赘肉坐在葡萄酒桶上，右脚踏着一只老虎。伴随酒神出现的老虎或豹子通常象征着禁锢在人类身体里的兽性，一经葡萄酒的麻醉就会被释放出来。此时，这只大猫像只宠物一样，乖乖地臣服在山林之神的脚下，仅留一双凶猛的眼睛，虎视眈眈地盯着画外的观众。好一幅纵情声色、酒池肉林般的欢庆图！

鲁本斯画作中的人物大都膘肥体壮，有的甚至是臃肿的大胖子，极易辨识。丹纳在他著名的《艺术哲学》中归纳出影响艺术的三大因素：民族、环境、时代。他认为一个国家的政治文化生活不仅和国民的宗教、癖好、财富、人口、贸易、风俗习惯有关，也同气候、地理条件及农、猎、牧等生活方式有着极大关系。鲁本斯生活的佛兰德斯地区（今比利时西部、法国北部、荷兰沿海部分地区）以农耕畜牧业为主，肉食和奶制品偏重的饮食结构使当地人普遍体格强大、肌肉发达。男人壮硕、女人丰满是农耕社会土地丰收、人丁兴旺的需要。而且鲁本斯向来信奉"只有强健的身体才能催生出强大的意志。"

观看鲁本斯的画总能让人血脉贲张、心情激荡，他的人生和他的画一样，充满着激情与蓬勃生机。他开工作室，广招学徒，满足来自王公贵族和富有商人的大批量订单需求。他生前创作的 2000 多幅作品，如今散见于世界各地的王室、教堂和博物馆。与大多数穷困潦倒的画家不同，鲁本斯多产多收，富甲一方，可谓生前就享尽了一世荣华。而且他情商极高，结交的都是达官显贵，还曾被提拔为佛兰德斯大使，成为一名出色的外交官。他热爱生活也懂得享受生活。1609 年，32 岁的鲁本斯与安特卫普一个律师的 18 岁的女儿伊莎贝拉结婚，琴瑟和鸣地共同养育了三个小孩，度过了十多年的幸福生活；伊莎贝拉因病去世后，53 岁的鲁本斯并没有消沉在对亡妻的追思中，他很快又迎娶了一个丝绸商人的女儿——年仅 16 岁的海伦·芙尔曼。在他最后的十年里，夫妻俩一共生育了五个小孩，最小的女儿还是在鲁本斯去世八个月之后才出生的。可见，

酒神巴克斯 鲁本斯（1638—1640 年，191×161cm，冬宫博物馆，圣彼得堡）

画家不但活跃在画坛、政界，在生活的各个方面都精力充沛。

　　无论是卡拉瓦乔，还是鲁本斯，他们都通过酒神明白了生命的本质无非就是生与死的循环往复。如何度过此生，他们各自做出了人生道路的选择。晚年的鲁本斯非常钟爱酒神题材的作品，根据他的一个侄子记载，这幅《酒神巴克斯》并非受雇主之托，它纯粹是鲁本斯出于个人喜好而创作的一幅私人作品。此画一直被挂在书房陪伴他走到生命尽头。虽然他的酒神被后人诟病，画家本人还曾被讥笑为"开人肉铺子的"，但是整幅画中欢快纵欲的精神，完美地映衬出西方人内心深处的狂欢本性和现世享乐精神，既然人生不过是过眼云烟，转瞬即逝，那么不如像卡拉瓦乔那样狂浪不羁地活着，或者像鲁本斯那样沉醉眼前的美酒、美食和美人，纵情欢乐，不醉不归。

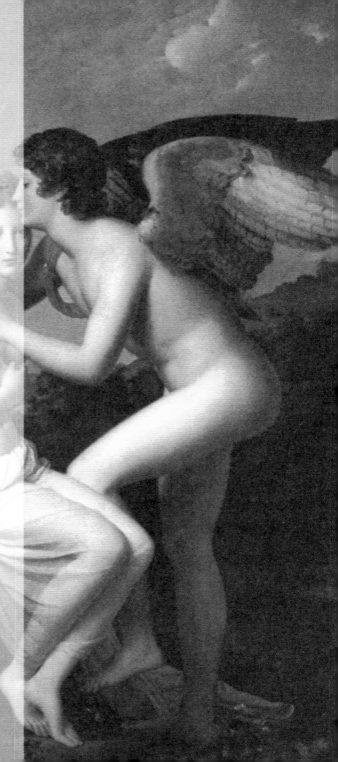

第二章

经典爱情神话人物

2.1 丘比特（Cupid）和普赛克（Psyche）

——灵与欲的完美结合

丘比特是小爱神的罗马名字，他的希腊名是厄洛斯（Eros）。Eros 这个单词在希腊语里表示"爱""爱欲""情欲"，而普赛克的名字（Psyche）在希腊语里则表示"灵魂""心灵"，他们俩的爱情故事是灵与欲的完美结合。

故事的女主角是普赛克，一个凡间的公主，她的超凡美貌甚至引起了爱神维纳斯的嫉妒。维纳斯受不了人们纷纷抛弃她的祭坛，转向对一个凡人女子大唱赞歌，于是她让自己的儿子丘比特去惩罚普赛克，要他把涂着苦汁的爱情之箭射向这个少女，让她爱上一个卑微下贱的男子。不料丘比特对美丽的普赛克一见钟情，他违背母亲的

丘比特与普赛克　安东尼奥·卡诺瓦（卢浮宫，巴黎）

意愿，悄悄地把普赛克带回自己的行宫，夜夜与她幽会。但是丘比特每次都只是趁着黑夜到来，在黎明破晓前就隐遁了。他不让普赛克看到自己的真面目，更不愿暴露自己的真实身份，因为他希望她把他看作一个凡人来爱，而不愿她把他当作天神来仰慕。

　　普赛克的两个姐姐嫉妒妹妹的幸福，吓唬她说这个不愿露面的丈夫也许是一个面目狰狞的怪物，并唆使她一定要偷偷搞清楚他的身份。历史上有无数多的例子证明人类无法遏止的好奇心会让他们招致祸害，普赛克也是其中之一。她趁着丘比特夜里熟睡之时，举着油灯走上前。她看到睡梦中的丘比特如此英俊貌美，心中的爱慕之情交织着如释重负的快乐，不由地喜极而泣。伴随她幸福的眼泪一起落下的是一滴灯油，正好落在丘比特的肩上。惊醒的丘比特看到普赛克呆立在那儿，立刻明白了一切，他愤怒地展开雪白的双翅飞出窗外，临走时，他责备她对他的

普赛克向姐姐们展示丘比特的礼物
让·奥诺雷·弗拉戈纳尔
（英国国家美术馆，伦敦）

丘比特的诞生 厄斯塔什·勒·叙厄尔（卢浮宫，巴黎）

不信任："我对你唯一的惩罚就是要永远地离开你，爱情不能与怀疑共处。"

　　"灵魂"一旦失去"爱"就变得无所适从、痛苦万分。被丈夫遗弃的普赛克求助维纳斯帮她找回丘比特。这个心怀嫉妒的婆婆正气不打一处来呢，她见普赛克自投罗网，自然不会放过机会尽情刁难，弄出了种种艰巨而危险的任务让普赛克去完成。一会儿让她把混在一起的麦子、豆子、大米等种子分开，一会儿又让她去摘取金羊毛、从毒龙守护的冥河中取水。仿佛童话故事里受人欺侮的善良公主，普赛克总是能得到富有同情心的小动物们的帮助，她顺利地完成了这些任务。最后，维纳斯让她带一只空盒到冥府去装回一件神物：它"足以弥补一天中损失的美貌"。普赛克从冥府王后珀耳塞福涅（Proserpine）手中成功拿到神物。虽然冥后一再告诫她不可打开盒子，但是致命的好奇心又一次让普赛克差点丧命。她在回程路上，悄悄打开盒子，里面的"神物"其实是"睡眠"（这是非常有趣的比喻，因为能够弥补人一天劳作对美貌损毁的，不正是一夜的酣睡吗？），普赛克立刻陷入沉睡，她完全无法消受这种供神使用的睡眠，她变得浑身冰冷、濒临死亡。丘比特及时发现僵睡在地上的普赛克，他把睡眠从她身上抓出来重新装回盒子里。他唤醒了妻子，带着她去见宙斯，请求众神之神承认他们的婚姻。宙斯递给她一杯玉液琼浆，对她说："喝下它吧，普赛克，你会成为仙女。你的丘比特将被束缚于婚姻之结，永生永世。"由此获得长生不老资格的普赛克，立刻升入仙界。最后，这对恋人在经历了无数磨难之后，终于在奥林匹斯圣山上缔结姻缘，永享不灭生命与不竭爱意，并产下一个名叫"快乐"的女儿，他们成就了一段古希腊罗马神话里罕见的有着幸福收梢的恋爱故事。从此，"灵"与"欲"永恒结合，再不分离。

作为历代艺术家热衷于表现的宠儿，丘比特和普赛克的恋爱故事启发了无数艺术家们的创作灵感。"爱"是"灵魂"的天然伴侣，正因此，丘比特和普赛克无论是在神话故事中，还是在艺术作品中，多是成双成对地出现。[1] 他们的爱情故事也是一场对"美"的礼赞，丘比特和普赛克因为彼此的美而相互吸引、坠入爱河。"美"成为与"真"和"善"并列的三大人本主义基本特征，被古希腊后期的哲学家纳入了道德范畴，对"美"的追求成为人们道德修养的目标之一。由此，"美"的地位上升到一个新的哲学高度，对西方中世纪的基督教神学产生了重要影响。当时的人们认为追求"美"可以使人类无限接近天神，可以实现充满神性的和谐与统一。然而，在中世纪时期，基督教文化对神性的绝对迷恋逐渐压抑了人性之美的表达，包括丘比特和普赛克的爱情故事在内的所有古希腊罗马神话故事都被基督教教义认为是异教文化而遭到封禁。直到 15 世纪文艺复兴之时，艺术家们经历过漫长的中世纪对人性的压抑之后，心态发生了极大的转变。他们认为"美"不再是接近神的手段，他们希望恢复古希腊人对人体美、自然美的热爱。由此，古希腊罗马神话再次受到艺术家们的推崇，这时又开始出现以丘比特和普赛克恋爱故事为题材创作的艺术作品。作品数量虽多，质量却乏善可陈，要么是表现丘比特夜里下凡与普赛克幽会的场景，要么是表现这对夫妻升天后在奥林匹斯圣山上饮酒作乐、快活度日的画面，充满世俗享乐的烟火气，而少了神仙眷侣的仙气。意大利画家雅克布·祖奇（Jacopo Zucchi，1541—1590）创作的《爱神与普赛克》

[1] Maria Grazia Bernardini. *The Tale of Cupid and Psyche--Myth in Art from Antiquity to Canova.* Rome: L'Erma di Bretschneider，2012. p.66.

爱神与普赛克　克布·祖奇（1589 年，173 ×130 cm，博根斯画廊，罗马）

算得上是这一时期同类题材的优秀之作。

　　祖奇选取故事中普赛克因为对丈夫的身份产生怀疑，于是趁着他熟睡之时，举着油灯上前查看的一幕。这幅画的表现手法很独特，丘比特躺在画面的右边酣睡，普赛克手执油灯站立左边，他们两人就像数学函数的纵横坐标，一个醒着、一个睡着，一个紧张、一个放松，使画面充满张力。有趣的细节是画面最前景那个插满鲜花的花瓶，不偏不倚正好挡住丘比特的生殖器。这个突兀抢眼的花瓶多少反映出当时人们对待身体的一种社会习俗。文艺复兴时期的人们，像古希腊人那样把人体视为美的最高形式。但是，正如亚当和夏娃一旦吃过智慧之树的果实，就产生了羞耻感，知道悄悄扯下一片树叶遮住自己的羞处，此时的人们已经被基督教教义影响了几百年，他们对裸露身体总有些顾忌，只有打上神话人物的名义，比如维纳斯、狄安娜，才可以名正言顺地不穿衣服。人们对人体生殖器更是带有一种忌讳，认为它不"美"，画家总会刻意避免描绘人体的生殖器官，想方设法用什么摆件或饰物巧妙地加以遮挡，起到与那一片树叶相仿的功效。

　　当然，这幅画最突出的地方在于右上角那盏寓意深刻的油灯。它不但给画面带来了温暖柔和的光影效果，更重要的是它成为文艺复兴时期一盏照亮人理性的明灯。这幅画使观众对丘比特和普赛克的爱情故事有了不一样的解读。普赛克只是一个凡间女子，她本来可以选择绝对的服从和信任恋人，她本来可以继续每天晚上和不明身份的丈夫幽会，换取婚姻带给她的稳定安逸和物质享受，可是她偏偏不愿意这样浑浑噩噩、稀里糊涂地沉醉于爱情之中。她的理性思维让她产生了怀疑，她要探明真相，于是左手执灯，右手持刃，如果他真是一个怪物，她就立刻用利刃结束他的生命。普赛克以一己之力挑战天上的神，这正是文艺复兴的精髓所在，人应当高扬理性主义的旗帜，每个人都应该有这样的勇气为追寻真相和真理挑战神灵和权威。这一束烛光代表的是照亮那个时代的启迪精神。

若论寓意，祖奇的画当数杰作，但若纯粹从艺术审美的角度来看，被后世公认为最美的丘比特和普赛克的当数法国新古典主义画家弗朗索瓦·热拉尔（Franois Gérard，1770—1837）创作的《普赛克第一次接受爱神之吻》。热拉尔的老师是著名的新古典主义创始人雅克-路易·大卫，他们集中地代表了18世纪法国艺术家从哲学和心理学的视角对古典神话展开的全新阐释。他们通过画笔试图揭示神话人物的内心世界和心理起伏，对神话故事的意义进行层层剖析，为古老的神话注入新的生命，由此对人们的现代生活产生重要的启示。

热拉尔从丘比特和普赛克的故事中选取了一个非常短暂的瞬间，爱神丘比特对普赛克一见钟情，情不自禁地上前亲吻她。画家把这一对璧人放置在鲜花盛开的草地上，身后是郁郁葱葱的小山丘。生机盎然的春天正呼应了两个少年初次萌发的爱情。普赛克完全是一个天真无邪的少女，她对自己的美毫无自知。头顶那只蝴蝶是她的化身，"普赛克"在希腊语中意为"灵魂"，蝴蝶破茧高飞的姿态正如死后灵魂脱离肉体。灵魂能有几两重？它必须轻盈如翩飞的蝴蝶。面对恋人的第一次亲吻，她有一些紧张，也有一些期待。普赛克的坐姿含蓄而拘谨，她双手交叠在胸前，两脚微微并拢内收，神情恍惚地望向画外。爱神单脚俯身上前，伸出双臂欲将普赛克揽入怀中。他的表情凝然，有一些迟疑和犹豫，对未来妻子的圣洁美丽和天真无邪充满敬意。这是一个奇异的瞬间，它还

普赛克第一次接受爱神之吻　弗朗索瓦·热拉尔
（1798 年，186×132cm，卢浮宫，巴黎）

没有成年人热恋的急切和情欲的焦灼，时间仿佛在这一刻凝滞，只留下悬念和等待。

热拉尔的高明之处在于他懂得初涉爱河的人，也理解他们的心理状态，更擅长于在画布上准确地表达人物的内心。初恋的人们总是在等待。他们讨厌等，却又喜欢等，在这两种极端情绪之间摇摆不定、忐忑不安，他们体验到了时间的模糊性，不断地推迟延长享受爱情的甜蜜，仿佛小孩子拿着心爱的蛋糕，只一点一点地小心品尝，生怕一口气咽下去这甜蜜的滋味就一下子没了。

这幅画最早于 1798 年展出，反响强烈，受到新古典主义画家们的大力拥护，他们倡导拉斐尔式的审美意趣，这种唯美画风正是对古典风格的沿袭。安格尔甚至认为它是法国最美丽的画作之一。然而，真正让此画成为传世经典的原因是画家敏锐地捕捉到人物的心理状态，并准确地以一种唯美的形式表现出来。伟大的艺术家总是那些能够表现出人类亘古不变、永恒情感的人，他们创作的作品，能经历时间的考验，成为经典，一直受人喜爱。画中人物的心理状态具有普适性的特点。他创造了一对极富魅力的形象——两个身体刚刚发育成熟的恋人，透露出圣洁与无邪，他们的相拥完全是抛却肉欲之感的精神交汇。现代观众，无论男女，都能感受到画中人物心理的细微起伏，因为性的觉醒是每个人一生中的必经阶段。不难理解情窦初开的普赛克眼神里淡淡的忧伤和丘比特的犹豫迟疑，经历过充满仪式感的初吻，这一对少男少女将挥别自己的青春年少，跨步进入成年人的世界，他们今后会有无数个纵情肆意地享受鱼水之欢的机会，却再也不会有此时此刻的怦然心动和局促紧张。

2.2 俄耳甫斯（Orpheus）和欧律狄刻（Euridice）
——唯有死亡能让我们重聚

相传俄耳甫斯是太阳神阿波罗的儿子，他的母亲是司管史诗的缪斯女神卡利俄珀。出生在这样一个资深文艺家庭，俄耳甫斯从小就展示出非凡的音乐和诗歌才能，尤其是弹奏里拉琴的技艺，更是继承了父亲的特长。只要他拨弄琴弦，开口弹唱，所有的生灵都会驻足聆听，沉醉在美妙的旋律之中。

世间难得的音乐家俄耳甫斯却有着非常凄苦的爱情经历。他与林间仙女欧律狄刻相爱成婚。婚礼刚结束，新娘和她的伴娘在草地上漫步，就被一条毒蛇咬住脚踝，倒地身亡。悲恸的俄耳甫斯发誓要救回妻子，他带着里拉琴闯入阴间，面对冥王和冥后弹唱起对亡妻的哀思，恳请他们放过自己不幸的妻子，要不然他宁愿死去与她做伴。听到他如泣如诉的歌声，地府里的鬼神也黯然泪下。冥王和冥后终是不忍拒绝他的请求，答应俄耳甫斯带走欧律狄刻。但有一个条件：在没有走出地府之前，俄耳甫斯不得回头看他的新娘，否则他将永远地失去她。欣喜万分的俄耳甫斯领着欧律狄刻离开地府，他们走上一条漆黑死寂的山路。眼看快要走出阴间的边界时，俄耳甫斯看到人间的微光，高兴地忘记了冥王、冥后的话。他害怕欧律狄刻没有跟上来，忍不住回头看了一眼，却眼睁睁地看着她从自己身后坠入黑暗的深渊，像幻影一样消失得无影无踪，只听到一声微弱的"永别了"从深渊里飘来。俄耳甫斯惊得目瞪口呆，他发疯般冲回冥河边，可是无论他如何苦苦哀求，冥河的艄公再也不愿将他摆渡回地宫。七天七夜，面容枯槁的俄耳甫斯不吃不喝，守在岸边，终日以泪洗面。

最后，俄耳甫斯孤单地回到人间。他常常独自一人待在森林里，对着飞禽走兽、草木顽石弹琴唱歌。这种与世无争的生存状态却招来杀身之祸。因为经历两次丧妻之恸的俄耳甫斯，心如死灰，再也无法对任何女子燃起爱火。他冷冷地拒绝了所有爱慕他的女子。一帮追随酒神巴克斯的狂女，见他不愿在祭拜酒神的庆典上为她们歌唱，更不愿与她们纵欲狂欢，感觉受到了轻视和侮辱。她们恼羞成怒地冲上前去，把可怜的俄耳甫斯撕成了碎片。诗人的肢体散落一地，他的人头和里拉琴顺着河水流入大海。他的魂魄下到地府，终于与他的爱人欧律狄刻重逢，他们热情地相拥，从此就在地府的乐土上并肩漫步。

俄耳甫斯是希腊神话里少见的不以英雄伟业留名的男子，他有情有义，多愁善感。他和欧律狄刻的爱情故事感动过无数的艺术家，其中包括法国写实主义风景画家柯罗（Jean Baptiste Camille Corot，1796—1875）。

柯罗把俄耳甫斯的悲剧以艺术唯美的方式呈现到一张画布上。画中的近景远景错落有致，人物犹如在舞台布景中穿梭，画面上的这种舞台剧效果得益于柯罗的个人爱好。喜欢看戏的柯罗去剧院时，口袋里总不忘揣上速写本和铅笔，剧院里的芭蕾舞演员和形形色色的观众给予他无穷无尽的视觉灵感。他热衷于把舞台上的人物搬进他所喜爱的自然风景里，再给他们穿上歌剧人物的戏服，由他担任编导，指挥上演剧目。1859 年，巴黎歌剧院上演作曲家赫克托·柏辽兹（Hector Berlioz）重新改编的格鲁克歌剧《俄耳甫斯与欧律狄刻》，热爱音乐的柯罗在观看歌剧后，回家立刻创作了他的《俄耳甫斯引领欧律狄刻逃离地狱》，以一个画家的视角纪念古希腊神话中伟大的音乐家俄耳甫斯。

柯罗用灰调的绿色和蓝色渲染烘托气氛，营造出一个游离在现实与梦境之间的安静、空灵的世界。正如无数评论家所言：“柯罗的风景画是一首视觉的诗。”他的作品有一种安详宁静的诗意风格，和一种柔和

俄耳甫斯引领欧律狄刻逃离地狱　柯罗

（1861 年，112×137cm，休斯敦艺术博物馆，休斯敦）

朦胧的，近乎烟雾迷离的光影效果。他说："想要走进我的风景画里，你得有足够的耐心等待雾气散去。"[1] 为了让树林达到这种雾气弥漫的效果，柯罗会趁着画布上的颜料未干之时，用手去擦拭树枝和树叶，模糊它们的界线。在一片氤氲潮湿的雾气中，俄耳甫斯高举里拉琴，满怀信心地带着欧律狄刻穿过如梦幻般虚无缥缈的冥界，迎着画面右边明亮的晨曦走去，那是人间的熹光，也将是欧律狄刻重获新生的地方。一条冥河将树林分隔出近景与远景两个层次，远处是影影绰绰的死魂灵，他们悄无声息地遥望着这一对不幸的恋人，仿佛早已知晓下一秒钟将会发生的悲剧结局。

　　另有一些画家选择描绘俄耳甫斯被愤怒的狂女撕扯残害的恐怖场景，法国的象征主义画家居斯塔夫·莫罗（Gustav Moreau，1826—1898）按照自己对神话的理解，为故事加入一个色雷斯少女，描绘她在残杀诗人的悲剧平息之后哀悼俄耳甫斯的一幕。少女身穿东方情调的丝绸长裙，怀抱一个制作精美的里拉琴，琴身上平放着一个如大理石雕像般俊美洁白的头颅，那正是俄耳甫斯被大卸八块后，随江漂下来的头。

　　和所有象征主义画家一样，莫罗喜欢在画布上采用隐喻的手法探讨生命、爱欲和死亡等终极问题。[2] 这幅画中也有几处值得解读的细节。背景的悬崖顶上有三个手拿乐器演奏的乐师，琴声悠扬绵长，他们象征着俄耳甫斯的音乐将永世流传。右下角的那两只乌龟也颇为有趣。俄耳甫

[1] David Croal Thomson. *The Barbizon School of Painters-Corot*. London: Simpkin, Marshall, Hamilton, Kent & Co., Ltd., 1892.

[2] Julius David Kaplan. *The Art of Gustave Moreau: Theory，Style and Content*. Ann Arbor: UMI Research Press，1982.

斯演奏的里拉琴是用乌龟壳制作共鸣箱，绷直的牛肠子作为琴弦。因此，乌龟代表着俄耳甫斯的乐器；同时，作为陆地上最长寿的动物，它们出现在画中，同样也表明俄耳甫斯虽已死去，但是他的音乐将获得永生。

画中少女的身份一直以来是研究者们争论的话题。这个色雷斯少女梳着质朴圣洁的发辫，娴静自持；可她那双赤裸的双脚和妩媚迷人的装扮，又散发出令人不安的女性魅力。她带着爱慕的渴求望着俄耳甫斯苍白的头颅。她到底是谁？她是圣女还是狂女？她是不是也曾向俄耳甫斯索爱被拒，转而恼羞成怒地参与到残杀他的暴行中？她现在是在哀悼，还是在忏悔？对于少女的真实身份，莫罗一直语焉不详，他用模糊的表现手法抛给观众诸多耐人寻味的谜团。

少女的侧脸与俄耳甫斯的头互相呼应，形成画面的焦点，反映出近现代欧洲文艺界的两种潮流。首先，"被砍下的头颅"广泛地出现在 19 世纪的文学艺术作品中。有疯狂的莎乐美[3]，向施洗者约翰求爱被拒后，不惜让父王砍下他的头，装在银盘中呈给她，以便能如愿吻到这位圣徒的双唇；也有痴情的伊莎贝拉[4]，将死去恋人的头埋进闺房的花盆里，日日精心浇灌；而神秘的色雷斯少女，在莫罗的画中低头看着怀中早已

---

[3] 1893 年，英国戏剧家王尔德根据圣经故事改编创作《莎乐美》，描写希律王的继女莎乐美向施洗者约翰表白爱意，希望获取他的吻。在遭到圣徒拒绝后，莎乐美愤而请希律王将约翰斩首，并把约翰的头捧在手里亲吻。

[4] 1818 年，英国诗人济慈改编了一部意大利小说，创作叙事诗《伊莎贝拉》，描写贵族少女伊莎贝拉不顾家人的反对，爱上平民少年洛伦佐。伊莎贝拉的哥哥为了破坏两人的爱情，将洛伦佐残忍杀害并抛尸荒野。洛伦佐托梦给爱人让她找到了自己的尸体。伊莎贝拉将洛伦佐的头颅取回，埋进家里的花盆中。她天天怀抱花盆，精心呵护盆中的植物，最后憔悴而亡。

色雷斯少女手持俄耳甫斯的头　居斯塔夫·莫罗
（1865 年，154×100cm，奥赛博物馆，巴黎）

毫无生命特征的俄耳甫斯的头，忧伤的神情令人动容。但是人们在一丝莫名的哀伤之余，更多的是感到脊背发凉，汗毛直竖，毕竟这是一个热血少女与一个死者冰冷头颅的深情对视。如此种种对恋人头颅的变态执迷，既让人感觉可怜，又让人毛骨悚然，爱情悲剧顿时蒙上一层怪诞、恐怖的色彩。其次，男女对视的画面预示了 20 世纪初心理分析里一个重要的理论：每一个人都有雌雄同体的双重性格。莫罗的其他画中，反复出现相同的男女对视场景，他们目光交织，互为镜像，你的眼中可以看到我，我的眼中也可以看到你。我们每个人天生都具有异性的某些特征和气质，一旦在某个异性的身上投射出自己的影子，我们很容易就对这个异性产生爱恋。是不是对的人，首先得确认眼神，莫罗用他的色雷斯少女和俄耳甫斯的头互相对视，仿佛早在 100 多年前就已经打算为此进行论证。

"我不相信我所触摸到的和看到的，我只相信看不到的和自己感受到的。"[5] 莫罗信奉的艺术信条是一个艺术家应该从客观世界挣脱逃离，完全凭借直觉创作，使灵魂飞升进入一个圣洁的国度。他把身边的现实世界提炼出一种超越尘世的梦幻感。人们欣赏他的画，犹如走入一个神秘、抽象的想象空间，那些充满异域风情的人物身上，弥漫着一股浓郁的灵异和死亡气息。这就是莫罗画作的魅力所在，他能将奇异的美感与阴森的恐惧感相结合，带给观众另类的视觉体验。

然而，画中的色雷斯少女美则美矣，身体比例存在一个明显的瑕疵。她的左脚膝盖过低，使得左腿看上去很短，整个下半身的比例很不协调。

[5] Julius David. *The Art of Gustave Moreau: Theory*，*Style and Content.* Ann Arbor: UMI Research Press，1982.

"成也萧何，败也萧何。"这大概源于莫罗过分地相信自己感受到的世界，完全凭着想象作画，却忽视了客观世界里的物体有着严谨的素描结构，他的其他画作中也都存在着人物身体比例失调的问题。

　　现实生活中的莫罗和俄耳甫斯一样，也是一个情痴。莫罗与他深爱的女子阿黛乐（Adelaide A．Dureux）交往 25 年，情深意长。阿黛乐在 1890 年撒手人寰后，莫罗陷入难以自拔的痛苦中，不但亲手设计她的坟墓，还在她的墓碑上，把自己名字的首写字母"M"刻在她名字的首写字母"A"之后，并且立下遗嘱：他日自己入土之时，一定要亲友在阿黛乐的坟头也摆满鲜花。八年后，莫罗如愿以偿地驾鹤西去追随他的恋人。正如两度失去欧律狄刻的俄耳甫斯，活着的每一天都意味着对爱人的追思，只有死亡才能让这些悲情的痴男怨女在另一个时空重新相聚。

2.3 厄科（Echo）和那喀索斯（Narcissus）
——无法触碰的恋人

厄科是一个美丽的林间小仙女（Nymph），曾经拜缪斯为师学习音乐。她有着动人的歌喉，终日在山林里歌唱游荡。有一天，宙斯下凡到森林里与仙女们游玩，天后赫拉追到树林里寻找自己多情的丈夫。厄科走上前去与赫拉聊天，希望以此拖住天后，赢取时间，让众姐妹借机躲逃。赫拉识穿了她的小心机，夺走了她动人的嗓音。作为惩罚，当她与别人讲话时，只能鹦鹉学舌似的重复别人话语的最后一部分。

那喀索斯是河神刻菲索斯（Cephissus）与水泽女神利里俄珀（Liriope）的儿子。那喀索斯刚出生时，他的父母请求底比斯城有名的预言家预测孩子未来的命运。预言家说："不可使他看到自己。"当时谁也不明白这句预言的含义。直到16年后，那喀索斯成长为一个俊美的少年。他的父母一直记得那句奇怪的预言，从来没有让他看过自己的相貌或影子。虽然那喀索斯不知道自己长什么模样，却并不妨碍年轻女子们对这位翩翩美少年的爱慕。奇怪的是那喀索斯对任何人的求爱都不动心，哪怕有人因为对他思念成疾、郁郁寡欢而死，他也无动于衷。

　　这些不幸的追求者里也包括小仙女厄科，她炽热地爱着那喀索斯，却无法开口向自己的爱人诉衷肠。有一次，那喀索斯在山林里与他的伙伴走散了，他高声喊道："有谁在这里？"

　　厄科应声道："在这里！"

　　那喀索斯四下望望，不见人影，便又喊道："你过来！"

　　厄科又应声道："过来！"

　　那喀索斯回头望望，仍不见人影，便大声说道："你为什么躲避我？"

　　厄科又应道："躲避我？"

　　那喀索斯愈发感到好奇，想见见这个同他说话的人，便说道："让我们在这里相会吧！"一听这话，厄科开心地回应说："相会吧！"她急切地从树林里跑出来，伸出双臂去拥抱那喀索斯。

　　那喀索斯大吃一惊，一面连连后退，一面高呼："放开手！我如果接受你的爱，还不如早死得好！"

　　厄科轻轻地说道："不如早死得好！"　说完，便羞得满脸绯红，飞快逃回林中。

　　她遭到拒绝之后，整天藏在山洞和峡谷里，不再与人来往。忧伤充满她的心，她一天天憔悴下去，皮肉枯槁，渐渐地只剩下声音永远留在山谷里，不断地回应着人们的呼唤。"厄科"也就是"Echo"，英文意思即是"回声"。

　　复仇女神涅墨西斯（Nemesis）很同情可怜的小厄科，决定惩罚无情的那喀索斯。她说："既然他如此轻慢别人的爱，那么我愿他永远也得不到他所爱的东西！"她把那喀索斯引到缪斯山谷的泉水边。那里环境清幽，水平如镜，那喀索斯不禁打算俯身畅饮甘泉。就在他低头的一刹那，他看到水中一个美男子的倒影，顿时怔住了。

他像中蛊一样疯狂地爱上了自己的影子。当他试图伸手入水里拥抱美男子时，那个虚无的幻象立刻消失得无影踪了。那喀索斯只好废寝忘食地趴在泉边，目不转睛地盯着它。厄科心痛自己的爱人，日夜守候在他身边。每当他叹气："唉！"她也回答："唉！"直到有一天，那喀索斯绝望地说："我的爱情落空了！"厄科也跟着哀叹："落空了！"

他出生时的那句预言终于应验，那喀索斯在泉水边守着自己的影子憔悴而死，变成一朵黄色的水仙花。水仙总是开在水边，即使变成一朵花，那喀索斯也不忘日日夜夜望着美丽的倒影临水照花。

1914 年，奥地利心理学家西格蒙德·弗洛伊德（Sigmund Freud，1856—1939）在他的文章《关于自恋》（*On Narcissism*）中指出，narcissus 这个单词不再仅仅是一个人名，它专门指代有自恋症的人。出现这种症状的人把本应该投注到他人身上的"力比多（兴奋）"投注到自己身上，并常常沉溺在自己的世界里孤芳自赏，产生不切实际的幻想。他们容易产生幻听、忧郁、受迫害妄想症等临床病症。严重的病人会发展成抑郁症，最后会像那喀索斯一样，因为精神的抑郁，带来肉体的枯槁，甚至最终死亡。

也有心理学家认为，人本质上或多或少都有些自恋，不停照镜子、举起手机自拍等都是常见的自恋行为，只要不过度，并无大碍。文艺复兴时期的理论家里翁·阿尔贝尔堤（Leon Battista Alberti，1404—1472）甚至还把画家也归入自恋症候群。他说："画家就是那喀索斯，绘画就是通过艺术的手段拥抱池塘水面的行为。"按照他的这一说法，意大利巴洛克画家卡拉瓦乔（Caravaggio，1571—1610）一定是一个自恋的人。

那喀索斯　卡拉瓦乔
（1597—1599 年，110×92 cm，国立古代艺术画廊，罗马）

　　卡拉瓦乔为了突出"自恋"这个主题，让所有的山林、水仙花、厄科和其他细节都消失不见，只剩下以画家本人为模特的那喀索斯。他身穿精美的织锦缎紧身背心，斜侧着脸跪在水边，无限忧郁、无限深情地凝望着水中的美男子。四周是全黑的背景，擅长创造光影效果的卡拉瓦乔把聚光灯全部集中在那喀索斯和他的倒影上。他的两只手支撑在身体两侧，与水中的倒影正好形成一个完整的圆圈，这是一个强烈的隐喻，象征着那喀索斯完全沉浸在一个封闭的、别人无法进入的自我世界里。他的左手在毫无意识的情况下，已经伸入了水中准备拥抱那个无法触碰的恋人。整个画面弥漫着一种忧伤、暗黑的情绪，是卡拉瓦乔画作中典型的奇异、怪诞之美。

卡拉瓦乔的《那喀索斯》还曾让学者们对他的性取向产生疑问。卡拉瓦乔终身未婚，一直与几个男性保持着亲密的朋友关系，他没有像其他画家那样，喜欢描绘性感的女性，更从来没有画过裸体女性。他的作品中，几乎清一色全是相貌体征柔美的青年男子。其实这个神话故事本身就带有很强烈的同性恋意味。[1] 那喀索斯一开始看到水中的美男子时，并不知道那其实是自己的倒影。按照奥维德的叙述，那喀索斯是一个雌雄同体的年轻人，他的面相极具女性特征：双子星一样明亮的双眸；象牙般光洁的颈脖；一张可爱的脸上是雪白的肌肤映衬着玫瑰红霞；他有着阿波罗和巴克斯那样微曲的卷发，也和他们一样没有胡须。这些特点都符合中性人的相貌描述。

古希腊人对同性恋的态度非常宽容，甚至还认为男性之间的同性恋爱是一种颇受尊敬的高层次关系，因为它涉及精神层面的交往。古希腊学者如希罗多德（Herodotus）、柏拉图（Plato）和色诺芬（Xenophon）等，都曾在著作与论述中提及或探讨过古希腊社会盛行的同性恋文化。同性恋美学备受推崇，与同性爱情相关的题材广泛地出现在雕塑、绘画与文学中。在希腊神话中，宙斯、阿波罗、狄俄尼索斯等都有著名的同性恋人。但是到了中世纪，罗马天主教认为这种不能繁衍后代的同性关系是反上帝、反自然的行为，因此被教会抵制。文艺复兴时期的意大利，

[1] David Lomas. *Narcissus Reflected,* Edinburgh: The Fruitmartet Gallery，2011. P.19.

人们崇尚精神自由和思想解放，同性恋又开始盛行，卡拉瓦乔模糊的性取向并没有给他的绘画生涯带来任何不良影响。

比卡拉瓦乔晚 300 年出生的英国画家约翰·威廉·沃特豪斯（John William Waterhouse，1849—1917）就没有那么幸运了。古往今来的无数艺术家都描绘过厄科和那喀索斯的凄楚故事，沃特豪斯的《厄科和那喀索斯》是对这个无望的三角恋和单相思最经典的表现。

作为新古典主义画家，沃特豪斯对于古希腊神话和历史故事非常痴迷，他创作了大量此类神话题材的作品。在这幅画里，他极大地忠实于奥维德在《变形记》中对故事的描述，只是把远处的背景换成了田园牧歌式的英国乡村风景，近景是一丛黄色的水仙花，中间是哀怨的厄科凝望着那喀索斯，那喀索斯则专注地望着自己的倒影，他们的视线正好构成一个三角形，象征着一段无望的三角恋情。[2]

画中有一个有趣的细节：那喀索斯斜趴在草地上，一件红色长袍看似漫不经心地搭在身体下方遮住了他的臀部。这其实是沃特豪斯的无奈之举！1895 年，英国小说家奥斯卡·王尔德（Oscar Wilde）因为与同性恋人的关系而被判入狱服两年苦役，整个英国社会一片哗然，即使是王尔德这样著名的文学家和艺术家，人们也依然无法接受有伤风化的同性恋情。与宽容的古希腊人不同，保守的英国人对同性恋讳莫如深。要知道，在 1861 年之前，英国的法律甚至明文规定同性恋会被判处死刑。那喀索斯拒绝了一个女性的爱，这是社会期待的正常男女关系，却爱上

[2] Dani Cavallaro. *J.W. Waterhouse and the Magic of color*. Jefferson: McFarland & Company，Inc.，Publishers，2017.

厄科和那喀索斯　约翰·威廉·沃特豪斯（1903 年，109×189cm，沃克尔画廊，利物浦）

水中虚幻的美男子。在描述有着同性恋倾向的那喀索斯时，沃特豪斯也不免心生顾虑。维多利亚女王时期严苛的伦理道德观使他在表现一个美少男的身体时，为了不给自己惹官司找麻烦，不得不遮住那喀索斯的敏感部位，避免让画作激起人们的情色想象。水中那张略显苍白的倒影，也因为画家的道德焦虑而有一丝愁云掠过。

2.4 美狄亚（Medea）和伊阿宋（Jason）
——爱有多深，恨有多切

美狄亚是科尔喀斯公主，精通巫术。她与来到岛上寻找金羊毛的伊阿宋王子一见钟情。她用巫术协助王子取得金羊毛，随后与爱人一同逃走。她把奉父命前来追赶她的弟弟杀死，并残忍地将尸体切成碎段抛在路上，让父亲和随从忙于收尸而无瑕追赶他们。爱情让这个不顾一切的少女背叛了父王和自己的国家。

伊阿宋回到家乡，美狄亚又施展魔法杀死他的叔叔，帮他夺取王位。伊阿宋虽心生感激，但美狄亚的法术和残忍也让他开始有所忌惮。再加上美狄亚为伊阿宋生下两个儿子后慢慢年老色衰，色衰爱弛，伊阿宋终于移情别恋，爱上了年轻美貌的科林斯国王的女儿，并打算与美狄亚解除婚约，迎娶新妇。

美狄亚接下来做的事情再次验证了她的魔女本性。她甜言蜜语假意祝福伊阿宋和公主，并从自己的储藏室里选出一件精美珍贵的金袍，用毒汁浸透了里衬，再作为新婚礼物送给新娘。毫不知情的新娘穿上这件致命的金袍后立刻毒发身亡。美狄亚接着又神色恍惚地来到两个儿子的卧室，她自言自语地说："为什么在做这可怕却又十分必须的事情时要犹豫呢？忘掉他们是你的孩子，忘掉你是生养他们的母亲，只要在这一瞬间忘记他们，以后你可以为他们痛哭一辈子！"说完就举刀杀死了两个孩子。伊阿宋冲进房间看到血泊中的孩子，于绝望中拔剑自刎。

美狄亚违反人伦纲常的做法，目的非常明确——她要报复伊阿宋对爱情的背叛。毒死他的新婚妻子都不够解恨，她还必须杀死她和他的亲生子，让伊阿宋断绝子嗣。只要能够达到打击伊阿宋的目的，哪怕这场精心计划的谋杀会让自己痛苦万分，她也在所不惜。

有研究者认为美狄亚杀害两个亲生儿子也有情非得已的原因，美狄亚因为毒杀了公主，将被迫开始逃亡生活，如果她还带着两个孩子，必然会让幼小的孩子跟着她一起忍饥挨饿，甚至还会被卖作奴隶。与其让他们承受无法预知的苦难，不如先亲手结束他们的生命。这种说法有些牵强，似乎在从理性的角度分析问题，为美狄亚的疯狂寻找合理的原因。只有被爱情的魔力控制过的人，才能体会到那种爱之深、恨之切的痛，这种痛会让人丧失理智，陷入迷狂。爱的反面如果只有恨，必然招致悲剧。

美狄亚的恐怖魔女形象让法国浪漫派画家欧仁·德拉克洛瓦（Eugène Delacroix，1798—1863）着迷了整整 44 年。1818 年，他在绘画生涯的初始阶段就已经开始构思草图，并画了无数幅素描稿。经过 20 年的精心准备，他用饱富激情的粗犷笔触描绘出魔女怒杀亲子的这一戏剧性顶点。浪漫主义绘画总是将人物置身于一种不平衡的危机状态中，这种危机不仅仅来自动荡不安的客观环境，更多的是源自人物内心的情感冲突。画中的美狄亚此时完全为恐惧和愤怒的极端情绪所控制，她扭头看着洞穴外，眼神迷狂，凌乱的头发像一簇愤怒的火焰。她双臂粗暴地紧搂着两

愤怒的美狄亚
欧仁·德拉克洛瓦
（1838 年，122×84 cm，
卢浮宫，巴黎）

个被吓得双脚乱蹬的儿子，姿势既透露着母性的保护，又有着非人性的残忍。如果不是她左手紧握的利刃，人们可能会误以为她在保护孩子免受洞穴外怪兽的伤害。然而，她才是怪兽，那个遭遇爱情背叛后即将举刀杀子的怪兽。

德拉克洛瓦在这幅画中对光影的处理也非常精彩，阳光射进洞穴，只留下美狄亚的头部上方笼罩在阴影里，明暗交界线从她高贵的鼻梁延伸到耳朵，正好使她看上去像一个戴着头盔的女战士。阴影之中的头部也暗示着美狄亚此时的理性思维完全处于暗黑状态。长袍上的红色衬里既呼应着她内心的极度愤怒，又预示着即将喷涌而出的鲜血。所有的细节都表明她将犯下骇人的罪行。

通过描绘光影和动作，德拉克洛瓦在观众的心中激起情感的跌宕。欣赏他的画作犹如经历一场令人目眩的极限之旅，先是坠入最深的痛苦、恐惧和绝望之渊，再登上迷狂和力量的巅峰。他成长于法国大革命之后的动荡年代，激进狂飙的历史事件刺激着他敏感的神经，丰富了他的创作灵感，奇异的古希腊神话故事和经典的文学著作又为他提供了源源不断的新鲜素材，滋养着他激情澎湃的想象力。德拉克洛瓦在日记中写道："我讨厌理性的绘画。"[1] 他激情昂扬地在画布上挥洒颜料，捕捉人物内心极致情绪的翻滚起伏，因此他才能如此精准地呈现出魔女美狄亚曾经历过的心灵风暴。

在法国加入欧盟之前，100 元的法郎纸币上就印着德拉克洛瓦的头像和他创作的另一幅杰作——《自由引导人民》。由此可见，作为一名伟大的画家，他以他的激情征服了观众，获得了人们的喜爱与认可，他是法国当之无愧的"浪漫主义雄狮"。

[1] Dorothy Johnson. *David to Delacroix: the rise of romantic mythology*. Chapel Hill: University of North Carolina Press，2011.

第三章

神话中的英雄人物

3.1 普罗米修斯（Prometheus）

普罗米修斯是泰坦巨人的后裔，但在宙斯与泰坦巨人的激战中，他选择站在宙斯一边，与奥林匹斯圣山的诸神一起合力取得了"泰坦战争"的胜利，推翻了宙斯的父亲克罗诺斯的残暴统治。宙斯成为新一代的统治者后，为了感谢普罗米修斯的贡献，将他封神，允许他居住在奥林匹斯圣山。

普罗米修斯按照自己身体的比例，用黏土造出人类。他不仅是人类的创造者，同时也是人类利益的守护者。他不满宙斯向人类提出苛刻的献祭条件，试图用一堆牛骨头替代牛肉作为祭品蒙骗宙斯，此举惹恼天神。因此，宙斯拒绝向人类提供生活必需的火种。普罗米修斯设法窃取天火，偷偷把它带给人类。宙斯终于被他一而再、再而三的忤逆行为激怒。他命火神打造一条永远也挣不断的铁链，将普罗米修斯捆缚在高加索山的悬崖上，日晒雨淋，忍饥挨饿。

除此之外，宙斯还派出一只老鹰每天白日啄食普罗米修斯的肝脏。肝脏是可以再生的器官，伤口一到晚上便会自动愈合，重新长出新的肝脏。第二天普罗米修斯又将忍受同样的痛苦，日复一日，他的苦难由此变成永无止境的折磨。

被缚的普罗米修斯　鲁本斯
(1618 年，242.7×209.7 cm，
费城艺术博物馆，费城)

　　为了纪念这位甘愿为人类牺牲自己的泰坦英雄，古希腊人在每隔四年的奥运竞赛之前，都会举行庄严肃穆的祭祀仪式。他们在神庙的祭坛前点燃圣火，并持火炬跑遍各个城邦，以此纪念普罗米修斯为人类盗取火种的英勇行径。

　　除了奥运会的圣火仪式，艺术家们也用独特的方式致敬普罗米修斯，他们绘制鸿篇巨作，表达对英雄的钦佩之情。佛兰德斯的巴洛克画家鲁本斯从 1611 年开始着手绘制《被缚的普罗米修斯》，耗时七年才最终完稿。在这幅长、宽都超过 2 米的巨幅制作中，雄踞画面中心位置的老鹰张开巨大的双翼，让人惊叹不已。鹰不但是宙斯的神鸟，也成为他的化身。作为统治天空的"百鸟之王"，鹰象征着权力的最高统帅。[1] 从远古时期

[1] John Vinycomb. *Fictitious & Symbolic Creatures in Art with Special Reference to Their Use in British Heraldry*. London: Chapman and Hall，1906.

的波斯、巴比伦和罗马帝国开始，到哈布斯堡王朝、拿破仑帝国和法西斯德国的第三帝国，再到现在的美国、奥地利、捷克、埃及等国家，都把鹰视作国家的神圣象征，鹰的形象广泛地出现在这些国家的国徽、国旗、钱币和各类徽章中。

　　为了追求画面的生动逼真，鲁本斯专门请好友——辛德斯（Frans Snyders）为其绘制画中的老鹰（17世纪初期，佛兰德斯的画家经常共同绘制大型油画，鲁本斯一生中与辛德斯多次成功合作）。辛德斯同样也是佛兰德斯地区的知名画家，他尤其擅长于描绘动物和打猎场景。辛德斯以写实的笔法，毫发毕现地刻画出老鹰扑倒猎物时的凶猛狠毒。它的一只利爪扣住普罗米修斯的小腹，另一只爪子紧紧掐摁住他的额头。它用锋利的喙角撕扯开普罗米修斯的肚腹，啄食他带血的肝脏。普罗米修斯脸部的五官因为极度的痛苦而扭曲变形，他的手被铁链反锁在岩石上，整个身体只能倒在地上无力地翻滚挣扎。画面左下角那一团微弱的火是他为人类盗取的火种，也是他受到惩罚的原因。刻画如此血腥暴力的激烈场景是巴洛克大师鲁本斯的拿手好戏。他把普罗米修斯忍受的肉体痛苦，栩栩如生地呈现在画布上。画作完成后，鲁本斯非常喜欢这幅融汇了朋友和自己心血的作品，一直把它作为私人收藏，还称其为"最为珍贵的藏品"（the flower of my stock）。

　　普罗米修斯为了人类的幸福饱受折磨，他的名字已经变成一个符号，承载了许多与英雄相关的含义：不屈从命运的安排，为正义而牺牲，为进步而斗争。在浪漫主义盛行的年代，他成为反抗压迫、反抗极权统治的象征。法国著名画家贺勒斯·韦尔内（Horace Vernet，1789—1863）于1831年创作《波兰的普罗米修斯》（也称《波兰的寓言》），记录下

波兰的普罗米修斯
韦尔内
(1831 年，35×45 cm，
波兰图书馆，巴黎)

波兰人民在沙俄鹰爪下奋力抗争的一段历史：1795 年，地处欧洲中心的
波兰遭到俄国、奥地利和普鲁士的瓜分，波兰国王退位，接近三分之二
的国土被俄国强行占领。波兰人组织起地下武装，与法国的拿破仑军队
结盟，共同对抗沙俄，开始了他们长达 100 多年的独立战争。充满浪漫
主义情怀的韦尔内非常同情波兰人的遭遇，同时，他也被波兰人不断反
抗沙俄的斗争所鼓舞。这位擅长描绘战争场景的画家，激情昂扬地将一
位战死沙场的波兰士兵比作希腊英雄普罗米修斯。韦尔内画中的猛禽铁
喙利爪，一身戾气，凶猛异常。它的脖子上挂着一串暗喻俄国沙皇身份
的项链，两只爪子踏在一个波兰士兵身上。士兵的手中握着一截折断的
剑柄，表明他至死仍在战斗。远处是熊熊燃烧的战火，那也是普罗米修
斯为人类盗取的火种，象征着人们反抗压迫、追寻自由独立的斗争将永
不停息。

普罗米修斯　居斯塔夫·莫罗（居斯塔夫·莫罗博物馆，巴黎）

3.2 赫拉克勒斯（Heracles）

银河的起源

赫拉克勒斯是宙斯与阿尔克墨涅的儿子。赫拉对丈夫的所有私生子都恨之入骨，尤其当她通过神谕得知阿尔克墨涅的儿子将来会前途无量时，更恨不得立刻将其置之死地。她派出两条毒蛇钻进小赫拉克勒斯的摇篮，不料大力宝宝拥有超人的力量，他一手捉住一条毒蛇，毫不费力地就将它们捏死。为了使赫拉克勒斯免受醋坛子老婆的继续迫害，宙斯不但给孩子取名赫拉克勒斯(Heracles)，意指赫拉(Hera)的光辉(Cles)，以此讨好老婆。他甚至还想到了近乎荒谬的一招。他抱着襁褓中的孩子，趁着赫拉熟睡之际，硬把孩子塞到赫拉的怀里吮吸她的奶汁。他天真地以为只要让情人生的孩子吃了老婆的奶，就能被老婆接受和原谅。赫拉克勒斯一口咬住赫拉的乳头猛吸，赫拉惊醒过来，气愤地把孩子扔到一边。她的乳汁四溢，散落天际，立刻变成无数亮闪闪的小星星，汇聚成一条光耀的银河。银河（the Milk Way）由此得名。

意大利威尼斯画派的著名画家丁托列托（Tintoretto，1518—1594）画下《银河的起源》记录了无敌奶爸宙斯的良苦用心。一张豪华、凌乱

银河的起源 丁托列托（1575—1580 年，149.4×168cm，英国国家美术馆，伦敦）

的床被云朵包围，两只孔雀（孔雀是赫拉的神鸟）立在床尾，暗示着故事发生在天后赫拉的卧室中。从天而降的宙斯抱着赫拉克勒斯低头俯冲，飞快地把孩子硬塞到老婆的怀里（宙斯的神鸟老鹰抓着雷霆闪电棒紧随其后）。赫拉显然从睡梦中刚惊醒过来，满脸懵懂地看着眼前吸奶的孩子。她本能地用一手支撑重心前移的身体，一手挡开突然飞来的入侵者。她的乳汁已经溅开成点点黄色的小星星，散落在深蓝色的天空里，分外闪耀。四个肉嘟嘟的小天使丘比特飞绕四周，他们手拿的弓、箭和火炬象征着爱欲与情色。其中一个手里拿的网是欺骗的象征，暗指赫拉蒙受丈夫的欺骗；赫拉身边的小天使手中还拿着一根红绳，它是赫拉为了拴住丈夫的心，特意找维纳斯借的"拴郎索"，而现在，它成了一个无比讽刺的存在。

丁托列托晚年时受哈布斯堡王朝、神圣罗马帝国皇帝鲁道夫二世的委托，画了四幅与赫拉克勒斯相关的油画（维也纳的哈布斯堡王朝一直认为他们是大力士赫拉克勒斯的后代）。《银河的起源》为其中第一幅。鲁道夫二世在历史上是出了名的喜欢标新立异的皇帝，他热衷于收集一切新奇的事物。丁托列托这幅构图复杂、充满天马行空般奇幻感的画无疑是很对皇帝的胃口。丁托列托本来可以凭借皇帝的认可，选择留在宫里成为受宠爱的宫廷画师，但是他一生淡泊名利，平时卖画常常只收买主一点材料费，他对结交权贵也毫无兴趣，终日只闭门在家钻研作画的技艺。

丁托列托耗时五年才最终完成《银河的起源》，此时，他已是年过花甲的老人，技艺娴熟，风格稳定。画中大面积的红、蓝、黄三原色有着威尼斯画派特有的鲜艳明丽，却又无比和谐悦目，这与他儿时的经历不无关系。丁托列托的父亲是威尼斯有名的布料染匠，从小穿梭在各色染料缸之间，丁托列托对颜色有着特别敏锐的感知力（"丁托列托"在意大利语中都是"小染匠"的意思）。他的画布通常五色斑斓，富丽奇幻。他的脑子里还常常充满了各种奇思妙想，他喜欢用蜡像做模特，他把蜡像在悬挂空中，观察它们的各种运动姿态。[1]《银河的起源》可以体现出丁托列托对悬浮人体的研究成果，画中的宙斯和四个小天使全部飞悬空

[1] Frank Preston Stearns. *Life and Genius of Jacopo Robusti Called Tintoretto*. New York: G.P. Putnam's Sons，1894.

中，或倒置，或横飞，他们的身体处于各种失重状态时，透视和比例却非常准确。

丁托列托的成才之路与赫拉克勒斯何其相似，他们都战胜了各种艰难险阻，凭借个人奋斗，成为留名青史的人物。青年时代的丁托列托曾经拜威尼斯画派最著名的画家提香为师，不过，眼光老道的提香，一眼看出这个毛头小伙子的绘画天才，也许是出于嫉妒，也许是认为他完全可以自学成才，才过了十多天，提香就找借口将丁托列托打发走人。遭到如此不公的待遇，丁托列托发誓要奋力钻研，并立志要"把提香的色彩和米开朗基罗的形体结合起来"。最后，他果真实现了梦想，成为与提香齐足并肩的威尼斯画派最后一位大师。

赫拉克勒斯的选择

长大成人的赫拉克勒斯开始形成自己独立的思维和人格，在思索未来的人生道路时，他陷入困苦与迷茫。意大利画家阿尼巴尔·卡拉齐（Annibale Carracci，1560—1609）画出了赫拉克勒斯在人生道路的三岔路口上，做出的最重要抉择。坐在正中央岩石上的赫拉克勒斯正青春强健，手拿他的标志性武器——狼牙大棒。他眉头紧锁地面对眼前的两位女神——享乐女神（Vice）和美德女神（Virtue），不知如何选择。站在画面右边的享乐女神，身穿奢华透明的轻纱，香肩裸露，暗示着她轻佻的性格。她的身旁放着乐谱、乐器，还有一悲一喜的两个面具，它们代表着世间所有感官享受的乐趣。她手指前方一条树木葱郁、风景旖旎的路，对赫拉克勒斯许诺：只要选择与她成为朋友，可以一生荣华富贵，锦衣玉食，没有烦恼和忧愁，保证让他享尽人生的欢乐。站在左边的美

赫拉克勒斯的选择　卡拉齐（1596 年，167×273cm，那不勒斯国立美术馆，那不勒斯）

德女神，身穿朴实端庄的长袍，手指身后一条艰难崎岖、荒凉粗砺的路。她说，如果赫拉克勒斯选择追随她，那么他必须走上漫长和崎岖的道路，经受一番磨炼和考验，成就世间的善事和伟业，最后获得永生，成为所有人爱戴与尊重的对象。在美德女神所指的道路尽头，可以隐约看见一匹神马，它暗示着这条艰难的道路最终将带领赫拉克勒斯走向不朽。左前方侧身坐着的男子是一名诗人，他头戴橄榄枝花冠，手拿一本厚厚的诗集，他将以史诗的形式记录下选择与美德为伍的人，让他们名垂青史。赫拉克勒斯思索片刻，走上了美德女神所指的道路。

　　赫拉克勒斯面对的选择也是大多数人曾经面临过的两难抉择，他最终走上美德之路，成为后人效仿的楷模。千百年来，古希腊神话一直被基督教归入异教文化而遭到查禁打压，唯有赫拉克勒斯被教会所接受，他的英勇事迹从中世纪开始就频频出现在教堂的壁画中。1595 年，罗马的红衣主教法尔涅兹（Cardinal Farnese）找到画家卡拉齐，委托其画几组壁画装饰他的行宫。《赫拉克勒斯的选择》是画在其书房的几幅与美德相关的壁画之一。它的道德教化作用与房间的功能和主人的身份非常般配，但法尔涅兹主教本人不能算一个拥有高尚美德的人。他为人非常刻薄和势利，时常讥笑内向、不善言辞的卡拉齐，也从没把这个衣着朴素的画家放在眼里。最后，他用 500 个银币就打发了卡拉齐为他奉献的几年辛苦劳作，这是对一个画家极大的羞辱。卡拉齐一直没能从这个打击中走出来，他后来放弃画笔，离群索居，直到 1609 年孤独离世。

赫拉克勒斯的十二功绩

尽管宙斯想尽各种办法让赫拉克勒斯与赫拉套近乎，赫拉仍然不依不饶地想陷害他。赫拉克勒斯长大成人后，赫拉还施展法术，使赫拉克勒斯丧智发疯，在癫狂状态下亲手杀死自己的妻子和孩子。为了涤除自己的罪过，赫拉克勒斯听从德尔斐神谕的安排，前去完成柯林斯国王交给他的 12 项艰巨任务：

1. 扼死尼墨亚巨狮，剥下狮皮；
2. 斩杀九头蛇许德拉；
3. 生擒克律涅亚山上的牝鹿；
4. 活捉厄律曼托斯山的野猪；
5. 在一天之内清除奥革阿斯牛棚里 3000 头牛的牛粪；
6. 驱赶斯廷法利斯湖里铁齿铜牙的怪鸟；

赫拉克勒斯与蛇怪许德拉
居斯塔夫·莫罗
（芝加哥艺术博物馆，芝加哥）

7．驯服克里特岛上的公牛；

8．击败狄俄墨得斯的四头牝马；

9．战胜亚马逊人的女王，偷取她的腰带；

10．牵走三头巨人革律翁的牛群；

11．盗取赫斯珀里得斯姐妹的金苹果；

12．制服冥王哈得斯的三头恶狗。

完成以上 12 项伟绩，赫拉克勒斯才算是经过艰苦的磨炼，成为古希腊神话中当之无愧的大英雄。死后的赫拉克勒斯被宙斯召入天界赐封为大力神，他是奥林匹斯圣山上唯一一个由凡人变成的神仙。"Hercules"

赫拉克勒斯与九头蛇许德拉　安东尼奥·皮萨奈罗
（1475 年，17×12cm，乌菲兹美术馆，佛罗伦萨）

在英语中，成为大力士、壮汉的代名词。赫拉终于与他握手言和，还把自己的女儿青春女神赫柏许配给他。赫拉克勒斯的经历向后人证明了一点：即使拥有一个苦难的童年（被赫拉追杀）和迷茫的青春期，普通人照样可以凭借个人的努力奋斗实现完美逆袭。

　　赫拉克勒斯的十二项伟绩为艺术家提供了丰富的创作素材，他们从中选取故事背景，表现大力士与妖魔斗争的英勇无畏。1460 年前后，意大利文艺复兴画家安东尼奥·皮萨奈罗（Antonio del Pollaiolo，1429—1498）为美第奇家族的王宫绘制了三幅巨型壁画，描绘赫拉克勒斯勇斗三个怪物的伟绩。遗憾的是它们都没能留存于世，只有其中两幅的草图画在两块小小的木板上得以留存。《赫拉克勒斯与九头蛇许德拉》为其中之一，画中的赫拉克勒斯几乎成为大力神的经典形象：身披尼墨亚巨狮的狮皮，挥舞狼牙大棒为民除害。可以想象当年美第奇宫殿大厅里那三幅巨型壁画有多么震撼人心。其实，不仅仅是佛罗伦萨的最高统治者把赫拉克勒斯当作偶像，神圣罗马帝国的皇帝查理五世也倾力助推了欧洲各个皇室对他的崇拜。德国、法国、西班牙、奥地利等国的皇帝和国王尤其喜欢把赫拉克勒斯的形象画到王子的卧室或书房里。这些王权统治者对王权继承人寄予厚望，希望王子们都能像赫拉克勒斯那样，既有无懈可击的美德，又有大无畏的精神和强健的体魄。

3.3 忒修斯 （Theseus）

英雄忒修斯的身世颇不平凡，充满谜一般的奇异色彩。他的母亲埃特拉是特洛曾城的公主，她同一天里分别与海神波塞冬和雅典国王埃勾斯同寝过，因此谁也说不清忒修斯的父亲到底是波塞冬还是埃勾斯。但埃勾斯得知埃特拉怀孕之后依然非常高兴，因为这个雅典国王的两位妻子一直没能为他生下王位的继承人。埃勾斯离开特洛曾城时，将一把宝剑和一双凉鞋压在巨石下，并嘱咐埃特拉，让她等忒修斯长大成人，能够搬开巨石时，带上宝剑和凉鞋去雅典找他相认。

无论忒修斯的父亲是谁，他的非凡胆识在童年时期已经初见端倪。据说大英雄赫拉克勒斯到特洛曾国王的宫殿做客，宴会席上，他随手把身披的狮皮放到地上，小孩子们误以为那是一头真狮子，纷纷吓得号啕大哭，只有忒修斯果敢冷静地抓起一把斧头走上前欲劈砍。赫拉克勒斯对他大加称赞，认为这个小孩将来必会大有作为。忒修斯的母亲埃特拉把这一幕看在眼里，心里清楚地知道自己的儿子有朝一日注定要成为拯救众人于危难的英雄。

等到忒修斯长大成人，他毫不费力地就将巨石搬开，取出压在下面的宝剑和凉鞋，带上父亲的这两件信物，踏上了去雅典与埃勾斯相认的路途。忒修斯打小就向往着能像心目中的英雄赫拉克勒斯一样成就一番丰功伟绩。一路上，他斩杀野猪，围剿土匪，为民除害。与埃勾斯相认后，他成为雅典的王子，帮助父亲铲除异己，平定叛乱。这一系列的事迹表明，他已经拥有一个英雄所具备的全部品质：有勇有谋，敢做敢当。但他最显赫的功绩是替父亲出征克里特，杀死半人半牛的怪物米诺陶洛斯。有关这一段故事，可以从文艺复兴时期一位无名画家的作品中找到最精彩详尽的描述。他将故事描绘在四个长155厘米、宽69厘米的木板上。

第一幅是克里特国王米诺斯率军击败雅典人。克里特王子在雅典所

1. 克里特国王米诺斯击败雅典人　出自《忒修斯传》作者不详
（155×69 cm，小皇宫美术馆，阿维尼翁）

2. 克里特国王的妻子——帕西菲的激情　出自《忒修斯传》作者不详
（155×69 cm，小皇宫美术馆，阿维尼翁）

3. **忒修斯大战米诺陶洛斯** 出自《忒修斯传》作者不详
（155×69 cm，小皇宫美术馆，阿维尼翁）

4. **那克索斯岛上的阿里阿德涅** 出自《忒修斯传》作者不详
（155×69 cm，小皇宫美术馆，阿维尼翁）

在的阿提卡地区被人阴谋杀害，米诺斯起兵为儿子报仇。战乱给雅典及周边地区的居民带来巨大灾难，旱灾与瘟疫接踵而至。阿波罗神庙降下神谕：雅典人只有平息米诺斯的愤恨，获取他的谅解，才能解除雅典的灾难。雅典人立即向米诺斯俯首求和，并答应每年向克里特进贡。

　　第二幅为帕西菲的激情，描述克里特国王米诺斯舍不得把漂亮健壮的白公牛献祭给海神波塞冬，盛怒之下的海神实施报复，让国王的妻子帕西菲失心疯地爱上这头公牛，并产下一个半牛半人的怪物米诺陶洛斯。国王为了遮掩家丑，命令代达鲁斯修筑迷宫，将米诺陶洛斯藏于迷宫深处。

　　画面上白色的公牛出现过五次，由此故事被画家分为五个场景：1.手执三叉戟的波塞冬看中了克里特国王牛群里那头最漂亮的白公牛；2.国王打算以次充好，杀掉另外一头牛取代白牛，他的妻子帕西菲站在画面左边，正好目睹这一幕；3.献祭场景；4.波塞冬对帕西菲施以魔咒，使她爱上白牛；5.画面最右边的帕西菲单腿跪立，向白牛喂草示爱。五个场景主次分明，把孽障米诺陶洛斯诞生的缘由交代清楚。

　　再看描绘故事高潮部分的第三幅，忒修斯大战米诺陶洛斯。怪物米诺陶洛斯时不时从迷宫中跑出来袭击路人，成为一大祸害。为了满足怪物的嗜血癖好，克里特国王要求战败的雅典人每隔九年献上七对童男童女喂养他，当克里特人第三次向雅典索要童男童女时，雅典王子忒修斯自告奋勇，请缨出征去为民除害。埃勾斯担心自己唯一的儿子遭遇不幸，劝说忒修斯改变主意。忒修斯安慰父亲，两人做好约定，如果他带着童男童女顺利归来，会把出征时船上的黑帆换成白帆，如果他不幸遇难，船依然挂黑帆。忒修斯一行人到达克里特岛，克里特国王的女儿阿里阿德涅爱上这位年轻的英雄，为保爱人平安，她送给忒修斯一个线团，教他如何从迷宫安全返回。忒修斯把线团一端系在迷宫入口，跟随不断滚动向前的线团进入迷宫深处找到米诺陶诺斯，杀死怪物后，他又凭借线团的指引，顺利地带着童男童女走出迷宫。

画家在有限的空间里为观众呈现出故事的许多精彩细节，他把画面切分成九个场景：1．米诺陶洛斯攻击克里特人（古希腊人把米诺陶洛斯描绘成牛首人身的怪物，中世纪时期米诺陶洛斯的形象变成牛身人头）；2．波塞冬帮助克里特人抓住米诺陶洛斯；3．忒修斯乘船抵达克里特；4．忒修斯遇见阿里阿德涅和她的妹妹费德拉；5．阿里阿德涅送给忒修斯一个线团；6．穿着中世纪骑士盔甲的忒修斯向迷宫出发；7．迷宫深处，忒修斯挥剑砍死怪物，阿里阿德涅两姐妹焦急地等候在迷宫外；8．忒修斯带着两姐妹准备登船离开克里特；9．忒修斯因为太高兴而忘记把船帆换成白色，他们驾着挂黑帆的船驶出海港。为了突出主要情节，第5和第7

场景被画家安排在画面最前的左右两边，其他次要场景分别隐在远处。

　　第四幅为那克索斯岛上的阿里阿德涅。忒修斯带着两姐妹离开克里特，航行到酒神巴克斯司管的那克索斯岛。雅典娜夜里托梦告诉忒修斯，阿里阿德涅注定将成为巴克斯的妻子，如果他不离开，将招致灾难。忒修斯慑于神谕，悄悄带着费德拉乘船离去，把还在睡梦中的阿里阿德涅独自一人扔在了那克索斯岛。阿里阿德涅醒来后追到岸边，眼睁睁地望着远去的恋人。就在她哭泣不已的时候，酒神巴克斯和他的一众随从走上来，巴克斯一看到伤心的公主，立即疯狂地爱上了她。阿里阿德涅最终因祸得福，嫁给一心一意爱她的人。忒修斯却在回雅典的旅程中因为失去阿里阿德涅而郁郁寡欢，他再次忘记升起白帆。国王埃勾斯远远看到挂黑帆的船驶入海港，以为自己的儿子已经殉难，绝望地跳海自杀。

　　埃勾斯死后，忒修斯在悲伤中继位。他将阿提卡地区统一归属到雅典的政权之下，成为一代英明的君主，广受人们爱戴。

　　这四幅画的独特之处在于，它们像四页连环画，在两维的平面空间里，按时间顺序描绘出雅典王子忒修斯出征克里特岛、打败怪物米诺陶洛斯的完整故事。人物比例依然严格遵循近大远小的透视原理，空间布局错落有致。仔细观看其中的细节，观众会发现画家在有限的画布空间中切分出几个不同的场景，人物在不同的场景中演绎事件的关键情节。观众把这些前因后果串在一起，一个完整的故事就能了然于心。画面的细节丰富，人物神情清晰可见。更难得的是，如此复杂的内容，却结构严谨，繁而不乱，可见画家精湛的技艺以及他对整体布局的深思熟虑。

　　没有任何资料记录画家的名字，更无从考证他创作这四幅画的缘由，但他终究不会被人遗忘。有学者经过详细考察后一致认为这位无名画家是一位活跃于 16 世纪初意大利托斯卡纳地区的法裔画家，曾创作过大量神话和宗教题材的作品。无名画家在长木板上创作的这四幅有关忒修斯与米诺陶洛斯的绘画，最早是被作为装饰画镶嵌在一种带盖的长箱子上，即"卡索奈"箱（Cassone，复数为 Cassoni，14 世纪文艺复兴时期开始，奢华精美的"卡索奈"箱是意大利有钱商人和贵族在嫁女时彰显财力和地位的一个必要工具，一般成对制作，分别刻有新郎、新娘的家徽。婚礼当天，装满新娘嫁妆的"卡索奈"箱被抬进新郎家，一路招摇过市，无声地宣告着两个显赫家庭在经济和政治上的联姻。装饰箱体的画景多为神话故事中爱与美德相关的场景，寓意夫妻恩爱，多子多产）。无名画家创作的四幅忒修斯故事的"卡索奈"箱画作后来被人从箱子上拆下，几经辗转，落入坎帕纳侯爵（Giampietro Campana, 1808—1880）[1] 的私人收藏。法兰西第二共和国成立后，拿破仑三世（Napoléon III, 1808—1873）为了充实卢浮宫的藏品，从坎帕纳侯爵手中将它们购得。最后，它们又从卢浮宫移出，作为永久藏品陈列于阿维尼翁的小皇宫博物馆。由于这四幅画的曲折经历，无名画家被后人称为"Master of the Campana Cassoni"，即"坎帕纳侯爵的'卡索奈'箱画大师"。一位技艺精湛的画家无名无姓，最后以如此奇异的一长串称号留名史册，不难看出当时大部分画家的地位低下，他们想要出人头地、获取社会的认可和尊重，其路之艰。

[1] 坎帕纳侯爵是意大利著名的收藏家、罗马教廷拍卖行的管理者。他拥有 19 世纪最大规模的私人艺术收藏品，主要汇集了古希腊罗马时期的考古物件和文艺复兴时期的绘画、雕塑等艺术品。

3.4 俄狄浦斯（Oedipus）

再没有人比法国新古典主义画家安格尔（Jean-Auguste-Dominique Ingres，1780—1867）更痴迷于俄狄浦斯的神话故事的了。学识教养深厚的安格尔从小就喜欢阅读古典神话、诗歌和戏剧，他收集了大量古希腊罗马悲剧作家的作品，其中包括索福克勒斯（Sophocles）的《俄狄浦斯王》。这是一个关于神秘而不可知的命运悲剧：俄狄浦斯是底比斯国王拉俄斯和王后约卡斯塔的儿子。因为一个可怕的预言揭示他将来会弑父娶母，拉俄斯把刚出生的俄狄浦斯遗弃在荒野里任由他自生自灭。奉旨执行命令的牧羊人心生怜悯，偷偷将他送给科林斯的国王和王后，由他们抚养长大。长大成人的俄狄浦斯在一个三岔路口偶遇亲生父亲拉俄斯，双方因为争夺行路权而发生争执，在一片混乱中，毫不知情的俄狄浦斯杀死了拉俄斯。

此时的底比斯城正被一只狮身人面的女妖司芬克斯困扰，她盘踞在通往城门的必经之路上，要求过路人解答她的谜语：什么动物早晨用四只脚走路，中午用两只脚走路，晚上用三只脚走路？无人能解开谜语，她便残忍地吞食路过的行人。俄狄浦斯进入底比斯城，他破解了司芬克斯的谜语，谜底就是人：人在幼年时期用四肢在地上爬行，到青壮年时期用两只脚走咯，到了老年就会用拐杖（第三只脚）走路。女妖在羞愧中自尽，俄狄浦斯拯救了底比斯人，他受到人们的推崇被选为新的国王，并按照习俗与失去了丈夫拉俄斯的王后约卡斯塔成婚，正好应验了他"弑父娶母"的神谕。

由于俄狄浦斯毫不知情地犯下"弑父娶母"的大罪，瘟疫和饥荒降临底比斯城。俄狄浦斯向神祇请求揭示灾祸的原因。俄狄浦斯才知道他是拉俄斯的儿子，他出生时已被注定的命运终究应验了，他犯下的双重罪孽玷污了底比斯城。约卡斯塔在羞愧中自尽身亡，同样悲愤不已的俄狄浦斯诅咒自己的眼睛竟然看到这样荒谬的景象发生，他刺瞎自己的双眼，让出王位，并在女儿安提弋涅的陪伴下，自我流放，远走异乡。

索福克勒斯的这出悲剧故事给安格尔提供了一个有趣的悖论——俄狄浦斯能够破解人类身份之谜，却不能预知自己的身世；他凭借人类的理性和智慧，可以打败怪物司芬克斯，却完全无力对抗弑父娶母的悲剧命运。在宇宙洪荒里，人类到底是强大的万物灵长，还是渺小如一介蝼蚁？带着如此疑问，安格尔在表现俄狄浦斯时，选取了他与司芬克斯对决的一幕，这也是人与兽对抗的一幕。许多前辈画家描绘过相同的场景，但他们更乐于表现俄狄浦斯的英勇无畏，画面多是自杀身亡的司芬克斯倒在全身铠甲的俄狄浦斯脚下，周围是欢呼的民众，拍手歌颂人类对怪兽的大获全胜。

安格尔呈现出的悲剧英雄与前人迥异，他更着力于强调俄狄浦斯的

俄狄浦斯与司芬克斯
安格尔
(1808 年，189×144 cm，
卢浮宫，巴黎)

俄狄浦斯与司芬克斯
安格尔
(1864 年，105.5×87cm，
沃尔特艺术博物馆，巴尔的摩)

智慧。[1] 安格尔一生共创作过两幅《俄狄浦斯与司芬克斯》。第一幅创作于 1808 年。那一年，安格尔才 28 岁，出现在画中的俄狄浦斯还是一个年轻英俊的小伙子，他占据了画面的主要构图，肩上是两把利刃朝下的标枪，这是俄狄浦斯杀死他父亲所用的武器。狮身人面的司芬克斯趴在底比斯城上空的一块岩石上。俄狄浦斯左手指着司芬克斯，右手指向自己，他正在向司芬克斯揭示谜底。一束明亮的金色光线投射在俄狄浦斯身上，司芬克斯只有下半截身体暴露在光线中，它的头部在阴影里非常模糊，说明它的意识还处于暗黑状态，它只不过是一头没有开化的动物。观众会非常好奇安格尔笔下的俄狄浦斯为什么没有站直身体，却是在一个即将被他打败的怪物面前弯腰弓背。能够直立行走可是人类区别于其他动物的一个显著特征，它彰显着人类在自然界的主宰地位和至高的权威。画中俄狄浦斯的头部与司芬克斯处于同一水平线，他的头正对司芬克斯那对性感挺拔的双乳，他抵挡住情欲诱惑，抬眼直视怪物的眼睛，用他的理性思维与怪物交锋。安格尔没有画出一个顶天立地、昂首挺胸的人类英雄，他用弯腰曲身的俄狄浦斯表明人类战胜盛气凌人、高高在上的凶残怪物，凭借的不是强壮的肌肉，也不是手上锋利的武器（所以标枪的刀刃朝下），而是智慧的头脑。

同时，俄狄浦斯弯曲的身体在画面中就像一个大大的问号！这是安格尔向观众提出的疑问：人类凭理性和智慧可以破解谜语、战胜怪兽，但他真的就能认清自己、掌控自己的命运、称霸自然界吗？在阿波罗神庙的门楣上刻着著名的"德尔斐神谕"：认识你自己（Know yourself）。

[1] Andrew Carrington Shelton. *Ingres and His Critics*. Cambridge: Cambridge University Press，2005.

自从古希腊时期起，了解自己、认识自己就成为人类时常思索的问题。1864年，时隔半个多世纪，84岁高龄的安格尔重执画笔，创作了第二幅《俄狄浦斯与司芬克斯》，这幅画除了构图与第一幅相反之外，只有几个小细节有变化。最明显的一处是俄狄浦斯的手势。这一次，俄狄浦斯左手指着自己，右手指向脚边的尸骨，那些都是失败的前任挑战者。在生命的垂暮之年，安格尔领悟到索福克勒斯悲剧的含义：人类并非宇宙的中心，人只是无限宇宙里的有限生命体，死亡才是人类的最终结局。俄狄浦斯已不再是遥远国度里的神话英雄，他可能就是我们身边的一个普通人，我们人人都可以从他身上看到自己的影子，谁不曾被无形的命运之手拨弄？谁不曾在无常的人生当中感受过彷徨无助呢？

古希腊人对命运充满敬畏，他们深知命运的残酷。在强大的命运面前，人的力量是那么渺小，他们看到了自身的有限性和悲剧性。有些人因此蒙蔽双眼及时行乐，有些人否定现世逃避责任，有些人悲观失望陷入虚无。俄狄浦斯在命运的旋涡里没有随波逐流，他不断地挣扎，虽然结局徒劳：正当防卫却反成杀父凶手，荣誉带来的婚姻是娶母乱伦，拯救城邦的人却是城邦瘟疫的根源。解开谜语的人，却解不开自己。命运看似将他打倒在地，但终究不能将他征服。他戳瞎自己的双眼，放弃王位，走上了自我流放之途，最后死在雅典的荒郊。

从另一位法国画家查尔斯·加勒伯特创作的《俄狄浦斯和安提弋涅》中，我们可以看到：戳瞎双眼的俄狄浦斯在女儿安提弋涅的搀扶下，走出底比斯城，踏上流亡之路。底比斯市民面对这个招致城邦厄运的人，有人避之如瘟疫，有人厌恶唾弃，有人甚至公然上前指责漫骂。位于画面正中央的俄狄浦斯没有畏缩躲避，他挺直腰杆，坦然接受自己的命运，

俄狄浦斯和安提弋涅　查尔斯·加勒伯特（马赛博物馆，马赛）

他用这种悲壮的抗争方式承担了自己行为的恶果，保持了作为人的尊严。他虽败犹荣。人们从他的悲剧中感受到恐惧与怜悯的情感震撼，体验到俄狄浦斯这一英雄形象经久不衰的魅力。

　　为俄狄浦斯着迷的不只安格尔一人，还有比他晚出生半个多世纪的弗洛伊德。作为心理分析的鼻祖，弗洛伊德对俄狄浦斯的神话和身份之谜异常倾心。在追寻俄狄浦斯的悲剧原因时，他认为人类无意识的性欲本能会造成男性在年幼时产生"弑父娶母"的冲动。他把这种现象命名为"俄狄浦斯情结"，即"恋母情结"。这个理论对文学研究产生了巨大的影响，成为 20 世纪文学批评中的一大流派——精神分析学派的主要理论基础。1906 年，弗洛伊德的学生送给他一个勋章，正面是弗氏的肖像，背面即是俄狄浦斯，以此纪念导师利用一个古老的神话人物对人性幽暗的无意识世界所做出的伟大探索。然而，我们必须看到，尽管弗氏的理论非常具有创新性，但他完全把悲剧的根源归结为人的生物本能，夸大了性本能冲动在日常生活中的作用，忽视了人的理性、社会性和历史性对人行为产生的推动力。用这个理论解释俄狄浦斯悲剧形成的原因是片面的，它大大削弱了悲剧带给我们的审美体验。

3.5 帕修斯（Perseus）

　　阿尔戈斯的国王从神谕中得知将来会死在自己的外孙手上，赶忙把未婚的女儿达那厄囚禁到宫殿后院的一座密室里，不让她接近任何男人，剥夺了她结婚生子的权利。宙斯爱上美丽无助的达那厄，化身为一阵金雨从天而降。他穿透密室的墙壁与她结合，达那厄产下一子，这个男婴就是古希腊未来的英雄帕修斯。老国王不敢杀掉宙斯的骨血，但又惧怕

神谕的威力，只得把女儿和刚出生的外孙装进一个木箱子里，扔到大海上任其自生自灭。海浪把木箱冲到塞里福斯岛（Seriphos）的海岸边，母子俩被当地的渔夫救起。帕修斯在岛上成长为一个英俊强健的小伙子。塞里福斯岛的国王见到美丽的达那厄，对她打起了歪主意，但是帕修斯一直守护母亲，不让任何人欺侮她。为了除掉这个碍事的年轻人，国王让帕修斯去取回蛇发女妖美杜莎的首级，作为礼物报答他多年来收留母子

帕修斯　切利尼（佛罗伦萨领主广场）

俩的恩情。他认为帕修斯必死无疑，根本不可能活着回来。

帕修斯无法拒绝国王的要求，被迫踏上了他的第一个冒险征程——砍取美杜莎首级。根据奥维德在《变形记》中的叙述，美杜莎本是雅典娜神庙中的一个侍女，有着如花般美丽的容颜和一头光泽闪耀的长发。海神波塞冬垂涎美杜莎的美貌，溜进神庙里将她强暴。雅典娜得知后大发雷霆，认为他们的交媾玷污了她的神庙。她断定是美杜莎的美引诱波塞冬犯错。作为惩罚，美杜莎漂亮的头发变成一头令人作呕的蛇发，而且任何人只要直视她的双眼，都会立刻变成石头。遭到如此严酷惩罚的美杜莎性格变得异常怪异，成为人们闻风色变的女妖。凡人之身的帕修斯根本无法战胜这个可怕的妖怪。所幸帕修斯获得了几位神祇的帮助：雅典娜给了他一面光亮的盾牌，可以当作镜子反射美杜莎的脸，避免被她直视变成石头；赫尔墨斯借给他一双有翅膀的凉鞋，可以飞快地到达很远的地方；冥王哈迪斯借给他一顶可以隐形的帽子，可以随时隐身，躲避危险。有了众神给予的装备，帕修斯成功地砍下女妖的头颅。血从美杜莎的颈脖喷涌而出，化成一匹长有双翼的飞马（Pegasus）。帕修斯跨马扬鞭，手持战利品，胜利而归。帕修斯将女妖的首级送给雅典娜，从此，美杜莎的头出现在雅典娜的盔甲上，增添了战争女神的威慑力。

1554 年，意大利雕塑家切利尼（Benvenuto Cellini，1500—1571）花了近十年时间为美第奇家族完成一座青铜雕像，记录下帕修斯脚踏美杜莎尸体、手持她首级的瞬间。如今世界各地出现了很多以此雕像为原型的复制品，"战胜蛇发女妖"成为帕修斯最为人熟知的英雄事迹。另一类艺术家则饶有兴味地表现美杜莎那颗被砍下的头，其中，最早也最有代表性的一位画家就是大名鼎鼎的达·芬奇。根据文艺复兴时期的艺

美杜莎之头　达·芬奇（乌菲兹美术馆 佛罗伦萨）

术理论家乔尔乔·瓦萨里（Giorgio Vasari, 1511—1574）的记录：达·芬奇年轻时已经显露出过人的绘画天赋，他的父亲皮耶罗受人之托，让儿子在一块平切的无花果树桩上画一幅画。达·芬奇把圆木打磨抛光成一块盾牌的形状，打算模仿雅典娜之盾，在上面画一幅令人恐惧的美杜莎之头，足以吓倒任何看见它的人。为了画好此画，他从野地里抓来各种各样的爬行动物——毒蛇、蜥蜴、癞蛤蟆等，经过仔细研究后，把它们那种恐怖、恶心的真实感呈现在画面中。砍下的女妖头颅被画在一堆乱石间，张开的大嘴喷涌毒雾，眼睛冒火，鼻孔喷烟。头上的一窝毒蛇结曲缠扭，张嘴吐信。据说，皮耶罗不经意间看到此画时，误以为见到真正的妖怪，吓得倒退几步。达·芬奇见状高兴地对父亲说："这就是我想要的效果，你可以把画拿走了。"

美与丑的事物在达·芬奇的眼中，都只是客观存在的实体，他能够画出蒙娜丽莎脸上神秘莫测的微笑，也能够画出美杜莎丑陋骇人的蛇发。达·芬奇的这幅美杜莎之头[1]被公认为是最写实、最恐怖的形象。他的画达到以假乱真的地步，与他平时作画的习惯密不可分。达·芬奇喜欢对所画之物进行科学系统的研究，他曾经为了精准地画出人体组成结构和肌肉的分布以及形状，解剖过十多具尸体，包括难产的孕妇和死婴，画了大量的解剖草图。他是文艺复兴时期一位非常典型的艺术家：用科学实证精神对待所画之物，以写实的手法忠实地再现物体的原貌。他给予后世画家极大的启发，卡拉瓦乔和鲁本斯看过他的美杜莎后，纷纷获取到灵感，各自创作出同样令人惊惧不安的美杜莎头颅。

靠着历代画家的妙笔，美杜莎之头变成恐怖的代名词，她越是可怕，越能衬托出帕修斯战胜她的英勇。帕修斯的另一项英勇事迹是成功解救埃塞俄比亚公主——安卓洛美达（Andromeda）。

帕修斯砍下美杜莎首级后，骑着飞马踏上归途。途中他看到一位少女被锁链锁在埃塞俄比亚海岸边的礁石上，发出一阵阵哀伤的哭泣。这位少女正是公主安卓洛美达。她的父母因为四处炫耀自己漂亮的女儿容貌赛过海中仙女，激怒了海神波塞冬。海神派出一只海怪袭击埃塞俄比亚，整个王国受到攻击，洪水肆虐，庄稼歉收。神谕显示只有将公主献祭给海怪，天灾才会消退。国王与王后后悔莫及，但是触怒天神，谁也无能为力，他们只得将女儿锁在海边的岩石上，等待海怪将她吞噬。

[1] 1782 年，达·芬奇的传记作家从乌菲兹美术馆的库房中发现一幅美杜莎之头，他根据瓦萨里的描述认定此画为达·芬奇年轻时的作品。进入 20 世纪，一些知名艺术评论家开始质疑此画的真实属性，他们认为这是一位匿名的佛兰德斯画家创作于 1600 年左右的作品。

帕修斯和安卓洛美达　朱塞佩·塞萨利

（1592 年，71×55 cm，维也纳美术历史博物馆，维也纳）

　　帕修斯爱上了安卓洛美达。他向她的父母立誓，一定会解救公主，并希望娶她为妻。悲喜交集的父母不但答应将女儿许配给他，还拱手让出王国作为女儿的陪嫁。帕修斯果不食言，他再一次用除妖的宝剑刺向海怪，一举结果了怪物的性命。帕修斯救下安卓洛美达，以自己无畏的牺牲精神赢取了美人芳心，带着她回到家乡过上了幸福的生活。他们俩死后升入天空，帕修斯成为"英仙座"，安卓洛美达成为"仙女座"。

　　帕修斯解救公主的故事颇受艺术家的喜爱，几乎所有画家选取的都是帕修斯在海边与海怪对抗的高潮一幕。意大利画家朱塞佩·塞萨利（Giuseppe Cesari，1568—1640）也不例外，他痴迷于帕修斯"英雄救美"的情节，一生创作了十余幅相同主题的画作，除了几个细节稍有不同，这些画几乎全是同样的人物和构图：英雄—美女—恶魔的三角构图。帕修斯手持美杜莎首级，骑在飞马背上，挥舞宝剑，从空中俯冲杀向海怪；近处是一头巨大的海怪，张开血红的大嘴咆哮，它正欲将安卓洛美达一口吞下肚。双手被反捆在岩石上的公主，苍白且虚弱，她扭头望向帕修斯，眼神里充满着仰慕与急切的求生愿望。画家处理背景的方法很有象征意味，他画出大海上方厚厚的云层，一道亮光穿透过乌云罅隙射向海面，与帕修斯手中的宝剑形成呼应，共同化为安卓洛美达生的希望。

　　被帕修斯杀死的海怪，全身覆盖有鳞片，那是希腊人早期对"龙"的想象。现代英语中的"龙"（Dragon）由古希腊文中的"Drakon"和拉丁语中的"Draco"演变而来，而"Drakon"在希腊文中的意思是指"巨型海蛇、海怪"，拉丁语中的"Draco"指"巨大的蛇"，说明西方人想象中的"龙"与真实存在的"蛇"最早共享同一个词根，这两种爬行动物有着共同的特质，它们冷血、凶残，拥有巨大的破坏力和杀伤力，是邪恶势力的象征。[2] 帕修斯以勇猛的武士形象，砍下蛇发女妖的首级和海边激战屠龙，成为正义战胜邪恶的英雄。他的故事为此后的人类屠龙者建立了原型模式，亚瑟王的圆桌骑士兰斯洛特爵士（Sir Lancelot）和基督教中的烈士圣·乔治（St. George）从恶龙嘴边救出公主的故事亦受此启发，大量相关的绘画、雕塑和文学作品应运而生，宣扬骑士"不惜牺牲生命来拯救妇孺、弱小"的浪漫无畏精神。要区别这些屠龙画作的故事背景，人们只能根据画中被缚女子进行辨别：裸体的公主是古希腊神话中的安卓洛美达，穿衣服的则是被兰斯洛特或圣·乔治解救的公主。

[2] Ogden，Daniel. *Dragon Myth and Serpent Cult in the Greek and Roman Worlds*. New York: Oxford University Press，2013.

第四章

神话中的特色人物

4.1 赫柏（Hebe）——青春女神

赫柏（希腊语为"青春"之意）是宙斯和赫拉的女儿，也是一个根红苗正的神二代。在希腊神话中，关于赫柏的故事很少。她主要负责为奥林匹斯圣山上的诸神斟酒。嫁给鼎鼎有名的大力士赫拉克勒斯之后，她在奥林匹斯圣山上生儿育女，享受着幸福的生活。

也许围绕她的故事比较少，所以很长时间都无人问津，没有受到艺术家们的关注。直到 1750 年到 1880 年这 100 多年间，赫柏才开始成为法国艺术家热衷描绘的对象。她出现在绘画作品中的形象，总是在一片祥云的背景中，手执酒壶和酒杯，身旁伴着一只雄鹰，那是她的父亲宙斯的化身，他从她的酒杯中饮用可以长生不老的玉液琼浆。她常常扎起长裙的裙角，露出脚踝，这是出于职业的考虑，她怕给众神斟酒时，被长裙绊住摔倒。

"永葆青春"是人类恒久的美好愿望，特别是到了 18 世纪初的法国。经过波旁王朝最负盛名的"太阳王"路易十四长达 54 年的统治，法国经济空前繁荣，整个社会风气从上到下都弥漫着一股盛世享乐之风。此时的法国宫廷贵妇不但想方设法打扮自己，还开始喜欢聘请画家把她们画成赫柏的形象，以求在画布上永远留下青春靓丽的容颜。

最美的当数这幅以玛丽·安东奈特（Marie Antoinette，1755—1793）为模特的赫柏画像。法国洛可可画家弗朗索瓦·休伯特·德鲁埃（Francois Hubert Drouais，1727—1775）是法国著名的宫廷画师。1773年，他受命为国王路易十六的王后玛丽·安东奈特画像。安东奈特是奥地利公主，也是著名的奥地利大公、波希米亚及匈牙利女王玛丽亚·特蕾西亚（Maria Theresia）的第十五个孩子。颇有政治远见和抱负的特蕾西亚女皇用联姻形式，把她众多的女儿们嫁到欧洲的各个皇室，以此巩固哈布斯堡王朝对全欧洲的影响力。女王对最小的女儿安东奈特尤其喜爱，

玛丽·安东奈特装扮成赫柏　弗朗索瓦·休伯特·德鲁埃
（1773年，96cm×80cm，孔代博物馆，巴黎）

也对她的婚姻寄予厚望。她把年仅 14 岁的安东奈特远嫁法国，希望小女儿长大后能辅佐老实木讷的路易十六重振法国皇室。安东奈特显然是辜负了母后的期望，无心政治的她在宫廷里任性地过着挥霍豪奢的生活，掏空了本来已经入不敷出的法国国库，被冠以"赤字夫人"。年轻的皇后本性也善，只是她从来没有把自己的个体行为与国家及人民的命运相连。因此，当饥饿的巴黎人民涌到凡尔赛宫时，安东奈特居然天真地对大臣们说："如果他们没有面包吃，干吗不给他们吃蛋糕呢？"

通过德鲁埃精湛扎实的画功，人们可以看到装扮成青春女神的玛丽·安东奈特，那一年她才 18 岁，初为人妇，有着玫瑰花般娇嫩红润的双颊和丰腴如凝脂的皮肤，朴素无华的发型和衣着都不能掩饰住王后充满旺盛生命力的青春之美。她的眼神迷离而茫然，对自己今后的命运还一无所知。20 年后的 1793 年 10 月 16 日，这朵凡尔赛最娇艳的玫瑰被愤怒的革命群众处以死刑，在断头台上永驻了自己年仅 38 岁的生命，成为法国大革命中令人哀婉叹惜的"断头皇后"。奥地利小说家茨威格也禁不住感叹："她那时候还太年轻，不知道所有命运馈赠的礼物，早已在暗中标好了价格。"

永葆青春固然是所有人的梦想，但如果与"青春"一同打包发售的"年少无知"和"莽撞任性"的最后的代价是生命，不知是否还会有那么人苦苦地执着于留住青春的脚步。

4.2 珀耳塞福涅（Proserpine）——冥后

珀耳塞福涅是众神之神宙斯与农业女神德墨忒尔（Demeter）的女儿。冥王哈迪斯（Hades）爱上了她，将她强行掠夺到地府做了自己的冥后。德墨忒尔失去心爱的女儿，发疯般四处找寻，最终一无所获。她在悲伤绝望中忘记了自己的职责，从此植物枯萎，大地没有了收成，饥荒遍野，人们甚至没有足够的粮食给众神献祭。宙斯慌了神，只好向哈迪斯求情，希望他把珀耳塞福涅归还给失魂落魄的德墨忒尔。可是哈迪斯已经让珀耳塞福涅吃下了几颗石榴籽，任何人只要吃下冥府的食物，就再也不能返回人间。经过艰难的谈判，哈迪斯最终同意让珀耳塞福涅每年回人间陪母亲住半年，其余时间都得在冥府和他做伴。从此，本是种子女神的珀耳塞福涅在春天回归大地，种子发芽，万物复苏，一派生机勃勃的繁荣景象。等到夏天过去，她在秋天再回到阴暗的地府，人间很快又变成萧瑟凋零的寒冬。四季就在她从人间到地府的穿梭中不断轮回。

珀耳塞福涅是被绑架到地府、被迫与冥王成亲的新娘，她压根不愿意待在死亡魂灵寄居的地下，与一班阴森可怖的牛鬼蛇神为伍，也不爱脾气暴躁、性格阴郁的哈迪斯。她象征着所有被困在不幸婚姻里却无法解脱的女子。艺术家们描绘的冥后总是在昏暗阴沉的背景前，一幅闷闷不乐的样子。以英国拉斐尔前派[1]画家但丁·加百利·罗塞蒂（Dante Gabriel Rossetti，1828—1882）为例，他笔下的珀耳塞福涅同样凭借一袭忧郁无助的眼神穿透冰冷的阴曹地府，直逼人心。

拉斐尔前派兄弟会（Pre-Raphaelite Brotherhood）是西方绘画史上著名的艺术家团体。1848年9月，七个意气风发的文艺男青年聚集在伦敦大英博物馆附近的一间公寓里，这几个平均年龄只有19岁的青年是英国皇家艺术学院的美术生，他们厌倦了学院里陈腐、教条的画风，希望恢复意大利文艺复兴初期那种情感真挚、自然朴实的艺术风格，以此拯救英国的画坛。他们认为真正的艺术只存在于拉斐尔之前，画派由此得名。罗塞蒂是其创始人和代表人之一。

拉斐尔前派画家从经典的文学著作和诗歌中寻找创作灵感，他们只画崇高题材的作品。有趣的是艺术并没有等级，没有崇高、卑微之分，只有线条与色彩的和谐。打个比方，从纯视觉角度讲，玫瑰与白菜各有其美，但拉斐尔前派画家只画玫瑰，不画白菜，因为玫瑰有很多象征意义："百花之王""神秘""爱情""浪漫"……追求优美的文学性是拉斐尔画派的特点之一。身为意大利移民的罗塞蒂尤其推崇中世纪意大利诗人但丁的诗，他深信自己是其后裔，还更名为但丁·罗塞蒂。但丁的《神曲》以及中世纪传奇文学给了他丰富的绘画题材，使他的画充满了梦幻

[1] 拉斐尔前派是兴起于1848年的一个英国的艺术流派，目的是改变当时的艺术潮流，反对学院派的陈规守旧。主要代表人物有罗塞蒂、米莱斯、亨特、伯恩·琼斯，他们一直以拉斐尔的艺术为典范，认为真正的艺术存在于拉斐尔之前，并企图发扬拉斐尔以前的艺术来挽救英国绘画。他们的作品多呈现出忧郁、唯美的浪漫气息。拉斐尔前派对后世的唯美主义、象征主义、维也纳分离派和工艺美术运动等产生了深远的影响。

珀耳塞福涅　罗塞蒂
(1874 年，61 × 125 cm，
泰特美术馆，伦敦)

的象征意味，弥漫着一种诗意的忧伤"情绪"（Sentiment）。[2]

罗塞蒂画中的冥后正是这种忧伤情绪的化身。她站在地宫一条狭长黑暗的甬道里沉思，香炉里徐徐升腾的青烟暗示着她神的身份。一束从人间投射进来的光线像镁光灯一样聚焦在她身上，而她关于人间的所有记忆就像身后的常青藤，枝枝节节从头部向四周蔓伸。一头浓密卷曲的乌发漾开在她精致的脸庞和修长的脖颈旁边。蓝绿色长袍上顺滑的衣褶，像流水的波纹般跌宕起伏。她手中那枚鲜红的石榴[3]，呼应着紧抿的红唇，成为画面最夺目的中心。正因为吞食了几粒石榴籽，珀耳塞福涅将被囚禁地宫，成为哈迪斯的新娘。她徘徊在人间与地狱之门，凄美茫然地若有所思。

画面最右上角画着一张小纸条，上面是画家罗塞蒂用意大利文为珀耳塞福涅作的一首十四行诗，画框上刻有该诗的英文版本：

Afar away the light that brings cold cheer

Unto this wall, —one instant and no more

Admitted at my distant palace–door.

Afar the flowers of Enna from this drear

Dire fruit, which, tasted once, must thrall me here.

[2] Peter Nahum and Sally Burgess. *Pre-Raphaelite Symbolist Visionary*. London: Peter Nahum at Leicester Gal-leries. Catalogue number 9.

[3] 石榴在古希腊神话中一直有着神奇的魔力，是深受地中海沿岸各国人民喜爱的水果。因其多子的特性，它成为原始的子宫标志，是结婚时祈愿新娘丰饶多产的吉祥物。同时，还因为它的果实有着和鲜血一样的颜色而被看作是一个好兆头，它代表热烈的生命或是死后的重生。至今在意大利南部还流行一种习俗：在墓前种植一棵石榴树，以此寄愿亲人的亡灵能够尽快重获新生。

Afar those skies from this Tartarean grey

That chills me：and afar, how far away,

The nights that shall be from the days that were.

Afar from mine own self I seem, and wing

Strange ways in thought, and listen for a sign：

And still some heart unto some soul doth pine,

(Whose sounds mine inner sense in fain to bring,

Continually together murmuring,) —

"Woe's me for thee, unhappy Proserpine！"

宫门掩映，远光微熹，

凉愁新添，何欢之有，

粉影照壁，转瞬即逝。

恩纳之花，不幸之果，

一朝吞食，终生被囚。

地狱寒天，犹如三九，

冷彻心骨，难望尽头，

白昼消散，长夜终降。

幽幽我心，左右彷徨，

思绪乱舞，静听惆怅，

心力交瘁，灵魂枯萎，

性灵之音，嘈切难平，

声声呢喃，哀鸣相伴，

忧郁冥后，为汝伤悲。

珀耳塞福涅的归来
弗雷德里克·莱顿
（利兹美术馆，利兹）

　　罗塞蒂不但用画描绘珀耳塞福涅的幽怨，还用诗写出了她内心的哀伤。他在诗中使用第一人称"我"的口吻直抒胸臆，表达他对珀耳塞福涅的爱怜之情。[4] 诗与画无法分割，这是罗塞蒂作品"画中有诗，诗中有画"的典型风格，无论使用色彩，还是驾驭文字，他都表现出过人的天赋。难怪青年时代的罗塞蒂选择未来职业时，一直在画家与诗人之间摇摆不定。

[4] Marsh，Jan. *Pre-Raphaelite Women: Images of Femininity*. New York: Harmony Books，1987.

他笔下的女子乍一看，都有着和《珀耳塞福涅》极其相似的五官：挺拔的鼻梁，极其性感肉欲的双唇，清澈深邃的大眼睛，脸上总是流露出如梦游般慵懒、忧伤的神情。罗塞蒂一生画过众多女子，但她们几乎都只是两个女人的不同版本：金头发的是妻子丽兹，黑头发的是情人珍妮。

罗塞蒂的《珀耳塞福涅》记录着两段婚姻，四个男女之间的情感纠葛。罗塞蒂与他生命中最重要的两个女人——丽兹和珍妮，以及珍妮的丈夫莫里斯之间的多角恋是拉斐尔前派兄弟会一段著名的苦恋。罗塞蒂第一次见到丽兹，惊若天人。丽兹成为他的热恋、他的灵感缪斯。为了纪念他们不朽的爱情，他把丽兹画成诗人但丁暗恋一生的爱人——《碧安翠丝》（*Beatrix*）。可惜当 17 岁的珍妮出现时，她像一朵野玫瑰一下就攫走了罗塞蒂的心。恨不相逢未嫁时，当时的罗塞蒂已经与丽兹有婚约在身，而珍妮也是兄弟会成员威廉·莫里斯的心上人。丽兹无法忍受罗塞蒂的移情别恋，结婚仅一年就在绝望中自杀身亡，结束了他们之间长达十年天雷地火般的恋情。出于内疚与自责，悲恸的罗塞蒂将所有为丽兹写的情诗放进她的棺材，埋葬了一段交织着甜蜜与痛苦的记忆。珍妮的丈夫莫里斯崇拜罗塞蒂的才华，不但视其为知己，还尊他为精神导师。妻子与最好朋友之间的暧昧情愫莫里斯一直看在眼里，却隐忍不发，他宁愿相信他们之间只是柏拉图式的精神恋爱，还非常具有绅士风度地把身体虚弱的罗塞蒂接到家中悉心照料。丽兹去世后不久，罗塞蒂一头跌进珍妮黑发的柔波里，无法自拔。他挖开丽兹的棺材取出枕在她头边的所有诗稿，出版成集送给珍妮。此时的莫里斯只能选择像鸵鸟一样把头埋进沙子，他躲到遥远的冰岛，埋头研究北欧神话的起源。莫里斯离家的两年时间里（1871—1873），珍妮再度唤醒罗塞蒂无比高的创作热情。

令人颇感意味深长的是"珀耳塞福涅"这个题材恰恰是由莫里斯挑选出来，让罗塞蒂以珍妮为模特而创作的。一如吃下石榴、往返于天上地下的珀耳塞福涅，珍妮也流连在丈夫与情人之间。罗塞蒂前后一共画了七幅《珀耳塞福涅》，他把珍妮比作困于无爱婚姻之中的珀耳塞福涅，等待他的拯救。在1874年的这个版本里，珀耳塞福涅徘徊在人间与地狱之门，罗塞蒂化身为来自人间的一束光亮，照在她的头部，希望引导她回到人间，但是出于对朋友莫里斯的道义，他又没有勇气公开这份恋情、承担所有责任。他所能做的，只是拿起饱含丰沛情感的画笔，画出困在不幸婚姻之中的珍妮和他自己眼睛里动人的幽怨与哀伤。

正如拉斐尔前派画家选择画玫瑰，不画白菜一样，他们完全活在自己营造的主观世界里。这个世界无比诗意，充满了隐喻：既有激烈的爱情，又有兄弟的情义；既有骑士般的浪漫，又有僧侣般的牺牲。在如此纠结的情感旋涡里，罗塞蒂的精神状态极不稳定，他靠不停地酗酒和吸食鸦片来安抚痛苦的神经。他以为他的珀耳塞福涅在等待他解救，殊不知他自己才是亟需救援的人。1874年罗塞蒂离开莫里斯家，他的健康状况迅速恶化，珍妮与他渐行渐远，这个现实的马厩夫的女儿，并非罗塞蒂想象中的珀耳塞福涅那般柔弱无助。1882年，罗塞蒂孤独一人死在寄居的乡间小屋。珍妮很快又有了新的情人，安稳地活到75岁高龄才谢世。

拉斐尔前派兄弟会里那些剪不断、理还乱的情事，早已随风而逝。如今，以妻子丽兹为模特的《碧安翠丝》和以珍妮为模特的《珀耳塞福涅》左右并排挂在英国泰特美术馆的墙上，仿佛在向世人表明：生命如此短促，感情如此易变，唯有艺术永存。

43 芙洛拉（Flora）——花神

　　希腊神话里的花神是一个司掌百花的小仙，名叫克洛瑞丝（Chloris）。传说中，伴随她每一次说话和呼吸，都会有各种鲜花从她的嘴里涌出，真真是"吐气如兰"的美女。她也是西风仄费洛斯（Zephyrus）的妻子，每年春天，夫妻俩相拥来到人间。克洛瑞丝四处播撒百花，西风轻轻柔柔将它们吹送，人间顿时充满姹紫嫣红的美景。

　　在罗马神话中，克洛瑞丝变成了芙洛拉（Flora）。意大利人很看重花神，早在公元前238年，他们就把每年的4月28日至5月3日定为花神节（Floralia），举行盛大的庆典活动欢庆花神降临。每个城市会选出最美的女子装扮成花神，头戴花冠，坐在花车上绕城游行。

　　历代画家笔下的花神都是充满女性柔媚特征的形象，波提切利、提香、伦勃朗等大师曾有过花神的经典传神之作。在众多以花神为主题的画作中，朱塞佩·阿尔钦博托（Giuseppe Arcimboldo，1526—1593）的花神像无疑是最特别、最另类的。站在远处粗略地看，他画的肖像与普通肖像并无两异，走近细看，才发现其中大有玄机。他采取了完全不同的表达方式，绘出各种非常写实的花卉图案拼贴组合出了一个花神的肖像。而且，他不但绘制花草，还画水果、蔬菜、鱼类、鸟类等各种生物，甚

芙洛拉　朱塞佩·阿尔钦博托
（1589 年，74.5×57.5 cm，私人收藏）

至书籍、铁器、食物等物品的图案来堆砌人物。阿尔钦博托制造了一个
又一个视觉假象欺骗观众的眼睛，仿佛以巧妙的手法和大家开了一个严
肃的玩笑。

　　这位诞生于意大利文艺复兴晚期的画家，为什么会有如此奇特、古怪，
甚至带点魔幻的绘画语言呢？他就像绘画史上的一次基因突变，深究其
因，主要有三个方面的原因造成了他独特的画风。[1]

[1] Thomas Dacosta Kaufmann. *Arcimboldo : Visual Jokes*，*Natural History*，*and Still-life Painting*. Chicago: The University of Chicago Press，2009.

　　首先，作为哈布斯堡王朝的宫廷画家，阿尔钦博托希望以一种与众不同的绘画风格取悦皇帝。他效忠的鲁道夫二世是一个喜欢追求标新立异的奇人。这位皇帝曾言："我只爱神奇且不寻常之物。"他的皇家园林里不仅堆满了从世界各地收罗来的动植物标本，还种植着各种奇花异草，养殖着各种奇珍怪兽。要想打动这样一位喜欢猎奇的皇帝，阿尔钦博托必须得用一些剑走偏锋的奇招，才能从众多画功精湛的同行当中脱颖而出，博取皇帝的欢心。1563 年，也是他刚到维也纳的第二年，他先用皇家园林里的鲜花组合了一幅《春》，把皇帝心仪的花花草草糅合进

花神　提香
（乌菲兹美术馆，
佛罗伦萨）

肖像绘画，拼贴成贵族少女的头像，这种怪诞有趣的画法逗乐无比，一下就吸引住皇帝的眼球。从此，他一发不可收地开始使用各种物品组合肖像，最后，还用水果和蔬菜组合出一幅鲁道夫二世的肖像，形成了完全属于自己的艺术语言。

同时，阿尔钦博托是一个狂热的自然主义者，他像其他文艺复兴时期的艺术家那样，对自然科学充满了浓厚的兴趣。他在建筑设计、水利工程和机械设计等多个领域都颇有建树，被人们公认为博学多才的跨界玩家。他尤其热衷于研究动植物，他在这两方面的知识丝毫不逊于专业的植物学家和动物学家。为了深入了解它们的习性，他画了大量写实、逼真的植物、动物图。自然界的各种花、鸟、虫、鱼、水果、蔬菜的形象早已是烂熟于心，作画时，哪个部位需要什么元素拼贴组合，对他而言，都是信手拈来。

另外，阿尔钦博托也是一位具有人文主义精神的诗人。绘画和诗歌是两种对他同等重要的表达语言。他擅长把诗歌里的修辞手法运用到画作中。以《花神》肖像为例，他用各种盛开的鲜花图案来组合花神头像，这本身就是一个非常贴切的隐喻。花神的脸颊、额头和下巴是四朵白里透红的蔷薇，上嘴唇是两片玫瑰花瓣，下嘴唇则被巧妙地放上两朵玫瑰小蓓蕾，以此比喻花神如少女一般的娇嫩清新。画中每个部位的每一朵花、每一片树叶都暗含着阿尔钦博托精心的设计。他用自然界的动植物组合人像，象征人与自然和谐相处的关系。

阿尔钦博托成功地对传统绘画进行了颠覆，但他的有些组合画过于离奇古怪，甚至模糊了丑与美的界限和概念，并不为同时代的画家所理解和认同。在他死后，他和他的组合肖像很快被人遗忘。直到 20 世纪 30

年代，纽约现代艺术博物馆（MoMA）的创建人和首任馆长阿尔弗雷德·巴尔（Alfred Barr Jr.）才发现了他的艺术魅力和个人风格，认为他像一个"炼金术士"，把现实与想象熔于一炉，其怪诞、离奇、魔幻的风格堪称超现实主义[2]的先驱。若真如巴尔馆长所定义，那阿尔钦博托可比超现实主义大师萨尔瓦多·达利早了300多年。不过，阿尔钦博托的组合肖像与超现实主义绘画应该只是外在形式的一次隔空巧合，他没有对人的无意识世界展开挖掘，更没有试图逃离残酷与悲哀的现实世界，哈布斯堡皇帝给予了他足够的自由和支持，使他可以饶有兴味地在绘画和自然学科的多个领域进行各种大胆的尝试。如今，世人开始注意到这位文艺复兴时期特立独行的画家，艺术史学家和评论家重新把他列为16世纪最伟大的艺术家之一。他的作品也源源不断地给予当代艺术家灵感，各种模仿他的作品出现在雕塑、广告、摄影、图标插画和电影电视中，以含义深刻又滑稽可爱的形象娱乐和启迪众人。

　　2015年，米兰世博会的吉祥物福蒂（Foody），正是以阿尔钦博托的画作为灵感，将11种水果和蔬菜拼贴组合而成。它那滑稽可爱的形象，不但受到小孩子们的追捧，就连大人们看到也忍俊不禁。阿尔钦博托通过绘画，终于实现了他的两个梦想："给人带来欢乐的同时，启迪人的思维。"

米兰世博会吉祥物福蒂（Foody）

[2] 超现实主义绘画形成于20世纪20年代的法国，代表人物有米罗、达利、马格里特等。他们对人潜意识领域里的梦境、幻觉、本能等进行探索，强调梦境与现实、生与死的统一，具有恐怖、离奇、怪诞的特点。

4.4 潘多拉（Pandora）

即使对古希腊罗马神话了解甚少的人，也一定听说过潘多拉的魔盒（Pandora's box）[1]。它指"灾祸之源"，如果谁不小心打开了"潘多拉的魔盒"，就是指这个人不经意间引起种种祸患，招致恶果。

潘多拉诞生在奥林匹斯圣山，她是宙斯命令火神赫菲斯托斯用黏土打造出来的人间第一个女人。奥林匹斯圣山的每位主神都为新生的潘多拉献上了一件礼物，她的名字 Pandora 拆开来看即"pan"（全部的，所有的）＋"dora"（礼物），指她从所有的神那里获得了各种各样的礼物（好坏参半），拥有了一切天赋：天后赫拉赐予她永不枯竭的好奇心；爱神维纳斯给了她令男人疯狂着迷的绝世美貌和欲望；智慧女神雅典娜教她纺织的技艺，除此之外，还赠予她"天真无邪"这一特质（innocent，这个单词同时还有"无知"的意思，由此解释女人时常头脑简单）；太阳神阿波罗赋予她美妙的嗓音，教会她唱歌和弹奏里拉琴；海神波塞冬送她一条珍珠项链，并使她永远不会被淹死；信使赫尔墨斯传授她语言

[1] 潘多拉的魔盒，在希腊神话的原文是希腊语 πίθος,πίθοι（英语作 pithos, 陶罐），但是在翻译成拉丁语的时候变成了 pyxis（英语作 box、vessel，盒）。由于拉丁文译作流传甚广，后来将错就错，成为现代的"Pandora's box"。

的天赋，也即说谎的天赋（这就能解释为什么女人有爱撒谎的天性）。

历史上关于希腊神话的一部重要文献为赫西俄德的《神谱》（*Theogony*）。书中对潘多拉有过这么一段描述："带来堕落的种族，即是让必死之身的男人尝尽无边痛苦的女人，由此诞生。"从这位诗人的眼光来看，潘多拉来到这个世间，并不是一件好事。

事实证明的确如此，她是宙斯为了实施报复才创造出来的人类第一个女人。普罗米修斯（Prometheus）偷窃天火给人类，触犯神威，宙斯为了惩罚他，就造出一个专门制造麻烦的女人送给他的弟弟埃庇米修斯（Epimetheus）。这兄弟俩的名字就暗示着两人不同的眼界和作风。米修斯（metheus）指"思考者""智者"。不过，思考的时机不同，带来的结果也必定不同。普罗"pro"这个单词前缀有"提前""预先"的意思，所以普罗米修斯代表"深谋远虑的人"或"有先见之明的人"；埃庇（epi）表示"之后""后来"，所以埃庇米修斯指"事后懊悔的人"或"亡羊补牢的人"。

有先见之明的普罗米修斯苦苦劝告弟弟不要接受宙斯的赠礼，但埃庇米修斯显然是被潘多拉的绝世美貌迷得不能自已，执意迎娶潘多拉为妻。很快他就为此决定尝到了苦果。

潘多拉嫁到埃庇米修斯家时，陪嫁品里有一个密闭的盒子，那里面装的全是众神给的各种礼物。因为想到哥哥之前的忠告，埃庇米修斯告诫潘多拉不要擅自打开。然而，潘多拉实在是难捺强烈的好奇心，忍不住偷偷地打开这个盒子窥探。一团烟雾从盒子里飘出，疾病、瘟疫、衰老、死亡、贫困、劳役、灾难、忧伤、烦恼、疯狂等等全都随即一股脑儿地冲出来。潘多拉慌乱之中赶紧掩上盒子，只剩下唯一一样好东西"希望"

潘多拉　威廉－阿道夫·布罗格（私人收藏）

留在盒子底，表明人类承受生老病死的痛苦，但心中总是留有可贵的希望，唯有希望永存。从此，人类无忧无虑的黄金时代结束，而潘多拉也因此成了给人类带来灾难的"红颜祸水"。

古希腊神话后来被罗马人定为异教文明后，其地位逐渐被犹太—基督教信仰所取代。《圣经·旧约》中关于人类的始祖亚当和夏娃被逐出伊甸园的故事显然是受到潘多拉的影响。根据《创世纪》一篇的记录，上帝创造了世界上第一个男人和女人——亚当和夏娃。他们受托看守鸟语花香的伊甸乐园，上帝吩咐他们可以在园中随心所欲，但唯独不可以碰善恶树上的果子，因为分辨是非善恶的智慧只能上帝拥有。受到一条蛇的引诱，夏娃忍不住好奇，摘取了禁果，并劝说丈夫一同将它吃下。上帝知道后，非常失望，将他们双双逐出乐园。他们来到多灾多难的人间，不得不经历生老病死的人生历程。上帝还惩罚亚当终日在田间辛苦劳作，以此换取仅够维持生存的口粮，夏娃则要忍受生儿育女的苦痛。因此，夏娃被人们视为和潘多拉一样的祸根，她们都是导致人类堕落和痛苦的根源。

法国文艺复兴时期的枫丹白露派[2]画家让·库赞（Jean Cousin，1490—1560）用绘画的形式将这一看法强化在1550年创作的《曾是潘多拉的夏娃》中。画中的女子是法国绘画史上第一个裸体女子，她斜倚的身躯不禁让人联想到提香那幅著名的《乌比诺的维纳斯》。她的确有着

---

[2] 枫丹白露派是16世纪中期活跃在法国宫廷的艺术流派。法国国王修建巴黎郊外的枫丹白露宫时，邀请意大利的一批画家和雕塑家前来与法国的画家与雕塑家合作，共同装饰宫廷内外。由此形成一个融合了意大利的样式主义和法国本土的哥特传统的艺术流派，这一流派具有非常强烈的风格特征，作品主题多数常有比喻性和象征性。

潘多拉　尼古拉斯·雷尼尔（威尼斯雷佐尼科宫，威尼斯）

和维纳斯一样美艳的容貌和曼妙的身姿，她梳着典型的希腊式发髻，还长着一个挺拔的"希腊通天鼻"，不过，仔细看她的侧颜，会发现她的眼神少了几分温柔，多了几分犀利。

作为枫丹白露派的代表人物，《曾是潘多拉的夏娃》充满了许多耐人寻味的象征性细节，是库赞一生中最重要的作品。如果深究这些细节，不免让人汗毛直竖。虽然画中的潘多拉有着近乎完美的身躯，那一双脚却长着畸形的脚趾，外翻的大拇指明显比其他四个脚趾短，像山羊的羊蹄，而古人心中的恶魔正是长着山羊角和山羊蹄。她的左手搭在一个陶瓶瓶盖上（现代的魔盒原型），手腕上缠绕着一条毒蛇；右手持苹果树枝，倚靠在一个象征死亡的骷髅头上。这些细节全都在告诉观众她就是给人类带来灾难死亡的潘多拉和夏娃的合体。库赞还怕自己表达得不够明白，干脆直接在背景的大树树干上挂起一个木刻牌："Eva Prima Pandora"（曾是潘多拉的夏娃）。

这幅透视严谨的画堪称佳作，可以体现出库赞受到其他大师的影响：来自左面的光源清晰地勾勒出人物的形体线条，这完全是达·芬奇的用光手法；背景也颇似达·芬奇的风格，而且库赞还成功地用背景形成对比：右边蛮荒的森林湖泊暗示着荒野里未经开化的乐园，左边井然有序的建筑风光是人类居住的城市；在木刻牌上写明画作名称和寓意，则完全是德国大师丢勒的常用手法。库赞把他从大师那里学到的技法通通运用到

曾是潘多拉的夏娃 让·库赞（1550年，97×150 cm，卢浮宫，巴黎）

这幅画中，可见其用心之至。难道他创作这幅画的目的仅仅就是声讨给人类带来灾难的女人吗？

艺术史学者对此一直没有统一的说法，但从库赞的人生经历来看，这幅画一定有很深的政治寓意。出生于瑞士的库赞年近50岁时才来到巴黎闯荡，他很快就获得了法国公民资格，并在巴黎画坛享有极高的声誉，这与他一直为王权和教会服务密切相关。1540年，50岁的库赞来到巴黎，协助设计神圣罗马帝国皇帝查理五世进驻巴黎的入城庆典；随后的三年里，他多次为教会的圣徒设计挂毯和绘制他们的生平故事。1549年，他参与庆祝亨利二世进驻巴黎的入城庆典，并成为主设计师，受雇设计国王进入城堡的凯旋拱门。他在门楣上刻下"Lutetia nova Pandora"（鲁特西亚，全新的潘多拉）。鲁特西亚是古代巴黎的名称，将一个大型城市比作潘多拉起源于文艺复兴时期的法国人文主义者。[3] 16世纪初，法国人对古希腊罗马极其推崇，不但盛行学习希腊语和拉丁语，希罗神话更是被视为一切文学和艺术的灵感源泉。他们认为潘多拉是天神创造的第一个女人，她的身上集合了众神给人类的祝福与诅咒，是天神赐给人类的祸福参半的礼物。这正像一座城市，也是融合了好与坏、美与丑、善与恶的有机混合体。法国著名诗人杜·贝莱（Joachim du Bellay，1522—1560）在他的代表作《罗马怀古》一诗中就曾把潘多拉比作"美丽与罪恶相伴"的"永恒之城"——罗马。[4]

[3] Gail Kern Paster. *The Idea of the City in the Age of Shakespeare*. Atlanta:University of georgia Press，2012，p.24.

[4] Dora and Erwin Panofsky. *Pandora's Box—The Changing Aspects of a Mythical Symbol*. New York: Pantheon Books，1962，p.58.

在崇尚古典文化的社会风气之
下，一切都要与古希腊罗马看齐，就
连法国国王的入城庆典也要模仿罗马
帝国时期皇帝的凯旋仪式。库赞给凯
旋门上装饰的图案全是希罗神话里
的众神，他除了在拱门门楣上刻下
"Lutetia nova Pandora"，还装饰

28. After Jean Cousin: Triumphal Arch of Henry II

了一个代表巴黎城的潘多拉浮雕，她单腿下跪，挥手迎接入城而来的亨
利二世。不过，法国人把这个希腊神话故事做了一点小小的改动，他们
为潘多拉准备了两个陶瓶：一个装的全是灾祸，一个装的全是福祉。在
庆祝国王入城这样欢乐祥和的场合，潘多拉右手献上的陶瓶里，装的全
是福祉。

如此一来，再看一年后库赞画的这幅《曾是潘多拉的夏娃》，就更
容易理解其寓意。库赞画了红白两个陶瓶：潘多拉缠绕着毒蛇的左手按
住瓶盖的白色陶瓶，里面是各种灾祸；红色陶瓶与凯旋拱门上潘多拉浮
雕手中的陶瓶一模一样，那里面装的应该是诸如"希望"之类的祝福。
从红色陶瓶所处的画面中心的醒目位置来看，它应该暗喻王权至高无上，
可以为人类带来福祉，并镇住所有的天灾人难，颇有镇灾避邪之用。按
照如此推理，这幅画就应该是库赞继续为王权唱的一首赞美歌。

无论结论是否正确，正因为此画充满诸多隐喻，有无限的解读可能，
才能吸引观众饶有兴味地对它展开如此多的研究，历经几百年依然孜孜
不倦。

4.5 美惠三女神（Three Graces）

　　古希腊神话中的美惠三女神是维纳斯的侍女，她们体态优雅美丽，性格温柔谦和。根据赫西俄德在《神谱》中的记载，她们分别是光辉女神阿格莱娅（Aglaia）、欢乐女神欧佛洛绪涅（Euphrosyne）和激励女神塔利亚（Talia）。三人分别代表妩媚、优雅和美丽这三种品质。出现在早期壁画和瓶画中的美惠三女神，非常容易辨识，三人总是娉婷而立，或翩翩起舞，或驻足凝思。她们的舞蹈与酒神的舞蹈不同，她们是有节制的、理性的舞蹈，只在阿波罗的七弦琴伴奏中踩着节奏起舞，从不会随意狂欢。她们总是旁边的两人正面画外观众，中间的那位则背面朝外，侧脸迎向观众，这一形象被文艺复兴以降的艺术家反复描摹，传为经典，沿袭至今。

　　美惠三女神虽然有固定不变的形象，但在不同时期，她们被赋予不同的寓意。古希腊时期，她们象征世间一切美好的事物，表达出希腊人对美好生活的一种向往。由于希腊人的社会建立在施恩和报恩的基础上，他们把所有的获得都视为一种神的"恩赐"，受恩的人应该报答恩主。作为维纳斯的随从，爱神走到哪里，她们就为哪里带来欢愉，而能够得到生命的欢愉即是从神灵处获得的最大恩赐。古罗马哲学家塞内加

(Seneca) 在《论恩惠》中，将她们描绘成微笑的少女，分别代表"恩惠"的三个方面，即施恩、受恩和报恩。15 世纪的佛罗伦萨人文主义哲学家从恩惠的循环中看到爱的循环，纷纷视她们为情爱的三个阶段：男女因彼此的美而吸引、爱欲在心中升腾和最后爱欲得到满足。再后来，佛罗伦萨地区的男子将她们视为已婚女子应该具备的女性美的典范，认为形体美与灵魂美以及高尚的品德三者密不可分，她们成为"圣洁""美"和"爱"（Chastity， Beauty and Love）的化身，从而受到人们的喜爱和推崇，也激励着历代艺术家的创作欲望。

　　意大利文艺复兴时期著名的画家拉斐尔（Raphael，1483—1520），在锡耶那教堂里发现一组古罗马时期的美惠女神雕像，他从这座老旧的大理石像上获取灵感，在长宽尺寸仅为 17 厘米的小幅画布上创作出他的《美惠三女神》。拉斐尔开始其创作时年仅 17 岁，到最后完工之时也不过 20 岁出头，这是拉斐尔第一次尝试从正面和背面刻画女性人体。画中三人如同亲密的姐妹一般手搭肩膀。"圣洁"女神站在最左边，她的装扮最朴素，身上没有佩戴任何饰品，只有一条轻纱缠绕胯间；"爱欲"女神站在最右边，她容貌精致，戴着一条醒目的红色珠链。"爱欲"与"圣洁"本是一组含义相反的词，画里的两位女神也各自扭头望向一边，像词义一样正反相悖。然而她们又因正中间的另一位美神而协调联结在一起。"爱欲"与"圣洁"同为美的两个因素。三人的手交错搭肩，形成一组矛盾对立却又辩证统一的关系。作为维纳斯的随从，她们此时微微额首望向手中的金苹果，金苹果也是维纳斯的象征，一切都寓意着在朴素、宁静的"圣洁"与华丽、热情的"爱欲"相融中，爱的觉醒和"美"的诞生。

　　不难看出，画中人物拙朴的表现手法与拉斐尔后期纤细精美的风格有很大区别，但她们极其写实，人体结构准确，有着同样朴实优雅的古典美，显示出拉斐尔一以贯之的艺术精髓。从这幅画开始，年轻的拉斐尔开启了一辈子追求美、表现美的旅程。

美惠三女神　拉斐尔（孔戴博物馆，尚蒂伊）

4.6 摩伊莱（Moirai）——命运三女神

古希腊人有强烈的宿命感，他们相信无人能抗拒命运的力量，所有人的生老病死皆由命运三女神司掌。她们是"黑暗的女儿"，分别名为克罗托（Clotho）、拉克西斯（Lachesis）和阿特洛波斯（Atropos）的三位女神，合称摩伊莱三姐妹。荷马、赫西俄德和维吉尔的诗歌中都对她们有过描述：年龄最小的克罗托手持纺锤，负责掌管未来和纺织生命之线 [她的名字 Clotho 是"纺织者"的意思，也是英语单词"cloth"（布）的词根]；二姐拉克西斯手握缠线球，她负责丈量生命之线，由此决定一个人生命的长短；大姐阿特洛波斯公正且心思缜密，她手持剪刀，掌管死亡，可以随时剪断生命之线。她们三姐妹一起共同决定着人类的命运，即使众神之神的宙斯也无法干涉她们的安排，从德尔斐的阿波罗神庙里供奉着主管生与死的女神这一点，就可见她们的威力之大，连天神都对她们忌惮三分。

虽然她们有无上的神威，但是她们一直是希腊神话里最神秘的形象，很少有与她们相关的故事，更鲜有出现在艺术作品中。因为命运的深不可测和不可抗拒，没有人歌颂她们，人们对她们充满恐惧与敬畏。出现在艺术作品中的命运三女神通常都是不讨人喜欢、相貌丑陋的老妇人形象。

命运三女神　戈雅（1820—1823 年间，123×266 cm，普拉多美术馆，马德里）

　　西班牙画家弗朗西斯科·何塞·德·戈雅（Francisco José de Goya，1746—1828）的《命运女神》亦不例外。整个画面里，只有赭色和黑色两种色调，阴沉晦暗如世界末日，揭示出故事发生在漆黑的夜晚。靠近画面右侧的位置出现了四个诡异的人物。最左边的是克罗托，她手中的纺锤线被戈雅换成了一个人偶（也有学者认为是一个新生的婴儿，总之这象征着人的生命），寓意为克罗托在制造生命；她旁边的拉克西斯拿着一柄放大镜，正透过镜片审视和丈量细若游丝的纺线，她象征时间，因为她能根据手中线的长短决定人生命的长短；背对着画外观众的那位是阿特洛波斯，她手执剪刀，正欲剪掉象征人生命的纺线。唯一正面对着观众的是一个双手被反绑的凡人，他寓意着人类的软弱。在面对命运时，人完全无能为力，只能束手就擒。这四个悬空飘浮的人面目都奇丑无比，整幅画给人一种荒诞且恐怖的压抑感。

　　出于什么样的原因，让画家创作出如此令人不安的作品一直是个不解之谜。这幅画的创作最早始于 1820 年，此时的戈雅已经是年逾 74 岁的老人。关于戈雅晚年生活的记录很少，所以学者只能从画家的个人经历和他所处年代的社会背景来猜测并推断其创作动机。

　　戈雅的一生跌宕起伏，人生际遇的巨大反差促成他晚年郁郁寡欢的悲观情绪。他的前半生一直顺风顺水，到 40 岁时，已是西班牙皇室的御用宫廷画师、圣费南多皇家美术学院的院长。他的作品轻快明亮，颇受众人追捧。一时间，无数贵族名流争相找他画肖像，他频频出入光鲜豪华的住所，享受着成功带来的富足优渥的生活。然而自 46 岁开始，命运女神仿佛开始对他展开无尽的捉弄。一场至今仍不明就里的重病使他一度徘徊在生死边缘。后来虽然康复，但他的身体从此羸弱不堪，时不时地旧病复发，而且耳朵变聋。双耳失聪的打击再加上后来小女儿的死，几乎使他崩溃疯癫。他的情绪变得极不稳定，时而暴躁，时而沮丧。而这一时期，法国大革命之后的欧洲风起云涌，政局动荡不稳。随后，拿破仑趁着西班牙的政权交替混乱之时大举入侵，血腥镇压当地的民族解放运动。好不容易赶走法国入侵者，卷土重来的波旁王朝继续将西班牙推往深渊。身为民主自由派成员的戈雅原本还曾对新继位的国王抱有幻想，希望他能在国内带来一场政治和宗教的大变革。但这个复辟的国王比任何前任都还要残酷冷血，他与天主教会勾结，拒绝通过《1812 年西班牙宪法》。而且利用西班牙的宗教裁判法庭继续对异端进行残虐的审问，大批无辜的民众惨遭杀戮。所有这一切让戈雅身心俱疲，失望至极。他在亲历战争的残酷，受尽磨难后对人性持完全悲观绝望的态度。

　　1820 年，步入风烛残年的戈雅在妻子死后，搬到马德里郊外一所被称为"聋人之家"[1]的双层别墅里生活。他茕茕孑立、形单影只,独自一人面对病痛和日渐逼近的死亡,其内心的孤独与恐惧感可想而知。在之后的四年时间里,他从公众视野里彻底淡去,终日待在房子里紧闭大门画画。戈雅在两层楼的房屋墙壁上共完成了 15 幅"黑色绘画"(Black Paintings)[2],这些巨型壁画里全是面容扭曲狰狞的女巫、恶魔、幽灵和鬼魂,充斥着吃人、打斗、虐杀的暴力和血腥场面,其惊悚程度让人不敢直视。《命运女神》即是其中一幅,也许画中的男子正是戈雅本人面对无常命运时一筹莫展的真实写照。

"黑色绘画"并非受雇主之托所画,戈雅肯定也没打算向公众展示它们,因为他没有留下只言片语,甚至从未向任何人提及。它们没有使用画布,而是用油画颜料直接画在石灰泥的墙壁上。很显然,戈雅没想过要把它们带走,它们不是为了给别人观赏,而完全是画家为自己所画。这组画在戈雅死后,一直被隐藏起来,长达半个世纪都不为人知,成为艺术史上最神秘的作品之一。

无论戈雅是出于个人际遇的落魄,还是对社会现实的不满,有一点可以肯定的是他通过绘画发泄心中负面的情绪,用艺术展开自我疗愈。面对不断复发的病痛和静候门外的死神,他把恐惧与烦躁不安统统宣泄在"黑色绘画"中,为那些畸形可怖的幻象找到了出口。通过画这些残

---

[1] 由于上一个住户是聋人,所以这所房子一直被人称为"聋人之家"(La Quinta del Sordo)。戈雅搬进"聋人之家"时,也因疾病完全失聪,这一点充满戏剧性的巧合。

[2] 这组画得名于其阴郁的主题和黑色的大量使用,展现了对疯癫的恐惧与人性阴暗面的一角。组画一共 15 幅,1874 年由一位法国银行家发现并请人将它们整体从墙壁搬移到画布上。后经收藏家捐赠给西班牙政府,如今全部陈列于马德里的普拉多美术馆。

酷且恐怖的场景，犹如动物对食物的反刍，把痛苦反复咀嚼才能最终消化掉，他的心灵平静下来，重新唤回对生的渴望。

"黑色绘画"集中代表了处于非常时期的戈雅一段独特的创作风格，虽然最晦涩难懂，却开创了一种全新的艺术形式。以《命运女神》为例，可以体现出戈雅的伟大之处，他采用新颖的构图，人物全都不在画面的中心，由此带来的失衡感颇具现代性。而且，戈雅对人性最幽暗之处展开的探索也极具先锋意识，他把绘画的可能性带到了此前无人涉足的边境，难怪后世艺术史学家将他称为"西方现代艺术之父"。

1824 年，戈雅离开"聋人之家"，将黑暗的记忆抛诸身后，在波尔多温暖明媚的阳光里实现了焕然一新的重生，从他在法国的最后一些遗作来看，他终究对于人类和人性持一种积极肯定的态度。四年后，戈雅在睡梦中与世长辞。虽然他曾被命运击倒在地，但他最终凭借艺术完成了对自己的救赎。

有胡须的狄俄尼索斯带领时序三女神
罗马复制希腊时期新阿提卡风格作品（卢浮宫，巴黎）

47 亚马逊女战士（Amazons）

出现在希腊神话中的亚马逊部族是一支完全由女人组成的、未开化的蛮族。她们金发碧眼、身材魁梧，常年居住在小亚细亚半岛一带的峡谷和森林里。她们自称为战神马尔斯的后代，个个能骑擅射、争强好战，以英勇无畏的女战士形象著名。信奉女权至上的亚马逊部族沿袭着母系社会的一整套习俗。虽然部落内部不允许男人进入，但为了繁衍人口，她们每年会定期到高加索的男性部落去交配生育。所有的新生婴儿只有女孩能留下，男孩将全部被杀死或送走。女孩从小就要接受长辈们严格的军事训练和生存训练。在遵守"优胜劣汰"丛林法则的荒野里，她们经受自然界霜刀冰剑的洗礼，成长为勇猛的战士。

希腊神话里，曾有三位英雄战胜过亚马逊人的女首领。大力士赫拉克勒斯不朽的十二伟绩之一即是打败亚马逊女王希波吕忒（Hippolyta），夺取她的金腰带；杀死牛首怪物米诺陶洛斯的英雄——雅典国王忒修斯，不费一兵一卒，让亚马逊女王安提奥珀（Antiope）爱上了他，并抛弃族人跟随他来到雅典。因为忒修斯拐走她们的女王，亚马逊人迅速组织起一支强大的军队攻打雅典。安提奥珀面对亲人与爱人的厮杀痛心不已，在混乱的战场上被流剑刺伤，最后客死异乡；在荷马描绘的特洛伊战争

受伤的亚马逊女战士　弗朗茨·冯·施图克 (1904 年，64.8×76.2cm，哈佛大学，剑桥)

中，另一位亚马逊女王彭忒西勒亚（Penthesilea）带领 12 位女战士支援特洛伊人，她们斩杀多位希腊大将，眼看就要带领特洛伊人把希腊军队全部歼灭。希腊大英雄阿喀琉斯赶到战场与彭忒西勒亚交战。女王久战不敌，被刺身亡。就在阿喀琉斯摘下她的头盔时，戏剧性的一幕发生了。阿喀琉斯一看到女王美丽的遗容，为她大无畏的精神所感动，竟然无可救药地爱上了她。这些故事从另一个角度反映出强健的亚马逊女战士柔情妩媚的一面，她们并非冷血无情的杀人机器，她们也是一群有情有义、敢爱敢恨的女人。

很多画家钟情于描绘这群神秘的亚马逊女人，作品多为她们与敌人征战厮杀的场景。德国画家弗朗茨·冯·施图克（Franz von Stuck，1863—1928）也是众多关注此题材的艺术家之一。1904 年，他描绘了亚马逊女战士与人头马（Centaurs）之间的战役。画中的场景并非来自任何古典神话的文字描述，那是施图克让女模特在画室中摆好造型，拍成相片，根据相片创作出受伤的亚马逊女战士坚持作战的英姿。画中的女战士左手执鲜红的盾牌抵挡敌人的进攻，右手护着受伤流血的右乳。据说为了方便拉弓射击或投掷标枪，亚马逊女战士通常会在成年之时割去右乳。

施图克喜欢从古典神话、圣经故事和欧洲的民间传说中寻找创作灵感。 1893 年，施图克作为慕尼黑分离派 [1] 的创始人，第一次将女战神雅典娜画到画派展览的海报上。从那以后，孔武有力的神话女战士就频繁地出现在他的作品中，成为德国新艺术运动的象征之一。他先后创作过三幅《受伤的亚马逊女战士》。

为了体现新艺术运动的革新精神，施图克不但从艺术风格上试图脱离传统学院的影响，而且也从完全不同的题材入手，人性幽暗深处的欲望、原罪、暴力等这些学院画家避犹不及的主题，成为他的最爱。

---

[1] 分离派是 19 世纪末欧洲青年艺术家开创的新的艺术流派，主要由慕尼黑分离派、维也纳分离派、柏林分离派和斯图加特分离派构成。这个流派的画家艺术风格各异，但他们都一致反对学院派旧艺术，主张创新，追求表现功能的"实用性"和"合理性"。他们既强调在艺术风格上发扬个性，又注重探索与现代生活的结合，形成了在绘画、装饰艺术和建筑设计上有过影响的新艺术流派。其中维也纳分离派的代表人物是被誉为"奥地利最伟大画家"的克里姆特（Gustav Klimt）。

　　然而，令施图克万万没有料想到的是，他的画会在日后获得一个可怕人物的赏识与认同。施图克于 1928 年去世，此时的德国，作为第一次世界大战的战败国，被迫向英、法、美三国低头妥协，割地赔款，尊严扫地。自认为是欧洲最优秀的日耳曼民族，迫切地需要有人带领他们走出战败的阴霾，恢复民族自信。1934 年，野心勃勃的纳粹头子希特勒在全民公投中获得 90% 的票数支持，当选为德国总统。他很擅长把音乐、绘画和电影等文艺作品用于政治宣传，鼓吹自己政权的合法性，增强群众的凝聚力。施图克曾于 1889 年（希特勒出生之年）创作过一幅作品，描绘众神之神奥丁（Wotan），从阴森的地下集结暗黑势力，卷土袭来。此画被希特勒一眼相中，他认为自己的长相与画中的神王非常接近，于是让理发师按照神王的胡须样式剃了标志性的板刷小胡子，从此认定自己是上天选派的人物，来到人间领导德国人重振昔日的雄威。

　　施图克的许多其他画作也颇受希特勒青睐，它们被视为德国人强力意志的表达。施图克笔下的亚马逊女战士形象正好契合了希特勒心目中理想的雅利安女性——高大、健壮、金发碧眼。她们不但拥有强健的体魄，而且具有魅惑人心的性格，她们浑身上下散发着一种与男性抗衡的危险力量，这正是让希特勒着迷不已的力量型女子。

　　如果施图克地下有灵，知道自己的画被纳粹的杀人大魔头利用，不知会不会一怒之下，气得从阴曹地府爬出来声讨他。

4.8 阿塔兰忒（Atalanta）

阿塔兰忒的父亲伊阿索斯国王一直想要一个儿子继承王位，所以当他看到出生的是一个女婴，立即恼怒地将她遗弃山中，任其自生自灭。山中的母熊将可怜的女婴叼回洞穴喂养，喝着熊奶长大的阿塔兰忒从小就力大无穷、健步如飞，像个真正的"熊孩子"一样在山野里快乐成长。后来一群猎人发现了这个皮肤黝黑却美丽健壮的女孩，他们将她带回村子。有神谕警告她说，婚姻可能毁掉她的幸福。因此，她刻意避开有男人的场合，一门心思在山林里打猎，成为一名优秀的猎人。她追随狩猎女神狄安娜，并发誓终身不嫁。她的名字来源于希腊文"Atalantos"，意思是"同样的重量"。在一个重男轻女的年代，阿塔兰忒却认为女性和男性的能力颉颃，不相上下。她希望与男性拥有同样的地位，因此她在各个方面都表现非常突出，可谓女权运动的鼻祖。

在一次集体围剿卡吕冬野猪的狩猎活动中，阿塔兰忒的勇猛远远超过了和她一起狩猎的男人。她从一众猎人当中脱颖而出，连前来观看围猎的伊阿索斯国王都对她刮目相看。国王认出这个优秀的女猎手是自己当年抛弃掉的女儿。国王带着女儿回到皇宫，希望她能尽快结婚生子。对婚姻和男人没有兴趣的阿塔兰忒不愿忤逆父亲，只好宣布将公开举行赛跑比赛，在比赛中获胜的求婚者，才能与她结婚，输了就得被杀死。
阿塔兰忒是远近闻名的飞毛腿，除了大英雄赫拉克勒斯，全希腊没人跑
得过她。一拨又一拨的挑战者在比赛后丢掉性命，但是如此苛刻的条件
依然没能吓退一个名叫希波墨涅斯的美少年。奥维德在《变形记》中曾
有这样一段描述，记录下希波墨涅斯眼中的阿塔兰忒："她（阿塔兰忒）
在跑的时候，显得特别美。她齐到脚面的长袍迎着风向后飘荡，头发披
在雪白的肩上，光彩夺目的腰带在膝盖前飘舞，在那洁白的少女的身体
上泛出红晕，正像太阳透过紫红帘幕照在白玉的大厅上的颜色一样。"[1]
希波墨涅斯被阿塔兰忒的美貌彻底征服，决心克服万难迎娶她。他向爱
神维纳斯默默祈祷，祈求女神保佑他赢得比赛。希波墨涅斯的一片深情
感动了爱神，她从塞浦路斯岛上的神庙中摘取了三个金苹果[2]送给他，
并告诉他如何使用它们。

　　比赛当天，随着哨音一响，阿塔兰忒和希波墨涅斯两人如离弦之箭
一般冲出起点。希波墨涅斯拼尽全身力气往前狂奔，依然不敌矫健的阿
塔兰忒，就在阿塔兰忒快要冲到前面时，他赶紧朝赛道旁扔出一颗金苹果。
阿塔兰忒抵制不住金苹果的诱惑，就在她俯身拾捡的当儿，希波墨涅斯
趁机越过她领先。等到阿塔兰忒慢慢追赶上他，小伙子再次扔出第二个
金苹果，阿塔兰忒又忍不住停下脚步去捡。距离比赛终点还有最后一段
赛程时，希波墨涅斯眼看着阿塔兰忒马上又要超过自己，只得抛出最后

[1] 选自奥维德著，杨周翰译，《变形记》，北京：人民文学出版社，2000 年 12 月。
[2] 古代希腊曾有过三个与金苹果有关的神话：1. 阿塔兰忒与希波墨涅斯赛跑；2. 赫拉
克勒斯的第十一项任务，从希斯皮里德花园中取回金苹果；3. 三位女神为争夺刻有"世
界上最美女人"的金苹果而引发纷争，最终导致特洛伊战争的爆发。金苹果成为爱情、
智慧、长生不老、诱惑、欲望、原罪的象征。世俗艺术还用它指代爱欲与性欲。

阿塔兰忒与希波墨涅斯　尼古拉·克隆贝尔

（1680年，141×127 cm，列支敦士登博物馆，维也纳）

一颗金苹果。这次他把苹果扔到远离赛道的金合欢树丛里。就在阿塔兰忒费劲地拨开草丛找寻苹果时，希波墨涅斯已经在观众的一片欢呼声中越过终点线。

　　阿塔兰忒没有食言，她和希波墨涅斯如约完婚。他们婚后出人意料地甜甜蜜蜜，恩爱有加，还生下一个儿子。希波墨涅斯陶醉在抱得美人归的喜悦当中，全然忘记应该向爱神献上表达感激的祭祀供品。维纳斯被他的忘恩负义给激怒了，她把希波墨涅斯夫妇引到众神之母西布莉（Cybele）的神庙，诱使他们犯下渎神之罪。西布莉将阿塔兰忒变成一只母狮，将希波墨涅斯变成一头公狮，套上木轭，罚这对狮子为自己驱拉战车。可怜的阿塔兰忒！神谕再次无情地得到验证。

　　在所有描述这个故事的绘画作品中，艺术家都集中于表现希波墨涅斯以金苹果为诱饵，超越阿塔兰忒的戏剧性一幕。法国画家尼古拉·克隆贝尔（Nicolas Colombel，1644—1717）亦不例外。从画中可见，他深受法国古典主义画家尼古拉·普桑（Nicolas Poussin，1594—1665）的影响。比赛场地以一片风景旖旎的郊野为背景，左上角的小爱神一手持火炬，一手拿月桂树冠，指引着希波墨涅斯向他的爱情终点跑去。画面是激情高昂的比赛场景，却透露着含蓄古朴之美，如一首田园牧歌式的抒情诗。

　　相比而言，由澳大利亚画家查尔斯·米雷尔（Charles Mireere，1890—1961）创作于1938年的《阿塔兰忒的失利》，呈现出另一种动态的力量美。这幅画是米雷尔以新古典主义手法对古希腊神话故事的诠释。画作一问世，立即荣获当年的苏曼爵士奖（Sir John Sulman Prize）[3]。米雷尔笔下的阿塔兰忒和希波墨涅斯，身材健美，全身的肌肉线条紧致清晰，他们俩同时迈开像非洲羚羊一样强健的长腿，飞速奔跑的身体呈现出交错呼应的姿势。虽然希波墨涅斯背对观众，但是从他侧身朝左下方看的姿势，依然可以判断他的目光是注视着那颗即将落地的金苹果的。他们一前一后，绷直脚背，踮着脚尖触地，那奔跑的身姿像跳跃的音符，充满了动感的韵律。希波墨涅斯的左手抛出一颗金苹果，右手握着另一颗。抛出的金苹果还没有落地，阿塔兰忒已经向前俯下身，以踮着的左脚为支点，正是在她俯身的一刹那，希波墨涅斯拔起左腿，一跃而过超越了她。

[3] 约翰·苏曼爵士奖，成立于1936年，是澳大利亚画坛目前最重要，同时也是历史最悠久的奖项。设奖种类有最佳绘画主题奖、最佳绘画风格奖、最佳壁画奖，奖金两万美元，包括油画、丙烯画、水彩画和混合媒介在内的各类画种。

跑、看、扔、俯、捡、跃这一系列的所有动作于一瞬间被凝固在画布上，虽然是新古典主义理性冷静的手法，却呈现出巴洛克绘画的动态效果。

这幅画让米雷尔一举成名，但他并没有打算继续深入古典神话的题材，转而从神话人物回到现实。他开始关注普通澳大利亚人的生活，尤其是他们从事沙滩运动的场面。他创作了大量画作，描绘人们在澳大利亚辽阔的沙滩边游泳、奔跑、打球、嬉戏……这些自由随性的人物全都如希波墨涅斯和阿塔兰忒一样拥有匀称健康的体魄。因为他的画中人物被公认为最能代表澳大利亚人形象，他的作品入选了2000年悉尼奥运会开幕式展。

许多学者曾探究米雷尔创作《阿塔兰忒的失利》一画的初衷。他们费解于像米雷尔这样一个接受古典绘画技巧训练的画家，为何热衷于描绘户外的大型运动竞技场景。而且米雷尔本人并不喜欢体育锻炼，也很少参加户外运动。朋友对他的印象是"有点个性，有点古怪，有点滑稽

阿塔兰忒的失利　米雷尔（1938年，91.6×152.6cm，新南威尔士艺术博物馆，悉尼）

幽默，看上去更像个生意人"。他的合作伙伴透露过他们作画的过程：
"我们虚构了画中的人物，偶尔会用身边的朋友来做手部和脚部的模特，但从来没有用模特来创作过完整的人物形象。"[4] 也就是说，米雷尔的人物完全是他凭空想象出来的。

还有学者认为米雷尔心目中"美"的理念和"美"的范式受到过德国人种优越论的影响。米雷尔决心离开欧洲移民到遥远的异国他乡开始新生活时，欧洲正值 20 世纪 30 年代初期，民粹主义和英雄主义抬头，德国纳粹分子在欧洲大陆四处鼓吹雅利安民族是世界上最优秀的民族，以此为借口展开对其他民族的迫害。从某种程度上看，米雷尔的确是美化了笔下的人物。除了精心刻画的主角希波墨涅斯和阿塔兰忒，就连远处轻描淡写的观众，也可以看出不论男女老少，几乎都是清一色的金发白种人，而且个个体格魁梧健壮，与纳粹推崇的"现代雅利安人"确实很相似。但如果仅仅基于对画作的表面解读和当时在德国流行的政治言论就匆匆下定论，似为不妥。如果深挖米雷尔在 1935 年移民澳大利亚前的生活背景，很难找出证据证明他赞同纳粹的种族优劣论。米雷尔出生于英国，求学于法国，第一次世界大战爆发后，他曾在法国参军加入协约国军队对抗德军，他没有理由会为纳粹的反动言论唱赞歌。

米雷尔没有给后世留下过只字片语的说明，也许他创作此画时并没有人们设想的那样有太多复杂的动机，他只不过和千百年来的艺术家一样，醉心于表现美。于是他从崇尚美的古希腊人身上获取灵感，构建出处于运动状态中，健康的人体所展现出的平衡美和力量美。

[4] Linda Slutzkin and Dinah Dysart, *Charles Meere*, Sydney: S. H. Ervin Gallery, National Trust of Aust （NSW）, 1987.

4.9 伊卡洛斯 （Icarus）

伊卡洛斯的父亲代达鲁斯 (Daedalus) 是一位有名的建筑师和雕刻家。他被克里特岛的国王米诺斯邀请到岛上，为其建造一座迷宫，用以隐藏王后与公牛通奸生下的牛首人身怪物——米诺陶洛斯。事后，为了不让家丑外扬，国王将代达鲁斯和伊卡洛斯囚困在孤岛上，任其自生自灭。聪明手巧的代达鲁斯想到了绝妙的办法逃离。他收集整理鸟儿的羽毛，用蜡和麻绳将羽毛粘结成两对翅膀，分别绑到自己和伊卡洛斯的身上。在准备飞离孤岛前，代达鲁斯告诫儿子不可飞得太高，因为太阳炽热的光芒将融化羽翼上的封蜡；也不可飞得太低，因为海水会打湿羽毛，让羽翼变得沉重无力。他让儿子跟在自己的身后，并不时地回头张望。可是，年轻气盛的伊卡洛斯并没有把父亲的话记在心上，他在天上自由畅快地飞翔，越飞越高，父亲已经远远地落在了后面。他丝毫没有意识到翅膀上的封蜡已经融化，羽毛开始纷纷飘落。最后，羽翼完全散落，伊卡洛斯徒劳地挥舞手臂，坠落到大海里。代达鲁斯眼睁睁地看着儿子从身边坠亡，绝望而又无助。他从海上找到了伊卡洛斯的尸体，悲伤地将其掩埋在岸边。埋葬伊卡洛斯的地方就是今天希腊的伊卡利亚岛。

历代艺术家从不同的角度解读伊卡洛斯的故事。有人认为他不肯听

伊卡洛斯和代达鲁斯
弗雷德里克·莱顿
(1869 年，138×107cm，
私人收藏)

从经验丰富的前辈忠告，一意孤行，个性中鲁莽、骄傲的弱点最终导致
了他的坠亡；有人则赞扬他的冒险精神，认为青年人不应该受到传统势
力（以父亲为代表）的约束，而应该勇敢地跨出日常生活的舒适区，积
极挑战自我、挑战极限。艺术家们解读故事的视角不同，所以他们描绘
故事时选取的场景也各不相同。

　　弗雷德里克·莱顿（Frederic Leighton，1830—1896）是 19 世纪英
国唯美主义画派[1]最著名的学院画家。他选取的场景是父子俩正准备背

---

[1] 唯美主义艺术形成于维多利亚时代晚期，其核心思想为：艺术的使命在于为人类
提供感观上的愉悦，不应当具有任何说教的因素，提倡"为艺术而艺术"。

上翅膀逃离克里特岛的一幕。代表着节制与理性的代达鲁斯站在儿子身旁，一边弯腰帮他整理羽翼，一边神情严肃地告诫他飞行的禁忌。这一幕会让很多人感到似曾相识。每个人年轻时，在远离家乡求学、工作的前一晚，父辈们都是这样一手帮着整理行李，一手拉着即将远行的孩子，千叮咛，万嘱咐，生怕他们独闯社会，遭遇挫折。而此刻的孩子们，一定也和画中的伊卡洛斯一样，无限渴望地仰视头上那片蓝天，迫不及待地希望挣脱束缚，自由地展翅翱翔。他哪里还有心思听父亲的絮叨。

莱顿笔下的父与子形成一组鲜明的对比：儿子身躯健美，皮肤光泽闪耀。他面容坚毅，向上高举右臂，表明他誓要征服蓝天的雄心壮志。父亲则年迈衰老，全身皮肤暗黄松弛，他恨不得用手中的红色绳索，将儿子永远牢牢系在身边。[2] 他们俩一个未经世事磨难，虽然满脸稚嫩，却充满朝气和希望；另一个佝偻身躯，被生活的重负压弯了腰，虽然阅历丰富，却唯唯诺诺，谨小慎微。通过这一对比，莱顿再次隐晦地表达出困扰人们千年的两难局面：前辈的经验、父辈的忠告，也许是人生旅途的安全带，增加行驶时的安全系数；也许会变成勒得人喘不过气的羁绊，禁锢人的思想、挫灭人的勇气。年轻人如果勇敢地追寻理想和自由，按自己想要的方式体验此生，会不会注定遭遇伊卡洛斯式的碰壁失败？

30 年后，莱顿的朋友、另一位英国画家赫伯特·詹姆斯·德拉波（Herbert James Draper, 1864—1920）针对同一个故事，在画布上倾注了他的强烈情感。德拉波是英国维多利亚时代著名的宫廷画家，1898年，他在皇家艺术学院展出《哀悼伊卡洛斯》，一举获得皇家艺术金奖。

[2] Karl Kilinski. *The Flight of Icarus through Western Art*. New York: Edwin Mellen Press, 2002.

德拉波在近 2 米高的画布上尽情挥洒他的艺术才能。他在画中完全抛弃了代达鲁斯，专注于表现伊卡洛斯坠海死去的一幕。占据整个画面一半面积的是那对精心刻画的巨大羽毛翅膀，伊卡洛斯以十字架上受难基督的姿势躺在一块礁石上。三个海中仙女环绕在他的身边，她们用凄楚哀婉的歌声，悼念这位不幸的年轻人。

　　画面色调凝重暗沉，满溢着唯美、哀伤的气息。德拉波创作此画以纪念德国滑翔机飞行员奥托·利林塔尔（Otto Lilienthal，1848—1896）。作为世界航空先驱者之一，利林塔尔设计和制造出的滑翔机，是人类为实现翱翔天空的梦想所做的最初尝试。孩童时代的利林塔尔对大自然的一切都充满好奇。那些时而掠水低飞，时而振翅云霄的鸟儿更是让他心

哀悼伊卡洛斯
赫伯特·詹姆斯·德拉波
（1898 年，183×156 cm，
泰特美术馆，伦敦）

驰神往。他执拗地认为：鸟儿能飞行，人也一定能飞起来。为了实现这一愿望，他和弟弟到处搜寻羽毛，把它们粘在薄木板上，做成一副翅膀捆在双臂上。可是，无论他们怎么用力扑打双翼，都没有办法像神话故事里的代达鲁斯和伊卡洛斯那样飞起来。利林塔尔长大后，学习了机械制造，成为一名空气动力学家。他用科学的方法模仿鸟翼，设计出多架滑翔机。在先后 2000 多次的飞行试验中，他最远的飞行纪录是 1000 米，为人类滑翔史写下辉煌的第一页。1896 年 8 月 9 日，利林塔尔驾驶的滑翔机坠毁，他在弥留之际说出最后一句话："总要有人牺牲的……"

利林塔尔作为飞行先驱者牺牲的事迹深深打动了德拉波。德拉波在改行学画画之前，是个理科生，他也曾对机械制造有过浓厚兴趣。人类渴望飞翔的愿望和飞行的危险刺激显然让德拉波倾心不已。他所处的年代正是欧洲工业革命后期，人们对于利用机械征服自然，变得越来越有信心。利林塔尔的失败并没有阻止人类探索天空的脚步。他留下的大量设计图稿和研究数据为美、英、法等国的飞机制造者们提供了宝贵的资料。1903 年 12 月 17 日，美国科学家莱特兄弟首次驾驶飞机试飞成功，正式拉开了人类翱翔蓝天的新篇章。

在巨幅画布上，德拉波把利林塔尔比作古希腊神话中敢于冒险、挑战极限的伊卡洛斯，以此缅怀悼念这位折翼蓝天的英雄。如果没有像利林塔尔这样对未知世界充满好奇心，并不懈地为此做出尝试和挑战的先驱们，人类也许只会裹足不前，不可能在各个领域取得如此众多令人瞩目的进步。他们虽然遭遇伊卡洛斯式的失败，但其精神永远鼓舞人心。

1900 年，《哀悼伊卡洛斯》被英国泰特美术馆高价收购，成为永久的馆藏珍品。

4.10 皮格马利翁（Pygmalion）

　　维纳斯从海上的泡沫中诞生，海风将她乘坐的扇贝小舟一路吹送到塞浦路斯岛。岛上居民尊奉维纳斯为爱与美的守护神，纷纷立庙祭拜，却有一些女子自认为年轻貌美，轻蔑地不愿服从女神。维纳斯一怒之下，将她们全部贬为娼妓。看到这些卖春妇的堕落行径，国王皮格马利翁失望不已，他无法再爱上任何女子，在强烈的厌女情结中，一直郁郁寡欢地过着独居生活。

　　皮格马利翁同时也是一个技艺精湛的雕塑家。既然现实中的女子如此不堪，不如自己创造一个完美女性。他拿出凿子，在一块纯白的象牙上凿出一个光洁如玉的美丽少女。皮格马利翁无可救药地爱上了自己的牙雕作品，并给"她"取名葛拉蒂亚（Galatea），意为海中仙女。他如痴如醉地日夜抚摸、亲吻那冰冷、坚硬的肌肤。等到祭祀维纳斯的节日来临，皮格马利翁带上祭品来到她的圣坛，祈求爱神赐予他一个如牙雕少女般纯洁美丽的新娘。当他回到家亲吻雕像的嘴唇时，发现"她"的嘴唇有了温度，再吻，整个身躯开始变得柔软，苍白的肌肤渐渐泛起潮红……原来是维纳斯为皮格马利翁虔诚的爱所感动，赋予了雕像生命，成全了他。

皮格马利翁和葛拉蒂亚
让－里奥·杰洛姆
(1890 年，88.9×68.6 cm，
大都会艺术博物馆，纽约)

　　皮格马利翁与葛拉蒂亚立即成婚，生儿育女，从此在塞浦路斯岛上过着幸福的生活。

　　艺术家在描绘这一故事时，多集中精力于表现故事的高潮部分，即皮格马利翁欣喜激动地看到他的牙雕少女幻化成人。在众多此题材的画作中，法国学院派艺术画家让－里奥·杰洛姆（Jean-Léon Gérôme，1824—1904）笔下的皮格马利翁最有代表性：在雕塑家凌乱的工作室里，葛拉蒂亚立在正中间的雕刻基座上，身躯从上到下渐渐注入了生机，她的双腿虽然还是坚硬的牙雕，可一点也不妨碍她扭转柔软的腰肢低头亲吻皮格马利翁。皮格马利翁身上飘扬的衣襟表明他很有可能刚刚从外面跑进来，他一定是急不可待地冲进屋，一把搂住恋人的腰与她拥吻。

杰洛姆充分利用画中的一些小细节向观众讲述故事的前因后果。墙上挂的画描绘着皮格马利翁跪在维纳斯神庙前祭拜的场景，正因为有他的虔诚祈祷，才有下一秒激动人心的激吻。肉嘟嘟的小爱神丘比特搭上弓箭瞄准两人，他一定是受母亲维纳斯所托去执行任务。然而很显然，用不着他的爱箭，这两人已经被炽烈的爱火点燃。就连墙角那两个代表古希腊悲喜剧的面具都大张着嘴，仿佛被屋里发生的戏剧性一幕惊掉了下巴。靠墙侧立着一块金属盾牌，盾牌上刻有美杜莎之头，传说中任何人只要与美杜莎对视，就会立即化为石头，而与此相反，工作室里此时正上演着牙雕化身为人的故事。杰洛姆再次用一个细节透露出神话故事的神秘性和戏剧性。

画面最夺目、最动人的依然是葛拉蒂亚与皮格马利翁激吻的背影。这并非画家第一次尝试描绘如此性感迷人的女性身体，他曾创作过大量以土耳其宫廷生活为背景的异域风情画，因画作中的众多东方裸女过于肉欲性感而遭受热议。葛拉蒂亚"如牛奶一般纯白"的肌肤在幽暗密闭的工作室里发出耀眼的光芒，她那柔韧的腰肢被皮格马利翁浑圆结实的手臂牢牢环住，手臂下是"如蜜桃一般可爱"的臀部和修长紧致的双腿。他们亲密的肢体语言无不散发着激情四射的法式浪漫。

与杰洛姆画面中充满世俗情欲的男女欢爱不同，英国的拉斐尔前派画家爱德华·伯尔尼·琼斯（Edward Burne Jones，1833—1898）画出了空灵圣洁的一幕。

　　同样也是在雕塑家的工作室里，伯尔尼·琼斯笔下的皮格马利翁，犹如一个中世纪的圣徒虔诚地跪倒在地，他抬头凝望刚刚获得生机的缪斯女神，眼中饱含爱意，这种爱摒弃了一切情色肉欲的杂念，纯粹是精神层面的敬仰与渴慕。一朵象征爱情的红玫瑰落在两人脚下。葛拉蒂亚的表情却游离而神秘，她并没有与皮格马利翁有眼神的交汇，只是目光空洞地望向别处，似乎对眼前突如其来的一切有些不知所措，更对自己来到人间的使命懵懵懂懂。

　　此画是伯尔尼·琼斯于 1878 年完成的皮格马利翁系列组画的最后一幅。他前后一共创作了两组"皮格马利翁"系列（1868—1870 年和1875—1878 年），每组四幅，分别命名为：

The Heart Desires（《心有所欲》）；

The Hand Refrains（《手为之抑》）；

The Godhead Fires（《神性燃烧》）；

The Soul Attains（《灵魂获得》）。

　　四幅画的名字就足以让人感受到画面如诗如梦的意境。作为拉斐尔前派的代表人物之一，伯尔尼·琼斯也是一个追梦人，孜孜不倦地追寻着如梦境一般的永恒之美。他喜欢把个人生活融入艺术创作，为他的梦想和信念寻找寄托。伯尔尼·琼斯曾在给朋友的信中说道："我希望通过一幅画，表现出一个美丽而浪漫的梦，它空前绝后、璀璨无比；它飘忽不定、转瞬即逝；它只存在于人的欲念之中。"[1] 在他的欲念国度里，的确有一个美丽的葛拉蒂亚让他刻骨铭心。她在现实生活中的原型是一

---

[1] Liana Girolami Cheney. *Edward Burne-Jones' Mythical Paintings—The Pygmalion of the Pre-Raphaelite Painters*. New York: Peter Lang, 2014.

位名叫玛丽亚·赞巴柯（Maria Zambaco，1843—1914）的希腊裔女子。这位集才华与美貌于一身的异域女子也是伯尔尼·琼斯最钟爱的女模特，他们俩一起经历了一场像风暴一样目眩神迷的婚外恋情。

画家与自己模特的关系从一开始就带有皮格马利翁和葛拉蒂亚的影子，因为他们是创造者和被创造者的关系。1868年，伯尔尼·琼斯以玛丽亚为模特，着手创作第一组"皮格马利翁"系列。彼时的伯尔尼·琼斯事业稳定，琐碎平静的家庭生活让他慢慢滑入"中年危机"，玛丽亚的出现，像一块巨石投在波澜不惊的湖面，激起千层涟漪。玛丽亚不但年轻美丽，而且自信、充满活力，她与伯尔尼·琼斯一样是一位才华横溢的艺术家，爱与美是他们两作品中探讨的共同主题。两人迅速坠入灵

灵魂获得 爱德华·伯尔尼·琼斯
（1875—1878 年，99×77 cm，
伯明翰城市博物馆，伯明翰）

第四章 神话中的特色人物 227

魂交汇的恋爱之中,细腻、敏感的伯尔尼·琼斯将玛丽亚比作葛拉蒂亚——皮格马利翁的终极至爱。

一边是让他中蛊着魔的希腊女神,一边是维多利亚式忠贞的妻子;一边是激情美丽的欲念,一边是家庭责任的现实,伯尔尼·琼斯左右两难,摇摆不定。最后玛丽亚以死相逼,他们俩差点一起服食鸦片自杀。英国舆论界一片哗然,纷纷指责伯尔尼·琼斯不负责任的行为。在对家人和情人的愧疚中,他终于意识到光芒璀璨的爱欲之火会灼伤现实生活中每一个与他最亲近的人。他只能选择逃离,选择回到妻女身边。那些曾经美好的回忆终将化为画布上的斑斓梦境。也只有在画布上,伯尔尼·琼斯可以从充满掣肘与束缚的现实人生中挣脱,无所顾忌地向他的葛拉蒂亚表达爱意。恋情结束后的第四年,伯尔尼·琼斯凭借对玛丽亚的追忆,创作出第二组"皮格马利翁"系列,在最后一幅《灵魂获得》中,这对恋人没有眼神的对视,因为他们的爱注定没有结局。

经过这场灵魂交汇的碰撞,伯尔尼·琼斯从此憔悴委顿。虽然他以好丈夫、好父亲的身份最终走完65岁的人生,但从留存于世的相片上看,1871年两人分手后,伯尔尼·琼斯明显地呈现出疲惫不堪的抑郁老态,悠悠岁月并没有疗愈他心底的伤痛,没有玛丽亚的人生真的从此不同。

画家不幸,画有幸,情到沧桑,境更高。伯尔尼·琼斯后期的传世经典之作中处处可见那个有着一双忧郁大眼睛的红发女子,她肤白沉静,时而是魅惑人心的女巫,时而是等待英雄解救的公主,时而又是为爱殉情的树精,但不管她如何变身,在伯尔尼·琼斯的梦境里,她都是只属于皮格马利翁的葛拉蒂亚,全然听凭他倾注爱意、创作塑形。

无论是杰洛姆肉欲层面的爱恋,还是伯尔尼·琼斯精神层面的仰慕,皮格马利翁打造出绝大部分男人的"白日梦"——凭借想象创造一个理想中纯洁无瑕的女子，她将毫无保留地爱上自己的创造者。他完全占有她，她只属于他。

如此完美的爱欲幻想在男权社会中一直以来都颇有市场。这个遥远的古典神话人物，穿越漫漫时空变成一个经典的故事原型，被戏剧、电影、电视剧不断改编上演出各种版本。故事大都有相同的桥段，在权力、经济、人生阅历、工作能力或艺术品位等各方面处于优势主导地位的男主角对弱小无助的女主角进行改造，按照他心目中的理想模样塑造女主角。最后，被改造成功的女主角爱上改造她的男主角。人们乐于见到这样皆大欢喜的大团圆结局，却很少考虑它在现实生活中的可信度和可操作性。唯有犀利如英国大文豪萧伯纳（Geroge Bernard Shaw，1856—1950），他创作的戏剧《皮格马利翁》（又译《卖花女》）对古老的神话故事有不一样的解读。剧本描写一位语言学教授与好友打赌，用六个月时间改变街头卖花女粗俗的口音和行为举止，将她打造成优雅的贵族淑女。经过严格的训练，教授将卖花女成功改造成上流社会的小姐，带着她参加舞会，受到人们的追捧。剧情结尾很出人意料，卖花女并没有爱上改造她的教授，她在得知自己只是教授与朋友一场打赌游戏的对象后，愤然离去。萧伯纳在讽刺附庸风雅的英国上流社会之余，留给观众另一个问题。被皮格马利翁创造出来的葛拉蒂亚，有谁曾走进她的内心，问过她的感受？她来到世间的唯一使命难道就只是爱上赋予她生命的那个男人吗？那样的她真的幸福快乐吗？

皮格马利翁和葛拉蒂亚 安·路易·吉罗代 – 特里奥松 (卢浮宫，巴黎)

4.11 牧神潘（Pan）

　　潘是希腊神话中的林神和牧羊神，有着非常滑稽的长相。他的头上长着一对山羊角，上半身虽然是一个健壮的男子，下半身却有一条羊尾巴和一对毛茸茸的羊蹄子。他居住在阿卡狄亚（如今的伯罗奔尼撒半岛附近的区域），终日与一群牧羊人、小仙女（Nymph）和长着羊蹄子的萨堤尔（Sartyr）厮混林间。崇尚自由的牧神潘不像其他神那样向往居住在奥林匹斯圣山，他更愿意驻守阿卡狄亚的荒野中，过着无拘无束的逍遥生活。他擅长音乐，能够用一根芦笛吹奏出动人的曲子，常常引得小仙女们驻足聆听，但是因为他相貌丑陋，谁都不敢靠近他。潘从来没能靠他的音乐赢取任何一个小仙女的芳心。

　　潘的形象在不同的历史时期区别很大。许多出土的古希腊陶器上，常会有一只像人一样直立行走的山羊，有着硕大的生殖器，那是古风时期的潘。半人半兽的潘性欲旺盛、生殖力强，据说他在每年的酒神狂欢节上，会与酒神巴克斯那一帮疯癫狂热的女侍挨个地交合。随着时间的推移，潘身上的动物性慢慢消退，逐渐带上人的相貌和特性。中世纪的天主教为了扼制异教文化，大肆妖魔化希腊神话中的众神，他们认为潘是纵欲淫乱的好色之徒（Lust），并且将他塑造成头上长角的魔鬼撒旦形象。

事实上，希腊神话中的牧神潘本性善良，性情温和，诸神都愿意和他亲近，他的名字"Pan"在希腊语中意为"全部，所有"，表示所有人都喜欢他。他虽然不擅言辞，却生性顽皮，总喜欢搞点恶作剧。他常常躲在密林深处，趁路人不备，蓦地跳出来吓得人们惊慌失措。再加上他的叫声怪异，令人毛骨悚然，由此"panic"（潘的）这个英语单词便用来指代那些引起人们"惊恐，恐慌"的事物。

潘知道自己相貌丑陋，嗓音不佳，这样的外在条件难觅芳心，他也就变得有些郁郁寡欢，带上点忧郁气质。他的所有求爱都以失败告终，流传最广的故事是他追求河神的女儿绪任克斯（Syrinx）。可惜绪任克斯是月亮女神狄安娜的追随者，发誓终身不嫁，面对潘的狂热示爱，她不惜让父亲（也有一说是她的河中姐妹）将自己变身一丛芦苇，以躲避潘的追求。潘只得望着眼前随风摇曳的芦苇，一脸惆怅。他截取几支长短不齐的芦苇，用蜡把它们胶在一起做成世界上第一把排箫，并一直沿用姑娘的名字绪任克斯（"syrinx"在希腊语里意为"笙""笛"）。从此以后，每当一阵低沉哀怨的箫声响起，那便是潘在怀念他心爱的女子。

法国画家尼古拉·普桑（Nicolas Poussin，1594—1665）用诗意的手法和巧妙的构图表现绪任克斯逃避牧神潘的求爱。在一片田园牧歌式的乡野风景中，绪任克斯惊慌失措地跑去求助父亲河神。她身后不远处有一棵树干光滑的银色大树，被两棵树皮粗砺暗沉的大树环绕，就像肤白光洁的绪任克斯正被皮肤黝黑的河神和牧神包围。爱神丘比特在潘的头上盘旋，他手中那支铅头的箭瞄准绪任克斯，蓄势待发。此时的潘正处于爱的狂热之中，哪里能料想到这场爱恋注定又是一场单相思

潘与绪任克斯　普桑
(1637— 1638 年，
106cm×82 cm，
德累斯顿大师画廊，德累斯顿)

的悲剧。如果忽略两人的面部表情，光从奔跑的姿势来看，他们同时张开的双臂和同时迈出的右脚，一前一后的呼应，看上去更像是在爱的圆舞曲中一同翩翩起舞。画面的色调古朴，光影柔和，难怪普桑在对朋友的信中写道："由于故事题材的需要，绘制此画时，我带着满腔的爱意与柔情。"[1]

[1] Maria Graham. *Memoirs of the Life of Nicholas Poussin*. London: Longman，Hurst，Rees，Orme and Brown，1820.

普桑常常将他的人物置身于宁静诗意的风景里，他本人也被认为是西方风景绘画之最。正如法国当代美术史家加利埃娜·弗朗卡斯泰尔所说："普桑崇拜自然，他的全部目的都是使自然成为日常创作的灵感源泉。"在普桑的画里，风景已经不仅仅是故事的背景，它成为画家满含真挚情感的寄托，那是他希望远离尘嚣、归隐自然的夙愿。青年时期的普桑受意大利诗人马里诺的影响，来到罗马学画。作为法国古典主义绘画的奠基人，他一生中最重要的创作期却主要在意大利。闲暇时，他常与朋友漫步罗马郊野，聊发思古幽情。他一边接受大自然对身心的滋养，一边在古老的希腊罗马神话中寻找创作题材。

罗马周围静谧的乡野风景让普桑联想到遥远的古希腊神话故事中的阿卡迪亚——它是如世外桃源一般的乐土，那里的人们无忧无虑，与世无争。以阿卡迪亚命名的自然风光反复出现在普桑的画作中，不停地表达画家对大自然的热爱和对朴素生活的向往。而作为阿卡迪亚守护神的潘也因此毫无悬念地成为普桑多幅名作中的主角。

一直渴望获取内心宁静的普桑，希望像自由自在的牧神潘一样，在大自然中过着无拘无束的生活。普桑在意大利获取了艺术上的成功后，法国国王路易十三立即高薪聘请他回巴黎担任宫廷画师。碍于情面，普桑遵旨回到阔别多年的祖国。虽然他受到国王的最高礼遇，但他完全无法适应宫廷里繁文缛节的束缚，更受不了同行的嫉妒与排挤。忍受两年后，普桑终于找到借口说要回意大利探望病中的妻子，从此挂冠而去，永远地逃离了巴黎浮华喧嚣的名利场。对于普桑而言，追随牧神潘的脚步，归隐林泉，终老在风景如画的山野之间，无疑才是最好的人生选择。

4.12 弥达斯 （Midas）

所有与弥达斯国王有关的故事，都滑稽可笑。他是古希腊神话中一个让人忍俊不禁的丑角人物。

弥达斯诞生在小亚细亚佛律癸亚（Phrygia）的王室，当他还在摇篮里的时候，神谕就显示他日后会积聚大量的财富。弥达斯当上国王后，的确比大部分人都富有，但他仍然不满足，还在渴望获得更多的财富。机会终于来临。有一天，年迈的森林之神西勒诺斯（Silenus）喝得醉醺醺，与一群羊人闯进佛律癸亚的农田里捣乱，被农民捉住，送到了国王弥达斯的宫中。弥达斯知道西勒诺斯是酒神狄俄尼索斯的义父，非但没有对他施以惩罚，反而还摆出好酒好肉设宴款待他。十天后，弥达斯亲自把西勒诺斯送还给狄俄尼索斯。酒神非常高兴看到义父平安归来，于是立即对弥达斯说，可以满足他任何一个愿望，以作答谢。

弥达斯毫不犹豫地对酒神说："请你让我把所有触到的东西都变成黄金。"

酒神苦笑一下，答应了他的请求，仿佛已经洞悉这件礼物将给他带来麻烦。

弥达斯急忙在各种东西上试验他新得到的点金术。他从橡树上折下

弥达斯的点金术
沃尔特·克莱恩
(1892 年，
26.0 cm × 38.1 cm，
英国图书馆，伦敦）

一根嫩枝，树枝果然变成了金枝。他拾起一块鹅卵石，石头也立即变成一块金子。正当他高兴之际，仆人摆上一桌丰盛的饭菜，可他一碰到面包，面包就变成硬邦邦的金块，一拿起酒杯，酒沿着喉咙往下流时，就变成溶化了的金水。仿佛这一切还不够折磨已经饥肠辘辘的弥达斯，他最心爱的小女儿跑上前来拥抱他，一下子僵在他的怀里，成了一个金人。[1]

弥达斯彻底崩溃，他仰天振臂，大声呼喊，祈求酒神消除赐予他的魔力。仁慈的酒神指引他去帕克特鲁斯（Pactolus）河里沐浴，洗涤贪婪的罪孽。又饥又渴的弥达斯赶紧跑到河边，一头钻进河里，那制造黄金的魔力立即传给河水，河边的沙砾直到今天依然金光灿烂。

弥达斯点石成金的故事后来更多地出现在童话寓言里，成为警示小孩子不能贪得无厌的反面典型。在童话书里，能找到许多与之相关的优

[1] 弥达斯的小女儿变成金人的情节在奥维德的《变形记》中并没有记叙，为后人添加。小女儿的名字叫玛丽金（Marigold），呼应了故事的戏剧性效果。

秀插画。其中最精美的当数 1892 年，英国画家沃尔特·克莱恩 （Walter Crane，1845—1915）为童书《给女孩和男孩们的童话书》[2] 所作的几幅插图。色彩清新淡雅，线条清晰流畅，具有浓郁的装饰效果，显示出克莱恩深受东方艺术，特别是浮世绘画的影响。

弥达斯受过酒神的教训之后，幡然悔悟，从此痛恨财富。他常常在森林里踯躅，追随牧神潘的脚步。但是他又一次因自己的愚蠢而受到惩罚。

一天，牧神潘用他发明的排箫为一群林中仙女吹奏乐曲。一时兴起，他竟然大言不惭地自夸可以与阿波罗的音乐媲美，还请来提摩罗斯山神做裁判，要与阿波罗比赛。阿波罗用熟练的指法拨动琴弦，美妙动听的七弦琴声立即打动了所有在场的听众。相比之下，潘的箫演奏出的音乐则显得原始且粗野。山神判定阿波罗获胜，众人一致同意。只有弥达斯一人反对，他坚持认为潘的音乐更胜一筹。阿波罗大怒，认为弥达斯不配拥有人的耳朵，罚他长出一对驴耳朵。弥达斯成了古希腊版的"有眼不识泰山"。他为自己的丑陋耳朵羞惭不已，就用布缠头把它们严严实实地包起来，只有他的理发师知道这个秘密。理发师明白如果把丑事宣扬出去，肯定会招来麻烦，但他又实在忍不住，终于在地上挖了一个小洞，对着洞口说出秘密。理发师填住洞口，一身轻松地离去。很快这块土地上长出一丛密密的芦苇。一阵风过，每一株芦苇都在迎风传送："弥达斯国王长了一对驴耳朵……"

意大利巴洛克画家安德烈亚·瓦卡洛（Andrea Vaccaro，1600—

[2] *A Wonder Book for Girls and Boys*，是美国作家霍桑（Nathaniel Hawthorne，1804—1864）于 1851 年创作的童话书，收录了包括"弥达斯点金术""帕修斯屠龙记"和"潘多拉魔盒"在内的几个古希腊神话故事。1893 年再版时，由沃尔特·克莱恩为其绘制插图。霍桑的代表作为《红字》。

国王弥达斯
安德烈亚·瓦卡洛
(1670 年，71cm×54 cm，
藏地不详)

1670）画出了长着一对驴耳朵的弥达斯那一幅自命不凡的滑稽样。这位在那不勒斯地区最著名的画家深受卡拉瓦乔的影响，将明暗对比法（Chiaroscuro）[3] 运用得淋漓尽致。他以大特写的手法，将光线聚焦在弥达斯面色苍白的脸上，一片深黑的背景和没有过多装饰的皇冠，愈发衬托出那对毛茸茸的驴耳朵丑陋异常，使弥达斯煞费苦心掩盖的秘密无处藏身。

[3] Chiaroscuro，是一种流行于文艺复兴时期的绘画方法。它通常以单一光源非常有方向性地落在主体上，导致黑暗的阴影和背景，整个场景在灯光和黑暗之间形成高度对比。

第五章

特洛伊战争相关人物

帕里斯
阿喀琉斯
尤里西斯
拉奥孔

背景知识

　　1870 年一个春寒料峭的上午，在土耳其小亚细亚半岛的郊野里，德国考古学家海因里希·谢里曼（Heinrich Schliemann，1822—1890）带领着他的考古队员一阵忙碌。突然，谢里曼在一堆瓦砾废墟中发出惊喜的呼叫，原来他发现了一片古老的城垣街道遗址，荷马史诗《伊利亚特》和《奥德赛》里描述的特洛伊古城穿越 3000 多年的漫长时空，逐渐呈现到世人面前。随后几年，他们又接连找到迈锡尼古城遗址和阿伽门农的王宫。谢里曼终于实现了他儿时的梦想，证明了历史上那场持续十年之久的特洛伊战争并非虚构。史诗中描述过的金戈铁马、疆场厮杀原来都曾经真实地存在过。

　　时间再往前推到公元前 1193 年，古希腊斯巴达王宫内觥筹交错，载歌载舞。国王墨尼劳斯（Menelaus）正在宴请特洛伊王子帕里斯。他邀出王后海伦招待来自远方的贵宾。四目对视的刹那，帕里斯与海伦一见钟情，两人相约逃出斯巴达。恼羞成怒的墨尼劳斯召集一众英雄组成十万人的希腊联军，由自己的亲哥哥、迈锡尼国王阿伽门农（Agamemnon）亲自统帅出征，厉兵秣马，攻打特洛伊城。

　　特洛伊城池牢固，再加上年轻的王子赫克托耳（Hector）骁勇善战，指挥有方，希腊军队久攻不下，与特洛伊战士拉锯对峙长达十年之久。

最后，机智的尤里西斯（Ulysses）献上木马计，让希腊士兵登上战船，假意撤兵，并故意在海滩上留下一只巨大的木马。

特洛伊人把木马当作战利品拉进城里，准备用它祭祀雅典娜女神。当夜，他们用美酒和歌舞庆祝胜利，全城人喝得酩酊大醉。藏在木马腹内的20名希腊士兵溜出来，打开城门，里应外合，一举攻陷特洛伊城。包括老国王普里阿摩斯（Priams）在内的城中所有男人全部被杀，妇女和儿童被贱卖为奴。墨尼劳斯带着海伦和掠夺的财富回到希腊，特洛伊战争就此结束。

特洛伊地处欧亚交界的水陆交通要道。狭长的达达尼尔海峡连接爱琴海和马尔马拉海，马尔马拉海又通过博斯普鲁斯海峡与黑海相连，特洛伊城正好位于爱琴海达达尼尔海峡入海口。黑海与爱琴海之间频繁的海上贸易使特洛伊的经济异常繁荣，到公元前12世纪，特洛伊已成为地中海沿岸最富有的地区。一直以来，希腊各城邦国和小亚细亚半岛各个君主对它垂涎三尺，一心想据为己有。尤其是迈锡尼人希望建立起环爱琴海同盟，由迈锡尼出任盟主。这样一来，特洛伊的利益必将受损，特洛伊人当然不会答应。控制达达尼尔海峡的制海权，独享黑海与爱琴海的贸易红利，这才是斯巴达国王墨尼劳斯伙同迈锡尼国王阿伽门农、伊塔卡国王尤里西斯和色萨利英雄阿喀琉斯等一众希腊人以海伦为借口发动战争的真实起因。但是古希腊人相信世间一切都是神的安排，他们给这场战争的起因编了个美丽的神话，赋予它动人的奇幻色彩。瞎眼诗人荷马四处流浪，收集民间流传的短歌，整理编辑出《伊利亚特》。他叙述的这场战争最初的引子仅仅是三个女神为了争夺"世界最美"的称号，大打出手，上演的一出"神仙打架，凡人遭殃"的故事。

5.1 帕里斯（Paris）

帕里斯的裁决

故事的主角特洛伊王子帕里斯出生的前夜，他的母亲梦到一团大火烧掉了整个王宫。预言家由此预示这个即将出生的婴儿将使特洛伊王国毁灭。国王和王后吓得赶紧命令侍从把刚出生的孩子抛到荒郊野岭去。山上的牧羊人拾到被遗弃的帕里斯，把他带回家当自己的孩子抚养长大。

长大后的帕里斯也成了一个牧羊人。一天，他正在伊达山上放羊，突然从天而降三个争吵不休的女人，她们是天后赫拉、智慧女神雅典娜和爱神维纳斯。三位女神刚刚参加完一场婚宴，她们在这场婚宴上闹得不欢而散，起因竟是为了纷争女神厄里斯（Eris）的一个苹果。厄里斯性格怪异，众人怕她挑起事端，没有邀请她出席宴会，结果反而惹恼了她。她不请自来，向婚庆人群抛出一颗金苹果，苹果上刻着"给最美的女人"。三位女神纷纷认为金苹果应该属于自己，于是争执不下，谁也不肯相让。宙斯不胜其烦，只好叫来信使赫尔墨斯，让他把这三个吵吵闹闹的女人带到凡间找帕里斯——世界上最美的男人，给她们裁决。

　　为了争得一个虚名，三位女神不但在帕里斯面前宽衣解带，赤裸裸地接受他的审视，还各自施展本领向他行贿。赫拉为他献上欧亚大陆国王的王冠，雅典娜给他提供智慧和战争技巧，维纳斯答应帮他娶到美艳绝伦的斯巴达王后——海伦。帕里斯毫不犹豫地把金苹果给了维纳斯，换回了海伦的爱情，还重新获得了特洛伊王子的身份。这个毫无心计的年轻牧羊人，欢天喜地地领着美人儿私奔回国，完全没有意识到一场巨大的灾难正如一片恐怖的阴云慢慢袭来。而他也因为自己的选择得罪了赫拉和雅典娜，她们俩将选择联手帮助希腊人攻打特洛伊城。帕里斯最终为自己的裁决付出了生命的代价。

　　表现"帕里斯的裁决"的绘画作品不计其数，有的画家一生甚至创作出十多幅同一主题的作品。法国洛可可画家路易－让－弗朗索瓦·拉格勒内（Louis-Jean-Francois Lagrenée，1725—1805）画出了帕里斯将金苹果递向维纳斯的瞬间。画面的构图呈"Z"字形，动感十足。宙斯的信使赫尔墨斯位于最上方，他把金苹果交给帕里斯，赶忙调头逃离现场。做裁判是个得罪人的差事，他可不想惹火上身。坐在云端的三位裸体女神很好辨认：背对观众、戴着头盔的是雅典娜，她把一身铠甲脱下来和长矛一起堆在画面最前景；中间那位是维纳斯，她已经伸出手准备接过帕里斯递上来的金苹果，丘比特趴在帕里斯的腿边，热切地注视着这一切；最远处是天后赫拉，她的神鸟孔雀显然很不满帕里斯的决定，张牙舞爪地上前啄他。拉格勒内一共画了六个人，却只能清晰地看到维纳斯和帕里斯的表情，画家把光线聚焦在他们俩身上，从两人笑逐颜开的面容上，裁决的结果一目了然。一脸尴尬的雅典娜和赫拉的表情完全被隐去或是弱化。画家运用光线的明暗达到主次分明的表达，使此画成为洛可可绘

帕里斯的裁决 拉格勒内（1758 年，藏地不详）

画中的精品。

　　拉格勒内仿佛天生就是一个画家，他从小显示出极高的绘画天分，受到良好的艺术熏陶，还在学生时代就已经是令人瞩目的明星。他是巴

黎高端艺术沙龙的常客，找他定制油画的客户络绎不绝。酷爱艺术的俄
国女皇很快注意到这个年轻有为的法国人，向他伸去橄榄枝，高薪聘请
他做自己的首席宫廷画师，后来还让他出任圣彼得堡艺术学院的院长。
拉格勒内在俄国待了两年后来到罗马，担任法国艺术学院罗马分院的院
长。最后他回到巴黎，出任卢浮宫的荣誉馆长，直到 1805 年去世。拉格
勒内和同时代的华托、布歇、弗拉戈纳尔等人一同见证了 18 世纪洛可可
艺术的最鼎盛时期。起源于法国宫廷的洛可可艺术，因其轻快、柔美和
奢华的画风倍受宫廷贵族的青睐。往来于俄国和法国的宫廷，拉格勒内

帕里斯的裁决　鲁本斯（藏地不详）

知道如何取悦恩主。他的画作主题多半是以神话故事的场景描绘上流社会男女的享乐生活，为了迎合贵族们的品位，他努力在画布上营造轻松愉悦的氛围。

拉格勒内的《帕里斯的裁决》同样有着洛可可绘画典型的欢乐明媚气息。但是，如果人们仔细观察，就会发现在画面整体的欢快基调下，有很多细节巧妙地透露出令人紧张和不安的因子：一对在雅典娜的铠甲上扑腾打架的鸽子是最明显的失和象征；帕里斯的猎狗一脸警惕，龇牙咧嘴地望向画外；赫尔墨斯仓皇离去的背影；扬蹄四散的牛群和天空中一团团厚重的乌云，不禁让人感觉到一场灾难即将来临。宙斯和赫尔墨斯都是聪明人，他们把烫手的山芋扔给帕里斯，让一个凡夫俗子去安抚三个心眼小、法力大的女神，得罪谁都将注定帕里斯的悲剧结局。帕里斯此时还陶醉在即将获得美人的喜悦之中，丝毫不知道他的欢乐将招致一个城邦的灭顶之灾。正所谓彩云易散，琉璃易碎，欢乐的时光总是转瞬即逝。拉格勒内在画中暗藏着不祥的伏笔，仿佛繁华盛世里的几点悲音。很快，与法国宫廷命运紧密相连的洛可可绘画，在波澜壮阔的大革命风云中，随着波旁王朝的覆灭和拿破仑的崛起，这种温柔甜腻、纤弱精致、烦琐矫饰的画风也迅速退出历史的舞台。

帕里斯掳走海伦

　　墨尼劳斯向希腊英雄们宣称帕里斯掳走王后，目的是激起大家的愤怒，找一个正当的理由，群起而攻之。事实上，帕里斯并没有强行掳走海伦。海伦是真心爱上了英俊的特洛伊王子，她为爱情做出了巨大的牺牲。爱神的旨意不能违背。她丢下女儿，远走他乡，忍受世人的指责。

　　海伦与帕里斯为爱私奔，致使两个城邦沦陷于战争。在历代艺术家以此为主题描绘的众多画作中，影响最深远的当数法国新古典主义画家雅克－路易·大卫的《帕里斯和海伦之恋》。1789 年 8 月，巴士底狱被攻陷后仅仅几个星期，大卫展出了这幅他最著名的神话题材作品。评论界一片哗然，谁也不曾料想如此具有革命激情的大卫，在如火如荼的法国大革命高潮阶段，刚刚收笔极富阳刚气息和英雄主义的《荷拉斯兄弟之誓》，会突然抛出一幅描绘男欢女爱的情欲绵绵之作。

　　其实，大卫一直对荷马史诗描绘的特洛伊战争感兴趣。他和 18 世纪大多数法国艺术家、思想家一样，着迷于神秘且强大的女性，她们在人类历史和文明演变过程中产生过重要的推动力。因为一个海伦，一座城池陷落了。所谓"红颜多祸水"，古今中外的男性恐怕都有相同的好奇心和窥视欲。大卫将海伦和帕里斯置身于一个私密的卧室场景，室内所有的摆设都寓意深刻。左边立柱上的爱神维纳斯雕像，手拿帕里斯给她的金苹果，作为报答，她把海伦奖给帕里斯，促成了他俩的爱情；立柱上挂着的弓和箭是帕里斯的武器，这个勇士将在特洛伊战争中，为保护自己的城邦而奋力厮杀；帕里斯手里的竖琴是太阳神阿波罗的乐器，暗示着阿波罗将是特洛伊城的保护者，同时也显示了帕里斯的身份，他不但是一个战士，还是一个歌手、一个诗人。因此，具有艺术家浪漫情怀的帕里斯会选择维纳斯许诺给他的世间最美女子——海伦，而放弃赫拉许给他的至高权力和财富，也看不上雅典娜许诺的智慧；画面最右边有一个天鹅三脚炉，海伦的父亲宙斯当年化身为天鹅与她的母亲丽达结合，这个三脚炉揭示出海伦半神半人的高贵身份。其他一些小细节，如远处的断臂女神廊柱、两人的服饰和脚上的凉鞋等，都是画家不遗余力地在微小之处表现这幅画的古希腊背景。

帕里斯和海伦之恋　雅克－路易·大卫（1789 年，146×181cm，卢浮宫，巴黎）

近看此画，海伦和帕里斯是如此美丽：两人精致白皙的脸庞因为爱情而泛着红晕，金色的卷发轻柔地垂顺肩头；如瓷器般润泽细腻的肌肤，在身后暗沉的床单映衬下，闪耀着夺目的光泽。帕里斯一手握着竖琴，一手拉着海伦的手臂，仿佛刚刚唱完一曲恋歌，急切地扭头想看恋人的反应。与帕里斯的热烈和欢乐形成对比的是海伦的表情，她羞涩地倚靠在帕里斯肩上，面容忧伤地低着头，她仿佛知道死亡与毁灭静候在他们温馨的卧室之外，因为她与帕里斯的爱情将使一座城池毁灭，无数人将因为他们俩而在战乱中流离失所。如今，英语里的"Helen of Troy"专门指"倾国倾城的红颜祸水"。她似乎承受着爱情悲剧后果产生的心理重负。人们透过青春美丽的海伦那双低垂的眼，看到的却是一丝死亡阴影。大卫通过描绘海伦，唱响一曲爱与美的挽歌，也阐释出人类所有行为不可避免的悲剧实质。世间所有美好的事物，包括爱情、艺术、城邦、人类文明以及创造它们的人，终将灰飞烟灭，终将腐朽、消逝和灭亡。

《帕里斯和海伦之恋》完工后，大卫相当满意。他在日记本中记下："我在绘画中开创了一种前所未有的风格，它完完全全是古希腊式的古典风格。我将当之无愧地享受这幅成功的杰作带给我的所有殊荣。"大卫的新风格来源于他把古典神话视为一首诗、一种哲学形式，以及一种诠释人生的表达，他在画中倾注了对人类生存问题的思索。这幅画以及大卫的其他多幅作品被法国人民当作国宝收藏于卢浮宫。想当年，16岁的大卫因为皇家绘画和雕像学院连续三年没有给他优等生奖励而差点自杀，现在他终于可以含笑九泉了。

5.2 阿喀琉斯（Achilles）

海洋女仙忒提斯（Thetis）爱上凡人英雄佩琉斯（Peleus），他们生下半人半神的儿子阿喀琉斯。命运女神告诉忒提斯，这个孩子长大后，将成为骁勇善战的勇士，他会名垂青史，但同时也会在沙场上英年早逝。为了能让儿子躲避可怕的命运，获得不死之身，忒提斯想尽各种办法，包括把他扔到天火里煅烧。最后，她抱着刚出生不久还是个婴儿的阿喀琉斯来到冥河（Styx River）边。据说，凡人一旦触碰到冥河水就会死去，而神与人结合生下的半人半神浸泡过冥河水之后可以刀枪不入，像神一样永生不死。

专门为情色小说画插图的法国画家安托雷·博雷尔（Antoine Borel，1743—1810）非常罕见地创作过一幅古典端庄的油画作品。他画出一位陷入焦虑的母亲，如何煞费苦心地想要破除神谕的诅咒，挽救自己的孩子。忒提斯双腿跪立冥河边，在侍女的搀扶下，身体奋力前倾。她拎起婴儿阿喀琉斯的左脚肿，将他倒提着浸入水中，却唯独忘记脚踵没有浸到，导致他的脚踵成为身上唯一的致命要害。从此阿喀琉斯的脚踵（Achilles' Heel）[1] 被人们用来形容一个强大事物的弱点或软肋。

[1] 也有研究者认为古典作家笔下的阿喀琉斯弱点在其脚踝（ankle），而非脚踵（heel），19 世纪的欧洲作家对古典神话进行编写和艺术加工时，改成了阿喀琉斯之踵。

忒提斯将阿喀琉斯浸入冥河水　　安托雷·博雷尔（藏地不详）

　　父亲佩琉斯把年幼的阿喀琉斯交给半人马喀戎（Chiro）拜师学艺。聪明好学的阿喀琉斯跟着喀戎学文习武，很快就掌握了骑射搏击的要领。眼见儿子一天天成长为一个健壮好斗的小伙，忒提斯却满心忧虑。她一直活在对神谕的恐惧中。当阿喀琉斯刚满 16 岁时，忒提斯预见到希腊和特洛伊之间将燃起一场战火。为了让阿喀琉斯远离战争厮杀，躲避命运的安排，忒提斯悄悄把他托付给斯库洛斯岛的国王，请求国王允许他乔装打扮成女孩混入王宫，与公主们一同生活，一同接受教育。

　　特洛伊战争果然如期爆发，希腊联军的统帅阿伽门农通过神谕得知，如果没有勇猛的阿喀琉斯助战，希腊人将无法战胜特洛伊人，于是四处派人寻找他。最后，将军尤里西斯带着一行人来到斯库洛斯岛，他听闻阿喀琉斯藏身在国王的后宫，便提出要求搜查。不过，面对满院子的后宫女眷，众人实在是分辨不出哪一个才是男儿身。尤里西斯素来以足智多谋而著称，他很快就想到一个妙招。他将一柄宝剑夹杂在一堆首饰珠宝中，一股脑地全抖落到公主侍女们脚下。

佛兰德斯画家凡·戴克（Anthony van Dyck，1599—1641）与老师鲁本斯合作画出《尤里西斯和狄俄墨得斯识破阿喀琉斯》，把尤里西斯揭穿阿喀琉斯的戏剧性一幕呈现在画面上。画中的阿喀琉斯肤白唇红、容貌清秀，身穿一条红裙立于画面中央。单从外表看，除了那一双壮硕的胳臂和手，他和公主们并没有什么区别。然而，后宫的其他女眷都盯着散落地上的珠宝首饰，纷纷俯首拾取，唯独阿喀琉斯拾起宝剑左右挥舞，尚武的天性使他的身份顿时暴露无遗。从这幅画可以看出，作为鲁本斯最欣赏的弟子，凡·戴克毫无疑问地从老师那里研习到巴洛克绘画最显著的特点：动感的韵律和华丽的色彩。画中 11 个人物表情神态各异，倒三角形的构图增加了画面的不稳定性，强化出一种剑拔弩张的紧张气氛。凡·戴克还通过色彩的对比，让红裙的阿喀琉斯跳到聚光灯下，突出其主角地位。

虽然凡·戴克对鲁本斯非常敬重，但他们俩合作时，他并没有不假思索地一味照搬老师，他在努力保持自己独特的个人风格。正如画中尤里西斯伸出一只大手按住激动兴奋的阿喀琉斯，与鲁本斯激情四溢的夸张画风相比，凡·戴克多了一些引而不发的谨慎与节制，使得画面收放自如，张弛有度。

最后，被识破身份的阿喀琉斯只得跟着尤里西斯加入希腊联军的队伍，踏上征讨特洛伊的旅程。一路上，凭着刀枪不入的身体和英勇无畏的气概，阿喀琉斯所向披靡，战无不胜。作为希腊联军的主要将领，他击败特洛伊王子赫克托耳，杀死协助特洛伊人的亚马逊部落女首领彭忒西勒亚，帮助希腊人扭转了失利的局势，鼓舞了军队的斗志。只要阿喀琉斯一上战场，特洛伊人无不惊惧忌惮。不过，特洛伊战争中的交战双方各有神灵相助。暗中支持特洛伊人的阿波罗向帕里斯透露了阿喀琉斯身上的致命弱点，帕里斯搭弓瞄准他的脚踵，一箭射出，正中要害。希

尤里西斯和狄俄墨得斯识破阿喀琉斯　鲁本斯与凡·戴克
（1617—1618 年，248.5×269.5 cm，普拉多博物馆，马德里）

腊人为阿喀琉斯举行了隆重的火葬仪式，一代英雄至此光荣谢幕。

　　阿喀琉斯终究没能逃脱他的母亲忒提斯煞费苦心帮他躲避的厄运。回望他短暂的人生，没有浸入冥河水的脚踵只是导致他丧命的一个表象原因，真正的原因是他性格中的弱点：固执和残暴。杀死赫克托耳后，他不听手下将领的劝阻，一意孤行将对手的尸体钉在战车上，绕城三圈，如此残忍的虐尸行为引起众神公愤，最后引来阿波罗对他的惩罚。但同时他又有对朋友的忠诚，对恋人的温柔，对老者的同情，他并非一个性格单一、模式化的扁平人物，他的性格有如钻石的不同切面，每一面都闪耀着极致的光芒。正因为多面的性格和丰沛的情感，使他成为特洛伊战争里，给人留下最深刻印象的英雄人物，也成为艺术家孜孜不倦乐于描绘的对象。

　　这位古希腊神话中光彩夺目的英雄深深地吸引着奥匈帝国一位著名的皇后——伊丽莎白女公爵（她更为人们所熟知的名字是茜茜公主）。她以阿喀琉斯命名了自己最心爱的一座行宫。茜茜第一次受邀参观希腊的科孚岛时，就对爱奥尼亚海上这座美丽的小岛一见倾心，她决定在俯瞰海湾的小山上修建一座夏宫，作为度假之地。1888 年，她亲自选址并参与设计，紧接着发生的一个事件加速了宫殿的修建完工。次年 1 月，茜茜的独子鲁道夫[2]，即奥匈帝国唯一的王储饮弹自杀。为了遣怀伤痛，茜茜远走维也纳，把科孚岛上的夏宫作为遗忘过去的避难所。也许是因

[2] 鲁道夫·弗兰茨·卡尔·约瑟夫（Rudolf Franz Karl Joseph，1858—1889），奥匈帝国皇帝弗兰茨·约瑟夫一世和茜茜公主的独子，奥匈帝国的继承人。受自由主义思想的影响，鲁道夫不愿忍受皇室安排的婚姻，与情妇在维也纳郊外的狩猎小屋中双双殉情自杀。皇帝改立侄子弗朗茨·斐迪南大公为王储。1914 年，斐迪南大公夫妇在萨拉热窝遇刺身亡，直接导致第一次世界大战的爆发。

阿喀琉斯的凯旋　弗朗茨·冯·马奇（阿喀琉斯宫，希腊）

为茜茜认为自己与忒提斯一样有相同的命运而惺惺相惜，在面对命运叵测时，她产生出古希腊式的悲剧宿命感，一个母亲无论多么爱自己的孩子，无论多么努力试图保护他，终究只是一场徒劳。茜茜余生再也没能从丧子之痛中走出来。向来爱美且热衷打扮的茜茜从此只穿黑色和灰色丧服，她开始离群索居，远走异乡，躲避公众的目光，以此哀悼自己作为母亲的悲伤。她把刚刚建成的行宫命名为阿喀琉斯宫（Achilleion），宫内全是希腊神话题材的艺术品，以阿喀琉斯为主题的壁画、大理石和青铜雕塑艺术品尤为显著。

　　《阿喀琉斯的凯旋》是画在阿喀琉斯宫大厅里的巨幅壁画。行宫主体建筑完工后，皇后召集各地的知名艺术家开始对行宫内部展开装饰。绘制内墙的壁画重任落到了一位奥地利画家弗朗茨·冯·马奇（Franz von Matsch，1861—1942）肩上。马奇于1861年出生于维也纳，成年后考入一所艺术学院学习绘画，十载寒窗，最终成为一名优秀的职业画家。

他主要接受教会和贵族的资助，为大型建筑绘制壁画。1892 年，他接到一份特殊的委托。哈布斯堡王朝的皇后请他在科孚岛上为阿喀琉斯行宫大厅绘制一幅巨型壁画。按照皇后的要求，他画出希腊大英雄阿喀琉斯拖着特洛伊王子赫克托耳的尸体，穿过特洛伊城门。马奇巧妙地利用光影对比，营造出画面纵深的立体效果。同时也借鉴了巴洛克艺术的技巧，精准地捕捉到处于高速运动中物体的动态。战车前两匹黑马的鬃毛随风飘扬，奔跑的马蹄一路扬起灰尘，给人呼之欲出的动感。画中的阿喀琉斯驾驶战车，意气风发，右手高举赫克拖耳的头盔，标志着希腊人凯旋，他带领身后的希腊军队，呼啸杀入特洛伊城。

画作完工后，茜茜非常满意。不知她独自一人伫立大厅，抬头凝望这幅壁画时，从那宏伟壮观的远古沙场上，从出师未捷身先死的英雄阿喀琉斯的英姿中，是否会想起自己那还未登上皇位就已殉情而死的儿子，是否也会在轻声叹息中为他寄上一片哀思。

5.3 尤里西斯（Ulysses）

尤里西斯和瑟茜（Circe）

尤里西斯以机智、狡黠，甚至有些阴险的形象出现在古希腊神话中。希腊联军围攻特洛伊城十年，久攻不下。最终依靠尤里西斯的木马计拿下城池，结束了这场旷日持久的苦战。战争结束，离家在外的希腊英雄们终于可以踏上回家的路。尤里西斯的希腊名字是奥德修斯（Odysseus），荷马根据尤里西斯漫漫回家之旅写下《奥德赛》（Odyssey），专门记录这个希腊英雄航海归途中经历的 13 次大劫难。

根据荷马史诗第六本记载：太阳神赫利俄斯（Helios）的女儿瑟茜，拥有可怕的魔力，可以随心所欲地把人变成各种动物。她居住在埃阿亚岛上一座宏伟的宫殿里，屋子四周环绕着浓密的森林。狮子、老虎、狼等各种凶猛的野兽在宫殿里逍遥漫步，它们原本是人，都被女巫瑟茜施了巫术。尤里西斯的船一来到埃阿亚岛，瑟茜立刻邀请他们进宫用餐。除了尤里西斯，所有船员如约赴宴。餐桌上的一切都是那么诱人：奶酪、烤肉、蜂蜜，还有被瑟茜施过魔法的葡萄酒。长期饥一顿、饱一顿的船员，此时哪里经得住诱惑，纷纷大快朵颐，开怀畅饮。但凡喝了魔酒的人马上变成了猪。只有大副欧律洛科斯长了个心眼，没有喝酒。他溜回船上向尤里西斯通风报信。尤里西斯匆匆赶去救人，途中碰到雅典娜派来帮助他的赫尔墨斯。吃下赫尔墨斯送的解毒药草，尤里西斯可以不受瑟茜的魔力控制。他与女巫正面交锋，不但说服她把船员全部变回人身，还成功地扭转局势，让她爱上了自己。他们两在岛上度过了非常快乐的一年，但是尤里西斯始终无法忘记还在家乡等着他的妻子佩里洛普，执意要启航归家，瑟茜只好与他依依惜别。

由于涉及航海、冒险、巫术和色诱等刺激人神经的话题，瑟茜与尤里西斯的神话故事一直很受艺术家喜爱。虽然希腊原文中只有几十行字描述，但瑟茜给了人们无穷的想象空间。波士顿艺术博物馆馆藏珍品中，一个公元前600多年的黑色酒杯上，记录着瑟茜向尤里西斯敬酒的最早图像。在两千多年的悠悠岁月中，不同时期、不同流派的艺术家反复描绘他们俩的奇遇。英国画家约翰·沃特豪斯（John William Waterhouse，1849—1917）画出了最令人难忘的瑟茜。沃特豪斯的构图与传统的瑟茜神话不同。他没有把重心放在被瑟茜变成动物的随从身上，也没有着力于描绘她与尤里西斯的交锋。他的整个画面都是瑟茜，只在她身后的镜中倒影里能看到尤里西斯为她的美艳和王后般高贵的气质所折服的样子。

同时，沃特豪斯也让观众和尤里西斯一样，一看到眼前尊贵的瑟茜，不由自主地像受到磁石引力作用般被她深深吸引。瑟茜的宫殿里，一簇簇枯萎的紫丁香凌乱地散落地上，丑陋的癞蛤蟆穿行其间，由船员变成的黑猪悠闲懒散地围在她脚边。三脚香炉上焚烧着异域的香料，青烟缭绕。这是一个充满神秘魔力的地方。端坐黄金宝座的瑟茜仰头俯视来访者，她一手端着盛满魔酒的酒杯，一手高举魔杖，向尤里西斯展示她的绝对

瑟茜把酒杯给尤利西斯　约翰·沃特豪斯
（奥尔德海姆艺术馆，奥尔德海姆）

权威。那一头红褐色长发披散身后，鲜艳的红唇微微张启，性感肉欲的身体在透明的长袍下若隐若现。她知道她是美丽的，她要用她的美和她的威仪使尤里西斯屈服。从圆镜的一个小角落里可以看到尤里西斯此时的反应，他有一丝疑惑，也有一丝惊惧，左手紧紧握着剑鞘，准备随时拔出武器与女巫对决。从沃特豪斯描绘的这一个瞬间来看，瑟茜在两人的对抗中占据着绝对的优势，尤里西斯若没有提前吃下赫尔墨斯的草药，很难说他能逃脱变身成猪的命运。

　　千百年来，像瑟茜和美狄亚之类的女子，拥有超凡的魔力，神话正典把她们视为女妖或女巫，她们的故事被艺术家反复描绘，不断强化"女巫"的贬义、负面形象，反映出父权社会里，男性对拥有智慧、力量强大的女性充满着一种集体焦虑和恐惧。在现实生活中，将女性丑化为女巫并加以迫害，是男性控制和管理女性的一种手段。基督教教会一直憎恶女巫，因为巫术的魔力与基督教宣扬的神迹十分相似。神迹只能由上帝创造，女巫的存在对基督教教义产生巨大的威胁。1484 年，为了铲除异端，巩固教皇的权力和统治，教会开始实施"猎杀女巫"运动，将凡是懂制药、医术，能读书写字或是有独立思想的女性指控为女巫，称她们是魔鬼撒旦（Satan）的帮凶，并使用各种酷刑加以迫害。对女巫的指控和审判没有任何法律程序，只要有人向教会写信告密，谁都可能会莫名其妙地被冠以"女巫"称号，遭遇极刑。

　　在男权至上的中世纪，社会认可的妇女身份只有两种：要么是服从于丈夫的妻子，要么是服从于教会的修女。游离于这两个身份之外的女性最容易被诬陷为女巫，比如被人觊觎土地或财产的寡居老妇，拒绝了求婚者的年轻姑娘，遭人妒忌的美貌女子，被丈夫嫌弃的妻子……从 1480

年到 1780 年的 300 年时间里，约有十万名无辜女性被残忍杀害。18 世纪开始，欧洲各国立法禁止随意处罚女巫，女性的生命权利才获得保障。

进入 19 世纪，残害女巫的现象已经基本消失，但女性的整体地位依然很低，依然只作为男性的附庸出现，"男尊女卑"的观念根深蒂固。觉醒的女性开始努力争取与男性同等的社会地位，她们要求与男性享有相同的选举权、就业权和教育权。男性面对不断高涨的女权运动，感到自己的地位受到威胁，产生严重的不适应感。他们对于女性要求平等权利的诉求，表现出保守、不支持，甚至是抵制的态度。这种不适感是一种典型的"厌女症"（Misogyny）。

19 世纪后半叶，"厌女症"在文学和艺术界反应最明显，起源于远古时期的非常极端的"女性致命"（Femmes Fatale）之说此时卷土重来。人们认为女性为了达到自己的目的，会借助巫术施展魔力，给男性带来致命的伤害。在流行的古典神话题材作品中，女巫、妖女的绘画热潮重新兴起。[1]沃特豪斯在不同阶段画过三幅瑟茜，奠定了他一生的绘画基调：描绘神话故事里美丽而致命的女子，描绘爱情与死亡。在现实生活中，画家本人并没有与女性交恶的经历，他的婚姻生活幸福美满，波澜不惊。他选择妖女、魔女、仙女等神秘女性作为创作的题材，仅仅是时代使然。当下流行什么趋势、观众热衷于什么题材，他就投其所好画什么。沃特豪斯的画从侧面反映出上个世纪之交，在等级制度森严的英国，男权社会对于女性抗争所表现出的世态百相。

1914 年，第一次世界大战爆发，欧洲政治、经济格局的突变促使文

---

[1] Laure Adler and Elisa Lecosse. *Dangerous Women: The Perils of Muses and Femmes Fatales*. Paris: Flammarion，2009.

艺界的时尚风向标发生极大转变。人们在古典神话里氤氲而成的怀旧乡愁被炮火轰得烟消云散。一战的战火把欧洲变成令人陌生的"荒原"，人们脆弱敏感的神经变得愈加焦虑、迷惘。此时，表现人内心世界、探讨人心理意识和无意识的现代派作品成为时尚。艺术家希望通过画布表达和宣泄他们的情感，观众渴望从艺术作品中找到医治精神疾病的良药，没有人再订购美丽妖娆的女巫和魔女像挂在家中。1917 年，皇家学院派画家沃特豪斯离世，曾经流行画坛半个世纪之久的古典神话题材落下帷幕。同时，妇女解放运动暂告一个段落。战争中，男性上前线，女性开始从事司机、工人、职员、接线员等一些传统上由男性担任的工作；战后，越来越多的妇女走出家门，进入各行各业，与男性一同并肩重建家园。男性似乎暂时消除了对女性的芥蒂。

　　然而，把强大的女性妖魔化成"女巫"的心理一直暗存于男性内心。时至今日，这种心理也常常如幽灵般时隐时现，只要女性独立且拥有强大的权力就容易招来外界的恐惧和诋毁，她们不但遭到更严苛的对待，而且犯错被原谅的机会也更小。2016 年，美国总统候选人希拉里·克林顿被反对党丑化成"女巫"，报纸上出现一张图片，她被画成一个浑身绿皮肤，头戴黑帽子的巫婆；英国的前任女首相特蕾莎·梅被记者拍到一张开怀大笑的照片，立即被评论成：发出如女巫般"咯咯咯"的笑声。这种看似调侃性的报道也许无伤大雅，不值得小题大做，但人们不应该忘记，四五百年前，曾经有过一场借用猎杀女巫之名对女性展开的屠杀。希望人们对于女巫的想象仅仅限于玩笑、童话和万圣节逗小孩子开心的装扮上，永远不要再重演中世纪那场荒谬残忍的女巫迫害运动。

尤里西斯和塞壬（Siren）

尤里西斯离开埃阿亚岛时，瑟茜警告他提前做好防范措施，因为他们的船驶过西西里岛附近海域时，会碰到塞壬女妖。她们日日夜夜在礁石上唱着动人的魔歌，脚下全是森森的白骨和风干萎缩的人皮。她们婉转跌宕的歌声会把水手引入歧途，一旦船只触礁沉没，所有落水的船员将成为她们的盘中美餐。这是尤里西斯漫漫回家归途上必须经历的又一次严峻考验。尤里西斯听从瑟茜的建议，嘱咐同伴们用蜂蜡封住耳朵，但他自己好奇想听听女妖的声音到底有多美。他没有堵上耳朵，为了防

尤里西斯和塞壬　赫伯特·詹姆斯·德拉波
（1909 年，177×213.5 cm，费伦斯艺术馆，赫尔）

止意外发生，他让同伴用绳索把他牢牢地绑在桅杆上。按照事先的约定，他越是想挣脱绳索，同伴们就越要把他绑紧。做好准备后，他们驶向了西西里岛那一片吉凶叵测的海域。

　　1909 年，英国画家赫伯特·詹姆斯·德拉波（Herbert James Draper, 1864—1920）创作《尤里西斯和塞壬》，为观众呈现了尤里西斯一行人在西西里岛海域经历的无比诡谲恐怖的场面：一艘木帆船在孤寂无边的大海里飘零，波涛汹涌，狂风鼓帆。三个塞壬爬出幽蓝的海面，攀附船头的舷边，其中一个还保持着水中粼粼闪光的鱼尾，另外两个已经完全化身人形登上船头，轻盈薄纱挟裹的身体拥有致命的力量，那是一种异常危险的美丽。她们空灵的歌声在海上盘旋，引诱水手们丧智发疯，走向毁灭。尤里西斯似乎已经中蛊，两眼发空，直勾勾地瞪向天空。若不是身后的水手奋力用绳子把他系在桅杆上，他真的就要循着歌声，跳入大海。耳朵封蜡的水手们奋力划桨，希望尽快逃出生天。他们虽然听不到充满魔力的歌声，但面对如此妖娆的女妖，很难说不会受到蛊惑。船头两个水手的表情尤其生动：一个不无担心地扭头望向尤里西斯，心里暗暗祈祷，唯恐他把持不住；另一个望着面前娇俏玲珑的身体，咬紧牙关，拼命用意念抵制诱惑。

　　《尤里西斯和塞壬》诞生于英国非常特殊的历史时期，透过这幅画，人们可以对当时的社会风气以及价值取向窥见一斑。德拉波和沃特豪斯为同一时期的画家，他们都生活在 19 世纪下半叶、20 世纪初的英国，此时正是以崇尚个人道德修养而著称的维多利亚女王时期。社会风气保守，催生出许多压抑人性的严苛道德观：个人情欲犹如洪水猛兽必须严加克制，人体的某些器官不得在任何公共场所提及，妇女们的衣着必须把身体包裹得严严实实……上流社会的达官贵人们制定出各种条规节制人的正常欲念，极力粉饰一个道德假象。他们一面积极地宣扬婚前贞操的重要性和婚姻的神圣性，一面却偷偷摸摸各自婚外寻欢。许多人表面上是仁义君子，私下里却男盗女娼。在外表光鲜、彬彬有礼、一本正经的社会表层下，被压抑的人性无时无刻不在以迂回曲折的方式寻找宣泄口爆发。1858 年，根据统计数据显示，伦敦城区里年龄在 15 岁到 50 岁的未婚女子，每六个人中就有一人是妓女，数量超过 83000 人；当地的三所医院仅一年就收治了 30000 个性病患者；色情读物达到了空前惊人的地下发行量。人们把罪过全部归结到堕落的女性头上，认为她们是"罪恶的源头"。从人类的始祖夏娃开始，女性凭着她们的邪恶本质诱惑男性，成为男性堕落和毁灭的根源。许多外科医生甚至公然指出只有女性才会传染性病。因此，一个男性如果想成为体面的绅士，必须勤于克己，时时提醒自己抵御来自女性的性诱惑。

　　德拉波的美人鱼塞壬也是受到当时流行的"女性致命"一说的影响。所有神话故事中的女妖，都在艺术家们丰富的想象力之中，成为半人半兽的杂交体。她们上半身是女人身体，下半身却是各种各样让人恶心恐惧的动物（蜘蛛、蛇、狮子等），荷马的《奥德赛》里并没有关于塞壬的相貌叙述。大多数画家将她们刻画成恐怖的鸟身人头形象，德拉波的女妖却是带着唯美气息的美人鱼，他想重点突出她们的女性特征，以此强调女人对男人的性诱惑力。德拉波喜欢描绘水妖、人鱼、林中小仙女等具有灵异特质的女性，尤其热衷于画美人鱼。美人鱼是维纳斯的变体，因为她们都诞生于大海，且都极具女性魅力，只不过美人鱼的"美"是一种极度危险而且致命的"美"。他在 1894 年、1901 年、1902 年、

1908 年和 1909 年分别创作过五幅与美人鱼题材相关的作品。在这幅创作于 1909 年的《尤里西斯和塞壬》中，画家用几组对比——天空与大海、明与暗、粗砺与光洁、坚硬与柔软，展现出肌肉强健的男性与身姿曼妙的女性犹如两股对立的力量正在展开微妙却永不停歇的较量。

如今，塞壬海妖已经演变成欲望与诱惑的代名词，塞壬美丽的外表和迷人的歌声，只是为了掩盖内心的邪恶。任何听了她们的歌声受到迷惑的人，终将丧失理智。对于热爱智慧、崇尚理性的古希腊人，像塞壬这样蛊惑人心的妖孽自然需要小心提防。公元前 4 世纪的希腊作家帕拉埃法图斯曾毫不留情地把塞壬贬斥为妓女："优雅只是她们的外表，下面掩藏的尽是恶、背信弃义和死亡。"19 世纪 60 年代，英国人用"街上的塞壬"来喻指堕落为娼的失足妇女。"Siren"这个单词在现代英语里指"妖冶而危险的女人"，由此引申出"汽笛""警报"的意思，以尖锐刺耳的声音提醒人们潜在的危险。

沃特豪斯、德拉波，以及他们同时代的画家从古典神话中找到许多美丽且具有魔力和诱惑力的妖女原型，如瑟茜、塞壬、司芬克斯、美狄亚等，大肆着力于描绘她们危险的美，反映出那个年代的男性潜意识里对女性的欲念与恐惧：他们热爱这些性感的尤物，同时又惧怕她们会凌驾于自己之上，带来自我的丧失或毁灭。在爱与恨交织的矛盾中，他们只好把她们称作"女巫"和"娼妓"，希望借用社会规范使她们感到羞愧：女巫违反了女性权力方面的社会规范，娼妓违反了女性性生活方面的社会规范。这两种称呼有很多相似性，目的都是贬低女性，抬高自己，实现对女性的控制和管理。

尤里西斯最终成功逃离塞壬岛，被后人视为能够抵御诱惑的道德楷模。虔诚的基督教牧师从宗教视野解读这则神话故事，他们认为尤里西斯与塞壬的故事是基督徒的伟大胜利，因为"塞壬代表物质世界的淫乐，尤里西斯和同伴们成功地把她们抛在身后。三桅帆船象征教堂，桅杆象征十字架，是正义与道德的化身，人们只有用基督教教义全副武装起来，才能安全地航行全世界"。这种解读为了强化宗教的救赎作用，将画中每样物品找到一一对应的宗教隐喻，似乎有些牵强，倒不如佛教偈语来得直白通透，"菩提本无树，明镜亦非台。本来无一物，何处惹尘埃"。世界本无妖，妖不过是人的欲念产物，只存在于人内心的心魔。若是心无杂念，再魅惑的女妖终也无处藏身。

尤里西斯和佩里洛普（Penelope）

伊塔卡国王尤里西斯离家在外的 20 年里，他美丽的王后佩里洛普一边操持王国的政务，一边独自一人抚养儿子。特洛伊战争结束，那些在战场上和归途中幸免于难的希腊英雄先后回到故乡，只有尤里西斯还未回来。所有人都猜测他要么已经战死沙场，要么已经葬身鱼腹，纷纷劝佩里洛普改嫁，但是她执拗地坚信丈夫还活着，一定要等他凯旋。尤里西斯在外流浪的最后三年里，有 100 多个来自周围国家的王孙公子聚集到他家赖着不走，向他的妻子求婚。他们垂涎佩里洛普的财富和伊塔卡国的王位，死乞白赖地非要她选一个求婚者改嫁。佩里洛普实在是不厌其烦，只好敷衍求婚者说，她必须得先为公公织丧服，织完才能改嫁。白天，她坐在织布机前埋头织布，毫不理会窗外的求婚者为她大唱赞歌；晚上，她拿起剪子把织了一天的布全部剪断，第二天再重新开始，她与

佩里洛普与求婚者　约翰·沃特豪斯（1912 年，130×188 cm，阿伯丁艺术博物馆，苏格兰）

这些无赖巧妙地周旋直到尤里西斯回到家乡。佩里洛普（Penelope）这个单词在英语里也有"忠贞"的意思，而佩里洛普的织物（Penelope's Web）即指故意拖延，永远也做不完的工作。

很多研究荷马史诗的学者一直好奇究竟是什么强大的力量吸引着尤里西斯不顾一切地想要回家。尤里西斯曾被海洋女神卡吕普索（Calypso）救起，在她的仙岛上，与之共过了七年神仙眷侣般的生活。女神许诺尤里西斯，只要他答应留下，他就可以永生不死。美艳尊贵的瑟茜也曾竭尽全力希望尤里西斯留在她的埃阿亚岛上携老终生。但是这些温柔的臂弯都没能挽留住尤里西斯疲惫的身躯，他像受到某种召唤似的，无论在女神的仙岛上停留多久，最终都会扬帆启航，重新踏上归途。尤里西斯的人生目的就如荷马在史诗开头时所说的，"为了看到青烟从家乡的土地上袅袅升起再死去"。十年征战，十年归途。整整 20 载的海外漂泊，全凭"归家"这个简单而执着的信念支撑他克服所有的艰难险阻。妻子佩里洛普已经在尤里西斯的心中内化为"家"的一部分。回家路上遇到的卡吕普索和瑟茜与妻子相比，都只不过是过眼云烟。荷马在《奥德赛》结尾时写下感人的诗句，当尤里西斯终于可以和阔别 20 年的妻子重聚，他搂住自己忠诚的妻子，泪流不已，犹如海上漂泊的人望见渴求的陆地。

如此感人的重聚自然深深打动着热爱古典神话的英国画家约翰·沃特豪斯，他在 1912 年画下《佩里洛普与求婚者》，赞扬尤里西斯的妻子。沃特豪斯曾经画过大量古希腊神话人物，他笔下的瑟茜、美狄亚、塞壬等女巫和妖女形象都是具有攻击性、咄咄逼人的美艳女子。而佩里洛普则相反，她是机智、温柔和忠诚的化身。画中可以很明显地体现出佩里洛普对待求婚者的态度：一众热切的求婚者趴在窗台上，以各种手段施以诱惑，有的弹奏美妙的里拉琴，有的炫耀稀世的珠宝，有的献上娇艳的玫瑰，还有的浅吟低唱，诉尽相思之苦……但无论窗外上演如何精彩的求婚大戏，佩里洛普始终不为所动，她端坐画面正中央，背对所有求婚者，心无旁骛地专心织布。她和织布机旁的两个侍女正好构成一个稳定的三角形，她们以命运三女神的隐喻揭示着女性的命运：女人天生就注定是一个在家中等待的角色，等待男性的归来和拯救。

沃特豪斯画出了维多利亚时期社会期待的完美家庭妇女形象：等候丈夫归家的忠贞妻子、如鸽子般慈祥温柔的母亲。1854 年，英国诗人考文垂·帕特莫（Coventry Patmore，1823—1896）发表长诗《家中的天使》（*The Angel in the House*），高度颂扬维多利亚时代理想的中产阶级已婚妇女。她们被赋予"天使"的美称，将毕生精力都致力于为丈夫和孩子营造如天堂般温馨美好的家庭生活。[2] 帕特莫的这篇长诗后来出版成集，成为新婚之夜丈夫送给未来妻子的必备结婚礼物，此习俗一直风靡了半个多世纪。佩里洛普就是"家中的天使"，她吻合了人们对妻子这一角色的传统期待。

如果把沃特豪斯在 1891 年画的瑟茜和这幅佩里洛普一比较，可以看出她们是一组鲜明的对比：瑟茜有一头海藻般浓密的卷发（披散的长发是女性性感的象征），淡蓝色的透明纱裙，半掩半遮她摄人魂魄的身体；佩里洛普挽着齐整的发髻，身穿居家长袍，不失端庄与美丽。瑟茜坐在魔宫的宝座上，手执酒杯和魔杖，高傲地向面前的男人施展她的魅力；佩里洛普坐在家里的织布机前，专心致志地劳作，把一堆献殷勤的男人抛在身后。也许在上个世纪之交的绅士心中，女性已经被简单地划分成两类：要么是危险淫荡的妖女，要么是忠贞圣洁的天使。

[2] Helen Valentine. ed., *Art in the Age of Queen Victoria*. London: Royal Academy of Arts，1999.

5.4 拉奥孔（Laocoon）

希腊人攻打特洛伊十年，久攻不下。希腊将领尤利西斯献出"木马计"，他令人制造了一个巨大的乌木马，把一些希腊士兵藏进木马的肚子里。在又一次攻城失败后，他们留下木马，佯装撤退。特洛伊人发现了希腊人故意留在海滩上的木马，不明就里，打算把木马作为战利品搬进城，这一举动立即招来阿波罗神庙的祭司拉奥孔的阻止。他识破了尤里西斯的诡计，强烈要求特洛伊人就地将木马烧毁。暗中帮助希腊人的雅典娜女神认为拉奥孔触怒了她和众神要毁灭特洛伊城的意志，便让海神波塞冬派出两条巨蟒，将拉奥孔和他的两个儿子活活缠绕致死。

拉奥孔的悲剧一直打动着后世的艺术家。罗马的梵

拉奥孔　古希腊雕塑家阿格桑德罗斯和儿子波利佐罗斯、阿典诺多罗斯（梵蒂冈美术馆，梵蒂冈）

蒂冈美术馆里，有一组《拉奥孔》群雕，完美地再现了父子三人被巨蟒缠死时的惊心一幕，无数艺术家接踵来到意大利学习朝圣，被这组雕塑深深打动，他们由衷地感叹拉奥孔的悲剧命运。其中也包括西班牙画家埃尔·格列柯（El Greco，1541—1614）。

"El Greco"是意大利语，指"一个希腊人"，这个名字道出了格列柯前半生的大致经历。他本是出生于克里特岛的希腊人，来到意大利学习绘画技艺。在定居西班牙的托雷多之后，当地居民总是记不住他复杂拗口的希腊名，于是也沿用"埃尔·格列柯"这个名字称呼他。一代著名画家就这样以一个奇怪的名字留名青史。1610年，已经快70岁的格列柯根据早年在意大利游学时见到《拉奥孔》雕塑的记忆，开始着手创作同名油画。

格列柯的画作与雕塑一样，也希望描绘出拉奥孔父子三人惨死时的痛苦场景。霜发白髯的拉奥孔仰面跌倒在地，一条巨蟒缠绕上身，张嘴扑上去咬他的头。拉奥孔左手死死拽着巨蟒虬曲的身体，右手掐住张嘴吐信的蛇头。不过，所有的奋力挣扎终是徒劳。望着直逼头顶的利牙，拉奥孔的眼神里充满了绝望，无力地接受自己的悲剧命运。一个儿子已经气息奄奄，倒在他身旁；另一个儿子像杂耍技人般挥舞手臂，想甩开可怕的夺命之物，可惜蟒蛇已经绕过头顶，向他的腰间咬去。父子三人夸张扭曲的身体占据了整幅画三分之二的面积，画面右边仿佛是两个人体，可是仔细一看，却有三个头，五条腿。他们是谁，人们不得而知。因为格列柯一直到死都没有完成此画，有人认为其中两个是阿波罗和雅典娜，奥林匹斯圣山上的诸神直接导致了特洛伊战争的爆发，现在他们貌似优雅地站在一旁，像看热闹一般漠然闲适地看着父子三人接受惩罚，足见其冷酷与虚伪。

画面中这几个瘦长却肌肉发达的人体是典型的格列柯式的人体，他不以常规的写实手法塑造人物，反而通过扭曲、拉伸等夸张方式使人物变形，而且那灰白的皮肤更是给人一种如鬼魂般虚幻不真实的感觉。格列柯深受意大利的矫饰主义[1]画风影响，他在这种夸张、神秘的画风中找到了一条最佳道径来表达他动荡不安、激情澎湃的内心。

远处那匹金色的马，即传说中的乌木马，被画家赋予了生命，它自己朝着城门方向径直走去。作为西班牙曾经辉煌无比的首都，托雷多城里的居民自称是特洛伊人的后裔迁居而来。格列柯自然而然地以它为背景，将它想象为神话中的特洛伊城。此时托雷多城上方的天空，乌云密布，波谲云诡，预示着特洛伊即将被屠城的厄运。

这幅弥漫着一股梦魇般恐怖、骇人气氛的油画因其疑团重重而让观众着迷不已。一直到今天，艺术评论家都还在争论格列柯创作此画的目的。

格列柯一生笃信天主教，并没有太多迹象表明他曾对异教神话抱有热情。他在生前，也只是终日勤勤恳恳地受教堂之托画各种宗教故事和圣像圣迹。1608年在完成教会指定的圣约翰医院壁画后，格列柯开始深居简出，埋头画室默默作画。1614年，格列柯病逝，亲人整理他的工作室，一共清理出240多幅画作，它们几乎全部与宗教题材相关，另有一些肖像画和托雷多的风景画。人们非常吃惊地在其中发现了3幅关于古希腊

---

[1] 矫饰主义（Mannerism），最早出现在1520年前后的意大利，17世纪初开始流行。它反对理性对绘画的指导作用，强调艺术家内心体验与个人表现。因此，画面多呈现出扭曲的人体形态和夸张的情绪反应，与古典绘画中均衡和谐的风格形成对比。代表画家有彭托莫（Jacopo Pontormo）、丁托列托（Jacopo Ro-busti Tintoretto）、格列柯（El Greco）。

拉奥孔　格列柯（1610—1614 年，142×193 cm，美国国家美术馆，华盛顿）

神话的作品，而且这 3 幅全是描绘拉奥孔与两个儿子惨死的场景。拉奥孔是格列柯有生之年，唯一描绘过的古希腊神话人物。究竟是什么原因，让一个风烛残年的老人对遥远的古希腊神话王国里、不幸的祭司拉奥孔产生了兴趣呢？

　　格列柯的《拉奥孔》实际上反映出蕴藏在画家内心深处的信仰危机和对人类无法抗拒自己悲剧的宿命感。画中的拉奥孔父子三人被巨蟒杀死的地方位于托雷多城外的一座小山上，那里也是处决犯人的刑场。所有反对天主教教会的人将受到宗教裁判所的秘密审判，被宣判死刑的犯人会在此遭到屠杀。本应该拯救人灵魂的教会成为残酷镇压异己的暴力工具，这让格列柯的心灵受到极大的震撼。作为一个虔诚的天主教徒，如何洗涤罪恶、获取灵魂的救赎是格列柯勤勉修行的目的。特别是当他行至人生暮年，希望死后能够接受教会的圣事和祝福，以平静喜悦之心来到上帝面前接受他的审判，渡入天国。然而，他看到的现实与他的信念完全相悖：教会大肆敛聚财物；神职人员挥霍荒淫；为了铲除异己，无数人惨遭教会迫害。人间的地狱已经让死后的天堂变得遥远而模糊，格列柯对毕生的信仰产生了怀疑。迫于托雷多当地强大的天主教势力，他只能通过画笔隐晦地表达内心的不满和愤懑。拉奥孔因为讲真话、守真相，以螳臂当车的微弱力量拯救特洛伊的灭城之灾，换来的结局却是惨死。格列柯借拉奥孔的悲剧命运向天主教教廷发起了无声的抗议。正如后世深受其影响的毕加索对他的评论："在格列柯的眼里，这个世界正在崩溃，而他也在描绘这种崩溃。"格列柯创造出一个扭曲变形、色彩魔幻、混乱无序的虚拟空间，映射一个黑与白、善与恶颠倒的现实世界。

拉奥孔的讽刺画　提香（藏地不详）

参考书目

Addison, Julia. *Classic Myths in Art——An Account of Greek Myths as Illustrated by Great Artists*. London: T. Werner Laurie, 1904.

Adler, Laure and Elisa Lecosse. *Dangerous Women: The Perils of Muses and Femmes Fatales*. Paris: Flammarion, 2009.

Armstrong, John. *The Intimate Philosophy of Art*. Harmondsworth: Allen Lane The Penguin Press, 2000.

Bailey, Colin B. *The Love of the Gods: Mythological Painting from Watteau to David*. New York: Kimbell Art Museum, Fort Worth, 1997.

Barrington, Russell. *The life, letters and work of Frederic Leighton*. London: G. Allen, 1906.

Battistini, Matilde. Stephen Sartarelli trans.*Symbols and Allegories in Art*. Los Angeles: The J. Paul Getty Museum, 2005.

Bernardini, Maria Grazia. *The Tale of Cupid and Psyche: Myth in Art from Antiquity to Canova*. Rome: "L' Erma" di Bretschneider, 2012.

Bernstuck, Judith E. *Under the Spell of Orpheus: the Persistence of a Myth in Twentieth-century Art*. Carbondale: Southern Illinois University Press, 1991.

Bills, Mark. ed., *Art in the Age of Queen Victoria*. Bournemouth: Russell–Cotes Art Gallery and Museum, 2001.

Birchall, Heather. *Pre-Raphaelites*. Cologne:TASCHEN Publishing, 2015.

Bull, Malcolm. *The Mirror of the Gods*. Oxford: Oxford University Press, 2005.

Carlo Federico Villa，Giovanni. ed.，*Titian*. Milano: Silvana，2013.

Carr-Gomm，Sarah. *Hidden Symbols in Art*. New York: Rizzoli，2001.

Cavallaro，Dani. *J.W. Waterhouse and the Magic of color*. Jefferson: McFarland & Company，Inc.，Publishers，2017.

Clarke，Michael. *Corot and the Art of Landscape*. New York: Cross River Press，1991.

Courlander，Alphonse. *Perseus and Andromeda*. London: Unicorn，1903.

Doughty，Oswald and Wahl，John Robert. eds.，*Letters of Dante Gariel Rossetti*. Oxford: Clarendon Press，1967.

Fitzroy，Charles.*The Rape of Europa:The Intriguing History of Titian's Masterpiece*. London: Bloomsbury Publishing Plc，2015.

Freedman，Luba. *Classical myths in Italian Renaissance painting*. Cambridge: Cambridge University Press，2011.

Goffen，Rona. ed.，*Titian's Venus of Urbino*. Cambridge: Cambridge University Press，1997.

Girolami Cheney，Liana. *Edward Burne-Jones' Mythical Paintings——The Pygmalion of the Pre-Raphaelite Painters*. New York: Peter Lang，2014.

Graham，Maria. *Memoirs of the Life of Nicholas Poussin*. London: Longman，Hurst，Rees，Orme and Brown，1820.

Hawksley，Lucinda. *Lizzie Siddal: The Tragedy of a Pre-Raphaelite Supermodel*. London: Andre Deutsh，2004.

Johnson，Dorothy. *David to Delacroix: the Rise of Romantic Mythology*. Chapel Hill: University of North Carolina Press，2011.

Kaplan，Julius David. *The Art of Gustave Moreau: Theory，Style and Content*. Ann Arbor: UMI Research Press，1982.

Kaufmann，Thomas Dacosta. *Arcimboldo: Visual Jokes，Natural History，and Still-life Painting*. Chicago: The University of Chicago Press，2009.

Kestner, Joseph A. *Mythology and Misogyny: The Social Discourse of Nineteenth-Century British Classical-Subject Painting*. Madison: The University of Wisconsin Press, 1989.

Kilinski, Karl. *The Flight of Icarus through Western Art*. New York: Edwin Mellen Press, 2002.

Kilinski, Karl. *Greek Myth and Western Art: the Presence of the Past*. Cambridge: Cambridge University Press, 2013.

Lomas, David. *Narcissus Reflected*. Edinburgh: The Fruitmarket Gallery, 2011.

Lowenthal, Anne W. *Joachim Wtewael's Mars and Venus Surprised by Vulcan*. Malibu: The J. Paul Getty Museum, 1995.

Nahum, Peter, and Sally Burgess. *Pre-Raphaelite-Symbolist-Visionary*. London: Peter Nahum at Leicester Galleries. Catalogue number 9.

Nicoll, John. *Dante Gabriel Rossetti*. New York: Macmillan Publishing Co., Inc., 1976.

Marsh, Jan. *Pre-Raphaelite Women: Images of Femininity*. New York: Harmony Books, 1987.

Mayerson, Philip. *Classical Mythology in Literature, Art and Music*. New York: New York University Press, 1971.

Ogden, Daniel. *Dragon Myth and Serpent Cult in the Greek and Roman Worlds*. New York: Oxford University Press, 2013.

Ogden, Daniel. *Dragons, Serpents, and Slayers in the Classical and Early Christian Worlds : a sourcebook*. New York : Oxford University Press, 2013.

Panofsky, Dora and Erwin. *Pandora's Box—The Changing Aspects of a Mythical Symbol*. New York: Pantheon Books, 1962.

Paster, Gail Kern. *The Idea of the City in the Age of Shakespeare*. Atlanta: University of Georgia Press, 2012.

Pedrick, Gale. *Life with Rossetti*. London: MacDonald, 1964.

Pissarro, Lucien. *Rossetti*. London:T.C. & E.C.Jack, 1968.

Refkin, Adrian. *Ingres Then and Now*. London: Rutledge, 2000.

Rosenberg, Pierre and Christiansen Keith, ed. *Poussin and Nature—Arcadian Visions*. New York: Metropolitan Museum of Art, 2008.

Ruutz–Rees, Janet. *Illustrated Biographies of the Great Artists*: *Horace Vernet and Paul Delaroche.* New York: Scribner and Welford, 1880.

Rynck, Patrick De. *How to Read Bible Stories and Myths in Art*: Decoding the Old Masters, from Giotto to Goya. New York: Abrams, 2008.

Shelton, Andrew Carrington. *Ingres and His Critics*. Cambridge: Cambridge University Press, 2005.

Siegfried, Susan L. *Ingres: Painting Reimagined*. New Haven: Yale University Press, 2009.

Simpson, Michael. tr., *The Metamorphoses of Ovid*. Amberst: University of Massachusetts, 2001.

Slutzkin, Linda and Dinah Dysart, *Charles Meere*, Sydney: S. H. Ervin Gallery, National Trust of Aust（NSW）, 1987.

Stearns, Frank Preston. *Life and Genius of Jacopo Robusti Called Tintoretto*. New York: G.P. Putnam's Sons, 1894.

Stolberg, Jacqueline Guigui. ed., Fiona Elliott trans. *Botticelli: Images of Love and Spring*. Munich: Prestel–Verlag, 1998.

Thomson, David Croal. *The Barbizon School of Painters—Corot*. London: Simpkin, Marshall, Hamilton, Kent & Co., Ltd., 1892.

Zuffi, Stefano. ed.*Gods and Heroes in Art*. Los Angeles: Getty Publications, 2003.

Valentine, Helen. ed. *Art in the Age of Queen Victoria*. London: Royal Academy of Arts, 1999.

Vinycomb, John. *Fictitious & Symbolic Creatures in Art with Special Reference to Their Use in British Heraldry*. London: Chapman and Hall, 1906.

Whelchel, Harriet. ed. *John Ruskin and the Victorian Eye*. New York: Harry N. Abrams, Incorporated, 1993.

赫西俄德. 神谱［M］. 王绍辉，译. 上海：上海人民出版社，2010.

荷马. 伊利亚特［M］. 陈中梅，译. 南京：译林出版社，2000.

荷马. 奥德赛［M］. 陈中梅，译. 南京：译林出版社，2000.

奥维德. 变形记［M］. 杨周翰，译. 北京：人民文学出版社，2000.

［德］施瓦布. 希腊神话故事［M］. 刘超之，艾英，译. 北京：宗教文化出版社，1996.

［德］恩斯特·卡西尔. 人论［M］. 甘阳，译. 北京：西苑出版社，2003.

洪佩奇，洪叶编著. 希腊神话故事：狄俄尼索斯［M］. 南京：译林出版社，2013.

［英］莉茨·格林，朱莉叶·沙曼·伯克. 神话之旅：再铸心灵的神谕和寓言［M］. 李斯，译. 北京：东方出版社，2005.

［美］查尔斯·米尔斯·盖雷编著. 英美文学和艺术中的古典神话［M］. 北塔，译. 上海：上海人民出版社，2005.

［法］马可·福马罗利. 100 名画：古希腊罗马神话［M］. 王珺，译. 桂林：广西师范大学出版社，2007.

［日］中野京子. 名画之谜：希腊神话篇［M］. 俞隽，译. 北京：中信出版社，2015.

［日］平洋松. 名画中的符号［M］. 俞隽，译. 南昌：百花洲文艺出版社，2017.

后记

　　一切始于 2010 年的秋天。我所任教的学校要求每位大学公共英语老师为全校学生开设一门文化类的英语选修课，目的是让学生在学习英语语言技能的同时，丰富他们的文化知识，提高他们的文化素养。凭借多年来对绘画艺术的热爱，我选择开设《英语文化视野下的西方名画》，斗胆一试，用英语讲授自己喜爱的西方艺术简史。在备课过程中，我发现流传于世的西方名画里，到处散落着、镶嵌着来自古希腊罗马神话的典故。古希腊文明与希伯来文明并称为西方文明的"双希"源头，作为古希腊文化重要组成部分的希罗神话更是一个取之不尽、用之不竭的宝库。从古至今的诗歌、雕塑和绘画源源不断地从这个宝库里获取珍贵的故事、闪光的思想和灵动的幻象。希罗神话犹如进入西方文学和艺术的必经之道，只有充分掌握了它，才能更好地了解西方艺术史，提升艺术鉴赏能力。于是我开始在课程初期将希罗神话故事作为背景知识进行讲解，以便学生更好地品读经典。但迫于教学进度的安排和教学时间的限制，一两次专题讲座完全无法将庞大的神话框架完整地呈现。一个想法由此渐渐萌生：把与希罗神话相关的西方著名画作整理出来，系统地介绍给学生，为他们提供一个课外拓展阅读的重要参考资料。在趣味性阅读中，扩大他们吸收知识的肺活量。

　　想法一旦形成，立刻付诸行动。我首先查找并梳理了目前国内外这一领域的研究成果。国外与古希腊罗马神话相关的书籍可谓汗牛充栋，有大量专著介绍古希腊罗马神话对西方艺术的影响，但是只有少量著作介绍以神话为题材的西方名画，最完整的是 1904 年由朱莉娅·爱迪逊撰写的《艺术作品中的古典神话》，最深入的是卡尔·克林斯基详细介绍古希腊神话的某几个情景在历代绘画作品中的体现。遗憾的是，这些优秀的著作尚无一本被译介到中国。国内也有各种版本的古希腊罗马神话故事，但是将古典神话与绘画作品相结合的介绍鲜有看到，寥寥几本均为译作，其中包括法国法兰西学院院士马可·福马罗利的《100 名画：古希腊罗马神话》、日本西洋艺术史学家高阶秀尔的《西方艺术与古希腊罗马神话》和中野京子的《名画之谜：古希腊罗马神话篇》。但是，福罗马利院士只是把绘画作品作为故事的插图，文中仅仅一笔带过，没有更多的详细说明，他的重点依然放在介绍神话故事上；高阶秀尔也只是对绘画作品进行泛泛的描述，没有深入介绍画家创作此画的背景；中野京子虽然对名画有精彩的描述，但她也没有深入介绍画家创作的背景知识，而且选取的神话故事只有一小部分，仅涉及 20 位神话人物，让人掩卷后颇有意犹未尽的感觉。

　　我希望能更全面地将与古典神话相关的西方名画呈现给读者。因此，我以希罗神话中的重要人物为线索和框架，围绕人物发生的故事展开叙述，介绍以这些故事为题材创作的名画（包括画家创作此画的心理缘由、社会历史背景、轶闻趣事和画作表现画家的创作风格与特点以及对后世产生的影响等相关知识）。全书共五个章节，包括50多位主要神话人物和与他们相关的近百幅世界名画。第一章介绍奥林匹斯圣山上的十余位主神，以及宙斯与几位女子的桃色恋情；第二章为缠绵于四段爱情故事中的八个男女；第三章介绍五位英雄人物的光辉事迹；第四章则描述了十余位处于次要地位的小仙和小人物；第五章为特洛伊战争中先后出场过的重要人物。因为每一章的每一小节都是独立的内容，读者任何时候翻开此书，都可以从任何一个小节展开不中断的阅读。在相关艺术作品的选取上，由于写作空间有限，只能为每一个神话故事选取最多两幅作品，因此我力求选取那些最贴近神话叙事，在其所属年代最有代表性，并对后世艺术家产生最深远影响力的作品。同时，我还注意作品的多样性，希望尽可能多地涵盖各种流派和各个不同的时代。

　　艺术是一部历史，是一架跨越时空的穿梭机。古老的神话并不会随着历史的变革逐渐消失，那些神话故事里的人物也并非只存在于人们虚构的想象里，相反，他们被历代画家用画布和颜料不断赋予新的生命。

他们在画布上一次又一次地复活，最终得以永生。从绘画的视角品读古典神话，不但可以加深对神话故事的理解，还能够走进画家的内心，了解他们的创作目的，看到他们曾经生活和所处年代的社会风貌，呼吸到专属于那个年代的文艺气息。如此的阅读历程既能激发人们的美感，也能培养人们的历史感，使人们从蕴含着深厚历史积淀的艺术作品中，寻找到神话人物和神话故事在时间长河中，被反复书写和演绎的历史原因。

　　我的选修课自开课以来，每学期都受到学生的欢迎和一致好评，让我颇感意外。我以为在一个注意效率和实用的年代，人文社科类的课程难免会受到冷遇，因为学生更加关注的是如何通过四、六级考试，如何获得语言等级证书和掌握实际的职业技能。意外的同时，也感到欣慰，我看到依然会有人对遥远国度的古老文明产生兴趣。那些经由世人反复传颂的神话故事，引领着学生们来到一片想象的快乐的源头，他们无一例外都被艺术作品中描绘的美和人类亘古不变的永恒情感所打动。

　　在书稿即将付梓之时，感谢所有对此书提供过帮助的人一直以来对我的信任和鼓励。同时也要感谢深圳职业技术学院学术著作出版基金的资助。所有的因缘巧合，才最终促成一本书的完成。

2021 年 9 月 7 日

于深圳南山

图书在版编目（CIP）数据

出"神"入"画"：名画里的古希腊罗马神话 ／ 梁晴著. —— 上海：上海人民美术出版社，2022.4
ISBN 978-7-5586-2270-0

Ⅰ. ①出… Ⅱ. ①梁… Ⅲ. ①神话-作品集-古希腊 ②神话-作品集-古罗马 ③绘画-鉴赏-西方国家 Ⅳ. ①I17 ②J205.1

中国版本图书馆CIP数据核字（2022）第008399号

出"神"入"画"：

名画里的古希腊罗马神话

著　　者：梁　晴
策　　划：徐　亭
责任编辑：徐　亭
技术编辑：齐秀宁
调　　图：徐才平
出版发行：上海人民美术出版社
　　　　　（上海市闵行区号景路159弄A座7楼）
印　　刷：上海印刷（集团）有限公司
开　　本：889×1194　1/32　9印张
字　　数：200千字
版　　次：2023年1月第1版
印　　次：2023年1月第1次
书　　号：ISBN 978-7-5586-2270-0
定　　价：88.00元